Thomas Simet

L'accident de pédalos

Thomas Simet

L'accident de pédalos

Illustrations

Nawal Farhat

Collection Della Voglia

PONTE VECCHIO EDITIONS

CHAPITRE 1

L'INTRODUCTION

De l'aube jusqu'au bord, cela m'avait pris une année entière.

Tout avait commencé innocemment par la pulsion d'écrire et tout s'était terminé violemment par un acte fondateur.

Durant une année entière j'avais inlassablement vécu tous les soirs le même supplice : c'est la fin du repas, la table a été débarrassée et je sais que cela va arriver, à nouveau.

Nous prenons place ma compagne et moi de part et d'autre de nos feuilles blanches.

La sienne doit se remplir d'une thèse sur l'évolution de la fiducie au court du dernier siècle.

La mienne doit se remplir, mais de quoi ?

La sienne se noircit frénétiquement et son auteur partage sans compter son bonheur d'écrire sans y penser.

La mienne demeure désespérément vierge et je le garde pour moi.

Mais comment cacher l'évidence quand rien ne sort que des petits soleils et des pâquerettes raturées.

C'était cela mon calvaire en guise de dessert : mon syndrome de la feuille blanche contre sa frénésie quasi stakhanoviste à soliloquer sur des jurisprudences caduques.

C'était un de ces soirs donc, et comme je le redoutais, passé le coucou de onze heures, elle finit par me le demander, le sourire aux lèvres :

- Ça avance, mon chéri ?

La coupe était pleine, et il n'en fallut pas une goutte de plus pour nous scinder gravement en deux camps.

Assis l'un en face de l'autre, ils demeurèrent quelques instants dans cet entre-deux précaire, un demi couple de chaque côté de la table afin de ne pas rompre l'équilibre de leur relation.

Il prit prestement le poste radio Roma à deux mains et, avec un élan suffisant, l'écrabouilla sur la tête de…

Les trois premières lignes !!!

Le jour où elles sortent, c'est comme si le monde vous appartenait, je nous voyais de moins en moins, je *les* voyais de mieux en mieux :

Il prit prestement le poste radio Roma *à deux mains et, avec un élan suffisant, l'écrabouilla sur la tête de sa désormais défunte compagne avant qu'elle n'achève le chapitre «* Fiducie *et destin personnel ».*

La paix !

Cet acte d'une violence inouïe fut leur introduction, pour ainsi dire.

Ce fut aussi mon introduction.

CHAPITRE 2

LA PETITE MORT

Il prit prestement le poste radio *Roma* à deux mains et, avec un élan suffisant, l'écrabouilla sur la tête de sa désormais défunte compagne avant qu'elle n'achève le chapitre « Fiducie et destin personnel ».

La paix !

Cet acte d'une violence inouïe fut leur introduction, pour ainsi dire.

Au moment précis où le poste radio avait pénétré la future victime, le temps s'était comme arrêté net, ou plutôt il avait repris à zéro.

Bien avant ici et maintenant, bien avant elle et moi, bien avant nous-mêmes.

Tout était à réécrire.

Toto était le nom de celui qui venait de transformer Pépou en chaîne haute fidélité vivante.

Pépou n'avait pas souffert, tout était allé si vite que même le petit papillon naturalisé qui était agrafé les ailes écartées sur le baffle du transistor n'avait rien vu venir.

Toto avait besoin d'une musique douce pour se remettre de son acte fondateur, il ne savait ni qui il était, ni où il était, ni pourquoi.

Il régla machinalement la radio en trifouillant l'oreille gauche du poste et monta le son en lui mettant un doigt dans l'oreille droite.

Aucune idée n'était en place dans la cocotte en ébullition qui lui faisait office de cerveau. Ses émotions lui semblaient au mauvais endroit, déballées dans la mauvaise pièce le jour de son emménagement, ses serviettes de bain étaient au salon, des verres à champagne s'empilaient dans sa table de nuit. Une tâche immense pesait sur ses épaules : mettre de l'ordre dans sa cuisine.

Les rails sur lesquels avançait son existence ne menaient nulle part…

Un frémissement était remonté de son métronome, guère qu'un hoquètement, mais Toto avait sauté une mesure dans son rythme propre.

Son clocher sonna le tocsin et devint carillon de cathédrale.

Ce vacarme intérieur grandit comme une nouvelle religion jusqu'à lui tendre l'échine en un frisson dévot : il ne pouvait être seul dans cette cuisine, quelqu'un manquait à la fête.

- Pé... pou ? lança-t-il sans même savoir d'où lui venait cette onomatopée.

Personne ne répondit à son appel mais il aimait la chose qu'il venait de prononcer sans trop y comprendre.

Il s'approcha intrigué du poste radio et monta amoureusement le son d'un tour de narine gauche.

En fait de musique il eut droit à une marche funèbre.

Parce que Pépou était le poste radio.

Comment pouvait-elle être à la fois la chose qu'il aimait le plus dans cette cuisine et en même temps cet agglomérat mi-humain mi-électronique qu'il venait visiblement de créer de ses propres mains encore tachées de cet acte fondateur ?

Il s'aperçut avec douleur de quoi il ne se savait pas capable.

Comment pouvait-on encastrer un poste radio entre la vingt-troisième vertèbre cervicale de l'être aimé et le haut de son front qui avait volé jusqu'au bas du frigo ?

Les rails sur lesquels avançait son existence ne menaient nulle part sauf vers un pays brumeux dans lequel il s'enfonça comme assis sur un wagonnet de train fantôme.

CHAPITRE 3

LES RENDEZ-VOUS D'AMOUR FINISSENT MAL MON GENERAL

Des années étaient passées depuis cette cuisine littéraire.

Le démoulage par trop rapide de notre héros avait demandé à refroidir quelque temps derrière des barreaux et Pépou s'était fait séparer les tissus mous des tissus durs pour recoller les morceaux, les tissus mûrs des tissus doux pour oublier les morsures.

Toto buvait sa tasse dans le petit bassin d'un café, repensant à son poste radio à qui il n'avait pas eu le temps de dire qu'il l'aimait.

« Si ma vie avait été une bande dessinée, je ne serais jamais sorti de la première case » se disait-il, plongé jusqu'au cou dans sa piscine à débordement de remords à bulles.

Lorsque soudain...

- *Grand-mère sait faire un bon café !*

Les contrées à traverser entre son esprit et l'évidence étaient sombres.

Un bruit de tondeuse ? Un monstre de vingt mètres de haut qui rugit.

Une porte qui grince ? Un tueur en série psychotique approchant sur la pointe des pieds.

Mais une si belle décibel...

- Pépou ! La dernière fois que nous nous sommes vus comme tous les soirs, c'était ma première fois ! Il devrait toujours en être ainsi, un début d'histoire à chaque phrase, des mousquetons plantés dans la paroi de notre vie. Quel bonheur !
- *Chez Casto y'a tout c'qu'y faut, outils et matériaux !*

Toto commanda une pilule pour faire passer l'anisette.

Pour lui, la vie c'était suivre une recette, bien peser le pour et le contre et faire revenir les souvenirs à petit feu. Son cœur s'était transformé en cocotte de fonte et il ne lui faisait aucun doute qu'à sa vue, Pépou aurait fondu sans brunir.

Mais dans la cuisine moderne de cette terrasse, les règles étaient différentes, inconnues, tragiques. Les ingrédients de la romance qu'il attendait demeuraient crus et froids, personne ne se mêlait de personne.

- Puis-je te mettre mon grain de sel ? demanda cuistoto.
- *Saint-Maclou, Saint-Maclou, évidemment !!!*

La sauce ne prenait pas et le soufflet au bonheur retombait à mesure que Pépou se gonflait d'une fierté très électromagnétique.

- Je capte enfin radio Arc-en-ciel sans faire bouger mes oreilles ! *Tout le monde se lève pour Danette, Danette...*

Toto se sentit se détacher de lui-même comme un fond de sauce partant en grumeaux. Le dessert du dimanche au fond du jardin avait été gâché par une averse, l'île flottante coulait dans la crème anglaise tournée.

- Veux-tu toujours être mienne ?
- Hertzienne ? Jamais de la vie ! Je capte en moyennes ondes, qu'est-ce que tu t'imagines ?

Et Pépou, vexée, disparut.

- Reviens, je te réparerai !

Il balaya frénétiquement ce nouvel horizon, de droite à gauche avec ses *yeux-suis-glace*.
Elle ne revenait pas.
Le lave-vitre allait se mettre en route lorsqu'au loin une petite virgule apparut !
Tantôt point de suspension quand elle sautillait frêlement, tantôt point d'exclamation pour ponctuer son arrivée, enfin point d'interrogation comme suit ?

- Tu es presque nue ! dit Toto, la prenant dans ses bras.
- Je ne capte qu'en mono en ce moment. J'avais oublié de te dire *qu'en pensez-vous Maître ? Eh bien, lorsqu'il s'agit d'une opération d'escompte, le taux de période s'entend du rapport*

Le dessert du dimanche au fond du jardin avait été gâché par une averse, l'île flottante coulait dans la crème anglaise tournée.

qui s'établit entre les intérêts et frais divers dus par l'emprunteur au titre de l'escompte et le montant de l'effet escompté, la période est égale au nombre de jours de calendrier, de la date de négociation exclue jusqu'à la date réelle d'échéance de l'effet incluse, cette période ne peut être retenue pour une durée inférieure à dix jours !

- Je n'attendrai pas dix jours pour agir, tu es mon otage !

Il ficela sa vie comme un rôti et y entraîna Pépou, sa meilleure farce.

Il l'enleva discrètement sous les yeux de tout le monde et ils filèrent poétiquement à travers les prés verts. Elle se débattait à grands coups portés délibérément le plus bas possible tandis qu'il plaçait un maximum de sourires histoire de soigner son image.

Le kidnappeur prit la poudre d'escampette dans son automobile et décida, tous les feux étant au vert, qu'il brûlerait les feux verts. Tant qu'on a l'ivresse...

Il se sentait se consumer sur place. Il avait toutes les cartes en main. Se faire pardonner, recommencer, pardonner, vivre, pour elle !

Chauffé à blanc il brûla aussi les stops, puis les cédez-le-passages, les passages pour piétons et pour finir un gendarme couché qu'il sentit passer.

- J'y arriverai, tu verras ! fanfaronna le pilote à son p'tit lot de copine.

Pour Toto, tout commençait à prendre un sens encore interdit la veille. Mais dans la vie, comme sur la route, il est bon d'avoir pris quelques leçons de conduite...

CHAPITRE 4

VARIATIONS SUR UNE AIRE DE REPOS

Alignés en rang d'oignons sur la banquette arrière, serrés comme des sardines, une demi-douzaine d'employés d'aire de repos, une pompiste et quelques touristes surpris avaient rejoint Pépou dans la frénétique boulimie kidnappeuse de son épris.

Toto n'avait pas commencé sa nouvelle vie qu'il en brûlait déjà la chandelle par les deux bouts. Une crise existentielle l'avait pris dès la sortie de la ville, avait grossi sur la nationale et l'avait submergé sur l'autoroute.

Contraint de freiner sa fuite en avant, fourbu, il arpentait lentement le macadam brûlant du parking d'une aire de repos, sous le regard incrédule de Pépou.

« L'aire de repos descend de l'autoroute selon la théorie de Darwin-Tuning, mais *quid* de l'œuf ou de la poule ? Ai-je enlevé Pépou pour être, ou est-ce l'inverse ? », se demandait le marcheur de Rodin, un poing sur la tempe.

La question l'étourdit. Il y avait donc plusieurs chemins ? Allait-il prendre à droite vers les toilettes, tout droit vers les tables de ping-pong en béton ou à gauche vers l'aire de gonflage ?

- C'est gonflant, constata-t-il, moi qui pensais que le bonheur était un mouvement perpétuel : une fois lancé plus la peine d'y penser.
- Mes fleurs ! hurla la jardinière de l'aire de repos car Toto tournait en rond dans ses plates-bandes.

À la colère du pouce vert, il répondit par un enlèvement en bonne et due forme et repartit vers l'opulent comptoir de ses envies.

Extasié, devenu lui-même l'aire de repos dans laquelle il avait fait étape, il se perdit dans les couloirs de la galerie marchande. Maître chez lui il se vida en enlevant tout le monde.

Sa technique était efficace : il approchait son gibier par l'arrière et décollait subitement du sol un client surpris, la dame pipi ou la caissière éberluée.

Dans la voiture surpeuplée, Pépou s'occupait de l'intendance :

- Excusez-le, c'est la première fois qu'il est amoureux, le justifiait-elle, confuse, rougissante et coincée.

Derrière le pare-brise, un cheptel de nez écrasés et de joues étalées s'inquiétait de ce que cet être étrange, maniaque de l'enlèvement, pouvait bien avoir dans la tête.

Dans sa tête, il n'y avait plus que Pépou. Tout allait pour son mieux, enlever l'avait rendu heureux et c'est cela qui allait la guérir.

- N'ayez pas peur : je me soigne !

De l'autre coté du miroir de la honte, Pépou tentait de le faire remonter à la surface de la décence à renfort de signes du petit doigt.

- Ton amour m'étouffe !

Les plus souples des otages parvinrent à s'échapper par le toit ouvrant ou le tuyau d'échappement mais Toto se moquait bien de ces fuites. Il venait de comprendre que la vie était là, dans sa voiture : le mouvement était à l'intérieur.

Il revint doucement dans son milieu, au milieu du capot, au milieu de l'aire de repos dans laquelle son carrosse se vidait de sa cour d'obligés, sauf une.

- Tout ça pour moi ? Tu n'as plus besoin de m'enlever, je reste ! dit Pépou tout émue à son Testototo.

À mi-chemin du parking, les anciens prisonniers firent brusquement demi-tour.

- Rejoignez l'enlèvement général de Pépou, vive l'amour ! lancèrent-ils.

Soudain la station tout entière semblait prise d'un syndrome de Stockholm : il fallait se faire enlever par Toto pour toucher de près le sens de la vie.

La frêle embarcation de tôles et d'espoir fut soulevée de terre comme une idole par ses adorateurs zélés et partit de l'avant, laissant en aval un sillon

Toto et Pépou accrochés aux rétroviseurs, virent leur courte vie défiler en frôlant la cime des platanes…

d'otages ravis d'avoir vu l'amour de près et en amont une vague montante de candidats au don de soi.

Recroquevillés sur le capot de la voiture, bras dans les bras, Toto et Pépou se sentaient comme deux coquilles de noix sur le canal de Panama.

- On récolte ce qu'on s'aime ! lui souffla Pépou dans une étreinte résignée.
- Tu peux pas savoir ! lui répondit amoureusement Toto.

Le cortège, poussé par des courants contraires au code du restoroute, s'apprêtait à entrer dans la brasserie de la station transformée pour l'occasion en salle des fêtes.

- Ça va être notre fête ! se réjouit Pépou du haut de son premier degré.
- Reposez-nous ! suppliait Toto qui voulait en faire de même.
- Tout droit vers les sauces ! hurla celle dont l'estomac avait pris les commandes.

L'instant d'après la voiture restée à l'extérieur rebondit au loin tandis que la meute s'engouffrait à l'intérieur.

Toto et Pépou accrochés aux rétroviseurs, virent leur courte vie défiler en frôlant la cime des platanes et finirent par atterrir dans un champ de pensées.

- Mon héros ! pensa Pépou en se glissant dans les bras du sien.

Son regard langoureux trouva son reflet dans celui, épris, de Toto. Autant boucher l'Etna avec une bande de *Hansaplast*, rattacher la lune à la terre avec du fil à scoubidou ou stopper un raz-de-marée avec un mur de *Legos.* Ils plongèrent sur la plage arrière consommer leur journée de noces, se déclarèrent combinaison de survie l'un de l'autre et s'enfilèrent mutuellement.

Pendant ce temps, dans le restoroute, on les recherchait désespérément sous les tables, sous les cloches à fromage ou encore dans la salade de riz.

Vive les mariés !

CHAPITRE 5

UN TRAIN DE RÊVE

Pépou et Toto arrivèrent dans une grande salle voûtée, pompeusement appelée « *La salle du petit déjeuner* ».

Une clientèle huppée en costumes chamarrés habitait tout l'espace d'une présence inquiétante. De temps en temps, un train passait à toute allure dans la salle et un client tentait d'y monter en marche, en vain. Des serveurs habillés en pingouins avançaient au ralenti et l'estomac de Pépou criait famine en émettant des bruits de sous-marin qui dégaze.

L'attente fut fatale à la bienséance : ils volèrent les deux petits déjeuners d'un couple d'octogénaires voûtés comme la salle, qui ne s'aperçut de rien comme la salle.

Tout au fond, un jeune couple d'haltérophiles est-allemands monstrueux se restaurait sur une petite musique autrichienne en faisant de l'épaulé-jeté de croissants en fonte plantés aux deux extrémités de leurs fourchettes géantes. Ils mastiquaient en faisant des bruits de tondeuse à gazon.

L'un des serveurs pingouins traversa la salle en volant, une jardinière tenue en otage sous son aile.

Tout d'un coup, l'un des deux monstres, vraisemblablement celui du sexe masculin, se leva et se dirigea vers Toto en avalant quinze bons mètres d'une simple enjambée. Arrivé à bon port, le grand Est-Allemand le prit par la bitte d'amarrage et lui fit comprendre qu'il allait l'accoster.

Après avoir trempé Toto dans le café crème de Pépou, la brute l'avala tout cru pour l'exemple, puis ramena les deux plateaux à leurs propriétaires.

- Denez excusez-les ils sont cheuneux, et la mademoizelle … …
  … Mademoiselle… ! Elle a son ticket ? Excusez-moi, mademoiselle ? !

- Hein ?! Quoi !? Où on est ? Dans le ventre de la baleine ? demanda Pépou émergeant de son rêve tout en tendant machinalement son ticket au poinçonneur de contrôleur.

Les acquis se remirent doucement à leur place dans sa boîte à idées, en commençant par les fondations : « je m'appelle Pépou », le rez-de-chaussée : « lui, c'est Toto », les étages supérieurs : « je l'aime » et enfin le toit : « les pingouins ne volent pas ».

Toto et Pépou avaient changé d'air, l'air de rien, et tourné la page pour prendre au propre comme au figuré le train de leur histoire.

Ils avaient abandonné la voiture en l'attachant à un arbre le long de la nationale et sauté dans un train en marche.

L'échec cuisant de cette tentative les avait fait rebondir dans le fossé et comprendre pourquoi le génie humain avait inventé les gares. Une heure plus tard, les passagers du Paris-Brest observèrent abasourdis nos deux néophytes prendre dix mètres d'élan pour se jeter dans le train à l'arrêt.

Le nez à la fenêtre, Pépou rêvait. Le paysage défilait et lui donnait l'impression que toute la campagne était de caoutchouc. Les arbres se pliaient à leur défilement, le contour des choses fuyait la réalité, les nuages s'emboîtaient comme les pièces d'un puzzle géant. Un jeu avec ses règles propres, où les nuages ne seraient que neige, où les hauts sommets qu'elle apercevait au loin seraient blancs parce que le Bon Dieu leur faisait des *stratocumulingus.*

C'était cela la vie pour elle, comme un décor de campagne qui file derrière la vitre d'un train, souple et fuyant. Rien ne rentrait jamais dans une case ; de toute façon ces cases-là lui manquaient.

Pour elle la philatélie consistait à collectionner les fils de téléphones sans fil et la radiophonie à capter la radio sans trouver cela anormal pour un être humain.

- Oh ! ! ! Je capte la BBC ! émit Pépou.
- Et pourquoi pas la RAI ? s'interrogea Toto avant de s'endormir profondément.

En plein sommeil paradoxal il vit apparaître deux Pépou que le calembour avait mis hors d'elle. Il remballa ses poupées russes l'une dans l'autre et le train décolla du sol une première fois.

Le convoi avait pris une vitesse vertigineuse. Le décor plastique et imaginaire de Pépou se contorsionnait en une danse malléable à souhait.

Le train retomba lourdement sur la voie.

- Plus personne ne bouge ! hurla Toto, ou on s'envole pour de bon !

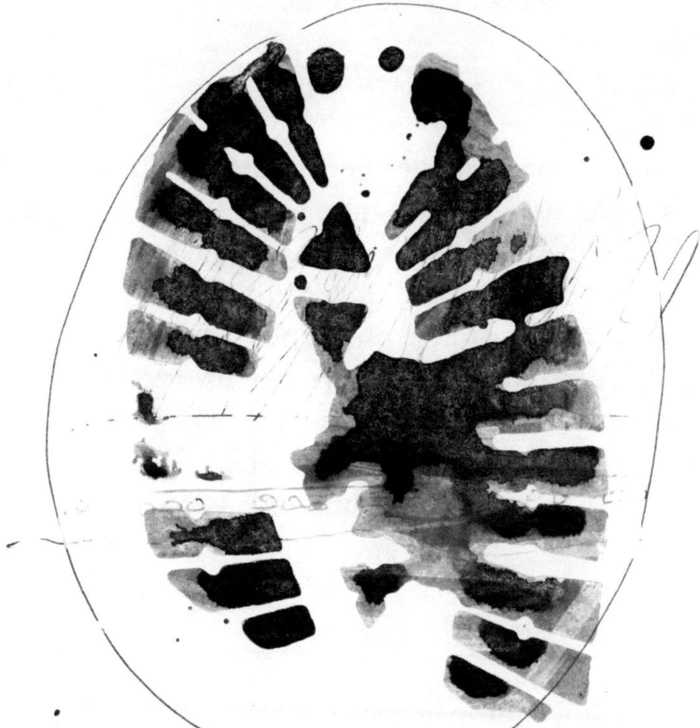

Le nez à la fenêtre, Pépou rêvait. Le paysage défilait et lui donnait l'impression que toute la campagne était de caoutchouc....

- Myraklos ! Myraklos ! fit leur voisin de compartiment, pope illuminé qui s'envola dans un sirtaki endiablé.

Le train prit son envol le grec et sa langue morte avec.

Toto empoigna le perturbateur par le carré de l'hypoténuse, vérifia que son pi faisait bien trois quatorze et lui fit passer le bastingage.

Le convoi volant traversait les nuages en s'y engouffrant comme un serpent charmé. Derrière le train traînait une épaisse fumée et des airs tendus de musique traditionnelle grecque. Le pope, que Toto retenait par la barbe, virevoltait à tous vents, sorte de corde de Bouzouki à la limite de la rupture.

- Guérissez-moi Pépou ou je le lâche ! hurla Toto à la terre entière.

La campagne paisible qu'ils survolaient n'avait que faire de ce chantage, les clochers clochaient, les champs chantaient mais les gens dormaient.

- Nous voilà dans de beaux draps ! dit Toto, ramenant à l'intérieur son pope TGV : tétanisé, grec, mais vivant.

Dans la seconde qui suivit, le train pénétra dans un tunnel sans fin. L'entrée rose faisait penser à une bouche, avec d'énormes stalagmites de côté, rangées de dents arrondies et blanchâtres. Le train prit une direction plus verticale jusqu'à une chute vertigineuse et ils finirent leur course flottant sur un lac intérieur acide.

- Où sommes-nous ? demanda Toto aux autres passagers qui l'ignoraient majestueusement.
- Qui a parlé ? fit une voix extérieure au train, au lac, au monde.
- Moi ! fit Toto.
- Comment êtes-vous entrés là-dedans ?
- Où ça là-dedans ?
- Dans mon ventre, pardi !

Le géant était plié en deux, recourbé sur son estomac, et se parlait à quelqu'un d'autre.

« Je suis le plus grand médecin du monde, je vais trouver une solution », se dit-il en cherchant sur sa table de chevet une boîte de laxatifs.

Ses pensées parvinrent à ses boyaux avant la médication et Toto bondit de son siège.

- Oh!! Mais du haut de vos compétences, ne pourriez-vous pas faire quelque chose pour Pépou ?

Le plus grand médecin du monde s'allongea et en quelques secondes le laxatif fit son effet. La tempête gastrique fit reprendre de la vitesse au convoi qui, congestionné, de virages serrés en courbes glissantes, s'écrasa pâteusement en gare de Brest.

- Non ! Non ! Pas le papier toilette ! hurla Toto en sueur, se débattant alors que Pépou lui épongeait le front avec son billet de train. Pépou, je l'ai vu !

Il écarta les bras en signe de victoire, les doigts en V, mais sa main droite cogna la vitre du compartiment et repartit vers son coude gauche. Puis son coude rebondit vers le fauteuil, ricocha contre sa nuque et tout s'accéléra.

- T'emballe pas !

Toto semblait entrer en résonance, il décolla de son siège, rebondit de plus en plus vite contre les parois du wagon et zigzagua jusqu'à la sortie. Il s'envola vers le hall « départ » comme une balle en caoutchouc et finit sa course assis sur le toit de l'aérogare, les pieds ballants à quinze bons mètres au-dessus du sol.

- J'avais raison, dit-il enfin.

L'endroit n'étant pas équipé d'escaliers pour personnes ayant des trajectoires à part, Toto se résolut à sauter.
A mi-chemin il rencontra Pépou, fusée sol-air, sorte d'armée de défense de Toto lancée à sa rescousse.
Les balles perdues, petits ions fous, se percutèrent et formèrent une instable bombe atomique humaine, atomes crochus contre atomes communs et leur explosion corporelle à cinq mètres du sol mit fin à leur périple ferroviaire les faisant retomber sur le quai des bleus.
Ils se colmatèrent comme deux petites fourmis. Pépou retransmit une émission sur la parade amoureuse des pigeons.

- *Rrrrrruouou...*
- Ma colombe...

Ils sortirent de la gare en chariot à bagages et prirent la rue qui descendait pour en faire de même dans un hôtel. Ce serait leur camp de base avant de partir à l'assaut de leur Everest à eux : guérir Pépou, quitte à retourner ciel et terre pour retrouver ce toubib géant.

CHAPITRE 6

ICI TRANSILLUMINATION ORNITHORYNQUE THALASSOTHERAPIE OURS

Le couple *pincier* avança en crabe jusqu'à la réception, remplit des formalités maritimes et reçut enfin les clés du ponton où était amarré leur navire en partance pour un sommeil profond.

Les deux endormis debout s'écroulèrent comme deux bateaux de cartes. Ils mélangèrent leurs *je*, firent quelques plis sur les draps et s'évanouirent en deux coups de pinceaux avec le bruit de la mer en toile de fond.

Aux yeux de Pépou Toto avait pris une nouvelle saveur, un goût particulier : le goût de l'aventure, et la petite graine germait comme un joli rêve.

- Pourquoi m'as-tu enlevée, hier ? demanda Pépou, qui voulait l'entendre encore une fois.
- Pour te réparer, hier j'ai traversé le plus grand médecin du monde et...
- Je pensais que c'était cela que tu cherchais... dit Pépou en lui montrant son cœur d'un index meurtri de déception.

Brest, à cette époque de l'année, organisait un festival du film d'amour et Pépou disparut dans des salles moins obscures que son cœur. Elle pleura devant des couples s'embrassant dans des barques, des carrousels ou des ballons dirigeables, sous la pluie le plus souvent. Chaque rupture était la sienne et toutes ces retrouvailles l'enfonçaient encore plus bas. Son chagrin rendait les films plus tristes encore et les spectateurs ressortaient des projections effondrés sans savoir pourquoi. Les pires scénarios firent cette année-là salle comble, comme si l'abîme dans lequel elle s'enfonçait entraînait les autres festivaliers dans son sillage.

On installa des *canilarmes* – caniveaux à larmes – dans les salles, on remplaça les systèmes anti-incendie par des distributeurs de mouchoirs en papier fixés au plafond. A la moindre larme de Pépou le cinéma se transformait en une boule à neige qu'on aurait secouée trop fort et des *Kleenex* par milliers virevoltaient comme des feuilles mortes sur une pelouse de spectateurs ensevelis, forcés à battre l'air des mains pour lire les sous-titrages ou ne pas manquer la prochaine étreinte.

Toto avait perdu toute énergie à la minute où Pépou le quitta. Il s'était transformé en drap vivant que la femme de chambre remontait sur le matelas tous les matins. Au bout d'une semaine, il partit à la lessive avec le reste du blanc de l'hôtel et ce fut le blanc.

Il se réveilla les poumons savonneux, lessivé, mais vivant. Son cerveau termina ses dernières rotations de tambour à machine à laver lorsqu'il se trouva à dix centimètres de la presse hydraulique servant à repasser par la case départ de l'hôtel, de sa vie, de sa *bande-destinée.*

- Sus à la case départ ! Hurla notre Sisyphe qui laissa rouler son rocher et grimpa vers son sommet, lui dire qu'il l'aimait, en l'émettant.

Il s'acheta une cibie, s'installa au bout de la jetée et la voix tremblante...

- Allô..., allô..., ici Toto, j'épelle : Transillumination Ornithorynque Thalassothérapie Ours, m'entends-tu ?

Aucune réponse.

Toto se releva, se retourna et regarda une dernière fois Brest sous la pluie ; il se serait jeté dans l'océan sans sécher ses larmes en furie si le drapeau n'eût pas été rouge.

Une dernière idée lui vint à l'esprit : sa petite radio ne pouvait peut-être plus émettre.

- Pépou, je répète Pépou, monte le son ma petite meunière ! Émets-moi si tu m'aimes !

On entendit un triste sol lointain et mourant. Toto partit en roi mage, guidé par son étoile de bergère.

Le sol qui se dérobait sous ses tympans et sous ses pieds l'amena dans la salle trois du Cinéma le Goémon.

Cachée du monde dans un fauteuil du dernier rang, Pépou sanglotait du plus fort qu'elle pouvait devant un remake indien d' « Autant en emporte le vent ».

D'ailleurs tout le monde souriait dans l'avion. Même le pilote qui tenait le manche avec ses pieds…

Toto prit Pépou d'abord dans ses bras, puis sous le bras.

- Je t'ai enlevée parce que je t'aime. Partons ma partie !

Ils étaient à présent à trois mille mètres en direction d'un avenir qui leur souriait à nouveau. D'ailleurs tout le monde souriait dans l'avion. Même le pilote qui tenait le manche avec ses pieds le temps de taper dans ses mains au rythme d'un disco bollywoodien que Pépou émettait depuis le plus beau moment de sa vie.

Ce moment quand, ayant perdu tout espoir, elle avait cru entendre – entre le plan séquence durant lequel le héros serre fort contre lui sa jolie promise dans un travelling arrière renversant et le troublant passage du travelling à travers la dentelle humide du mouchoir que sa belle avait abandonné aux quatre vents de son désespoir – : « ici Transillumination Ornithorynque Thalassothérapie Ours... »

CHAPITRE 7

Y'A UN CHAPITRE DANS MON CHAPITRE

Pardon Monsieur, où sommes-nous ? demanda Toto au premier parfait inconnu.

- Je sais pas.

Là où ils étaient, être perdu était un lot quotidien et il n'y avait que Toto et Pépou pour s'en inquiéter.

Ils se dirigèrent vers un kiosque à journaux et consultèrent la presse pour mieux s'informer.

Je sais pas le matin titrait : « vaux mieux pas savoir », *Je sais pas Madame :* « je sais pas tout sur les hommes », et *Je sais pas spécial tout ce que je sais pas* annonçait : « on sait pas tout ».

De guère lasse, ils décidèrent que le pays s'appellerait le *Jesaispas*, habité de *Jesaispasquis*, parlant le *Jesaispassque.*

Ce pays, c'était un peu comme une amnésie inversée : les ampoules ne répondaient pas aux bons interrupteurs, les machines à laver la vaisselle essoraient le linge et la porte d'entrée donnait chez les voisins.

Partout, les routes étaient ponctuées de grands trous. Devant l'aéroport, des *Jesaispasquis*, faisaient la queue pour y jeter leurs bagages. Pépou, qui tenait à respecter les mœurs du pays, rejoignit la file et fit disparaître sa valise.

Elle se sentit aussi étrangère qu'auparavant.

Dans leur quête de guérison pour Pépou et de rédemption pour Toto, nos deux héros en kit s'étaient construit tout seuls, ils avaient monté l'intérieur d'eux-mêmes sans plan, répondant seulement à leurs instincts magnétiques et hormonaux. Mais ces fondations ne leur étaient d'aucune utilité au *Jesaispas* car, justement, ils ne savaient rien. La tâche leur sembla tout d'un coup insurmontable.

- Ça fait mal, dit Toto.

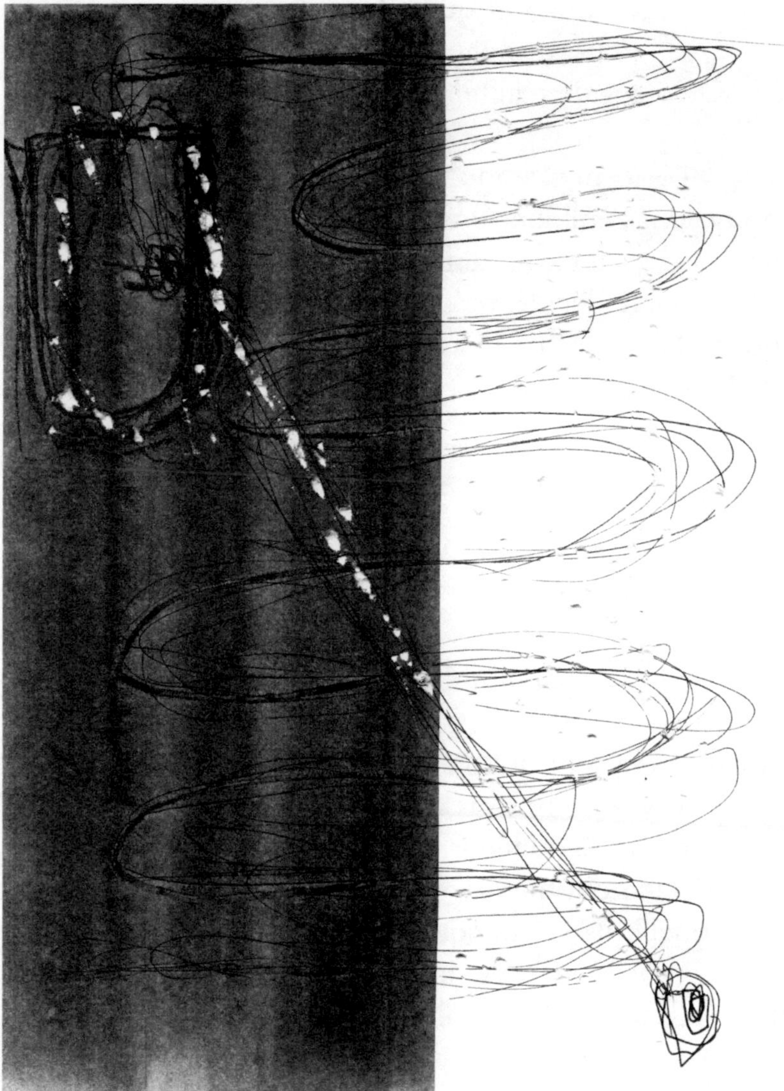

Partout, les routes étaient ponctuées de grands trous.

- Il va falloir que l'on se protège, lui répondit Pépou, sentant tomber les premières gouttes de réalité.

Ni Toto ni Pépou, sous l'averse nouvelle, ne pouvaient expliquer de manière simple ce monde qui leur paraissait extrêmement compliqué.

Qui avait décidé qu'un mètre mesurait un mètre, qu'un kilo pesait un kilo ou qu'une seconde durait une seconde ?

- Je sais pas.
- Je sais pas.
- On sait pas ! répondirent les *Jesaispasquis* interrogés.

Tant pis, ils s'assembleraient comme une maquette imaginaire, ils dessineraient leurs contours, formeraient leur silhouette en utilisant des réponses qu'ils trouveraient tous seuls.

Soi-même, la meilleure des colles.

Ils décidèrent que le mètre serait la distance à partir de laquelle ils se manqueraient, le kilo le poids d'un amour qui rend aveugle et la seconde le délai après lequel ils se rechercheraient désespérément.

La capitale tout entière était devenue leur chantier personnel et leur amour la valeur étalon qui volait au secours de leurs perplexités. Ils se sentirent enveloppés de petites certitudes, comme dans le cocon que leur amour leur avait tissé, mais au *Jesaispas* il ne suffisait pas d'être bien habillé.

Ils ne pouvaient maintenant plus marcher sauf collés l'un à l'autre sans se manquer immédiatement. Ils parlaient pour ne rien dire sans discontinuer pour ne pas se courir après et s'étonnaient d'y voir clair malgré le poids de leur amour qu'ils estimaient supérieur à la tonne.

- C'est idiot, dit Pépou face à un panneau « trou pour choses perdues ».
- Bien sûr, si vous n'avez rien perdu... lui dit avec pitié un habitué du trou.

Mais Pépou avait déjà fait le grand saut, s'élançant dans le vide, y entraînant Toto.

- T'as ferdu la tête ou foi ? vociféra Toto les joues gonflées et ballottantes.
- Non, la mémoire ! Si la vie est une carte de menu, nous avons manqué l'entrée… Je veux un passé Toto, un vrai passé !

CHAPITRE 7 Bis

RIMINISCENCE[1]

Le trou n'avait pas de fond, hormis eux-mêmes et c'est bien là qu'ils atterrirent spectateurs gênés, acteurs passifs de la scène dans laquelle Pépou les avait précipités. Une sorte de rencontre du premier type, un cinéma vu de l'intérieur.

---

[1] Néologisme issu du mariage de Rimini (destination de vacance alsacienne sur l'Adriatique) et de réminiscence ; ainsi, avoir des *riminiscences* signifie pour l'auteur : avoir des souvenirs de son enfance... (n.d.e.)

- La quenta per louer lu pédalo rosso, li nouméro quatorzeditchi ? s'entendit Toto parler avec effroi.

Il était comme emmuré en lui-même, sans pouvoir se corriger l'accent.

Comme on regarde une vieille photo de colonie de classe de mer, il se vit partir à l'assaut de l'océan jusqu'aux bouées bleues « quarante mètres », avec des creux d'au moins vingt centimètres.

- « Marine d'huile douce ! » fit-il soudain à celle qui venait d'entrer dans ce tableau et dans son pédalo. A bâbord, coincé par son flotteur avant sous la plate-forme en balsa qui servait de pont à son navire, un tube de crème solaire échevelé rétropédalait furieusement pour se dégager.

Dans le regard de la pirate Toto reconnut Pépou enfermée dans le même cinéma obligatoire. Quelle scène curieuse : nos deux héros venaient de se rencontrer pour la première fois dans ce passé hyperréaliste, le destin les tenaient farouchement accrochés, leurs flotteurs *contre-plaqués,* et pourtant ils pédalaient de toute leurs forces pour se séparer de l'intrus de l'autre.

L'abordage ne leur permit pas de s'aborder. Les tourtereaux dans l'œuf sabordèrent plutôt leur union et les pédalos repartirent *pédalos-à-dos*. Le numéro huit repartit vers la plage car il commençait à couler et le quatorze vers le grand large, enfin libéré de ce fardeau qu'il appellerait un jour la femme de sa vie.

Toto, toujours incapable de reprendre ses rênes, se retrouva l'instant d'après à reluire sous les lumières du night-club local. Dodelinant de la tête à en rendre malade son contemporain, il ne vit pas sortir de la brume de la soirée « mousse » une sirène écaillée au regard aquatique.

Au premier rang de ce regard, Pépou ne se souvenait absolument pas de cette robe fuchsia. Son *elle* dansait des cheveux sur un autre rythme que la tête, elle-même sur un autre rythme que le corps.

Toto, la flottaison en dessous de la ligne de vodka, chavira sur la première venue alors que Pépou jetait l'ancre dans la santiag en croco droite d'un hidalgo de pacotille, à une vague humaine de là.

Les abordages finirent en eau de boudin. Ils retrouvèrent le bar comme deux mauvais acteurs et en profitèrent pour y rester accoudés, l'un prenant appui sur l'autre.

De leur trou du *Jesaispas* Toto et Pépou coincés en eux-mêmes priaient pour que leurs *eux* s'unissent et en finissent.

Pépou se pencha pour attraper les petits parapluies à cocktail qu'elle collectionnait et Toto s'aplatit à même le sol vu que la terre est plate.

- Non elle est ronde ! lui dit Pépou, l'aidant à se relever.
- Oui, elle est ronde... lui répondit Toto, le regard figé.
- Oui elle est... ronde, se figea à son tour Pépou.
- Oui...

Le coup de foudre plongea la boîte de nuit dans l'obscurité et une foule en transe se déhancha sur les battements de cœur des deux amoureux.

Le temps sembla s'arrêter, le monde extérieur se heurta à eux sans effet car chacun était bloqué dans le regard de l'autre, comme s'ils n'avaient plus qu'une seule paire de paupières, comme si du plus profond d'eux-mêmes quelqu'un regardait à travers eux.

Lentement le temps reprit son cours et eux le cours de l'existence de l'autre, grandiose, surréaliste et destructrice.

… car chacun était bloqué dans le regard de l'autre, comme s'ils n'avaient plus qu'une seule paire de paupières…

CHAPITRE 7, DEUXIEME ACTE

LE TITRE N'A PAS CHANGE
(ET TOI NON PLUS)

Ils ressortirent du trou à choses perdues par la porte arrière de leur cinéma.
Ce passé mirobolant leur avait fait pousser des ailes. Ils s'envolèrent de deux pas, de cinq, puis de dix : ils s'aimaient toujours.

- Grandiose ! fit Pépou.

La vitesse du son laissait des blancs dans leur conversation et comme pour le tonnerre ils pouvaient compter en secondes leur éloignement.

- Huit, neuf, dix... surréaliste... conclut Toto.

Ils testèrent leur amour dans les grandes largeurs de la capitale et ne se sentirent jamais aussi proches que sur les bords opposés de trous énormes.

Ils prirent confiance en eux, bombèrent le torse et arrêtèrent leurs idées sur tout.

Plus rien ne les arrêterait.

A la nuit tombée, Toto à un bout du *Jesaispas* et Pépou à l'autre s'étaient vêtus de certitudes bien plus lourdes à porter que leurs ignorances du matin.

- Avoir un passé, c'est pas tout ! reprocha Toto à Pépou.

L'écho traversa la ville assoupie avant de parvenir à ses fins

- Qu'est-ce que tu dis ? répondit-elle une minute plus tard car l'écho était de mauvaise qualité.

- Quoi ? fit à son tour Toto, dans la demi minute suivante car l'écho de Pépou avait pris un chemin plus court.

Poétiques et absurdes furent ainsi leurs errements philosophiques et nocturnes.

« Pardon ? » traversa le parc de la ville au soleil couchant, « tu disais ? » contourna le croissant de lune, « de quoi ? » arpenta la galerie marchande désertée et « répète ! » caressa des volets fermés. Le *Jesaispas* tout entier s'emplit de cette cacophonie inaboutie, comme eux-mêmes.

- C'est pas bientôt fini ? hurlèrent de leurs fenêtres des *Jesaispasquis* ulcérés.
- J'en sais rien moi, c'est Toto qui m'a enlevée... se dédouana Pépou.

Le responsable ruminait en silence.

Ils avaient été leurs prés mutuels, ils avaient cueilli les mêmes bouquets de rêves, réunissant une à une leurs convictions en troupeau, éloignant ces loups de doutes de la bucolique image d'Epinal qu'ils s'étaient faite de la vie et cela ne suffisait toujours pas.

Ni à guérir Pépou, ni à comprendre ce qu'ils cherchaient au fond des choses, et des trous.

- Pas bientôt fini ? continua Toto, comment pourrais-je le savoir moi, que mon tableau est fini ?
- Quand sait-on exactement que l'on ne distingue plus le fil blanc du fil noir ? suivit Pépou soudainement plongée dans la pénombre.
- Je sais pas.
- Je sais pas.
- Va savoir ! leur fit celui qui avait l'air d'un érudit en leur distribuant un tract publicitaire.

L'air de la campagne corticale de Toto lui rendit son bon sens paysan à la lecture de l'annonce. Cela lui semblait tout d'un coup évident !

S'il était possible dans ce pays de se fabriquer un passé, il devait être possible de se faire un avenir, une fin en soi !

- J'ai *fin*, place au dessert ! dit Toto avec appétit, aveuglé à son tour par les mirages du *Jesaispas.*

Pépou et Toto, attirés par la lumière, se retrouvèrent au milieu de reflets multicolores, de musiques envoûtantes et d'odeurs de fête : maison sept, allée du Destin.

Le destin sans doute.

CHAPITRE 7 Bisbille

LAISSEZ VOLER LES P'TITS PAP...

Un panneau annonçait : *Voyante lumineuse ! Kristal Mardecafé, extra dons extra-lucides, aucune erreur sur ce qui ne vous arrivera jamais. Réduction de cinquante pour cent sur les visions à plus de quarante ans, grand déstockage sur les avis qui n'engagent à rien.*

- Allons nous faire voir ! triompha Toto.

Empruntant un couloir sombre, il entrèrent dans une bâtisse usée par le temps.

Des wagonnets surgissaient de temps en temps dans un brouillard d'encens et manquaient les renverser.

- Le personnel de maison a été remplacé par des robots ! fit Pépou, admirative.

Madame Mardecafé apparut soudain à l'angle du salon. La vieille femme avançait bizarrement, sorte de Mère Denis pétrifiée sur son skate-board, alourdie de boules de cristal, de colliers et gris-gris en tous genres. Elle traversait la brume impénétrable à la manière d'un fantôme engourdi en roulant les r et les mécaniques.

- Esprrrrrit es-tu là ?

Toto et Pépou, émus, se tenaient par la main : leur quête n'était donc pas désespérée.
Ils suivirent le mouvement par le vestibule, la cave, le conduit de cheminée, la salle de bain, dans une orgie de squelettes en plastique et de cris enregistrés.

- Esprrrrrit es-tu là ?

Après avoir passé la salle de bain décorée d'un énorme rail central et de fausses toiles d'araignées, la mémé roulante et croulante sema ses poursuivants en descendant l'escalier à califourchon sur la rampe. Un wagonnet surgit derrière eux et les projeta dans le placard à balais. Ils s'en extirpèrent par une porte dérobée et se retrouvèrent nez à nez avec un lanceur de couteaux.

- C'est quoi cet avenir ? hurla Toto en évitant de justesse le projectile qui se planta dans la touche replay de Pépou.
- *Laissez voler les p'tits pap... laissez voler les p'tits pap... laissez voler les p'tits pap...* émit Pépou.

Un attroupement de badauds se forma. Les visiteurs du parc d'attraction observaient médusés ces deux agités, convaincus d'avoir rendez-vous avec leur avenir sur le train-fantôme « le manoir de Mardecafé » et durement confrontés à l'instant présent.

- Pépou ! pleura Toto, la lancée au couteau dans ses bras.
- *Laissez voler les p'tits pap... laissez voler les p'tits pap... laissez voler les p'tits pap...*

La promenade dans le futur se transforma en cauchemar lorsque Toto confondit la nacelle de la grande roue avec l'ambulance qui les attendait derrière le stand de barbe à papa.

- Étrange, se dit-il lorsque la roue se mit en branle.
- *Laissez voler les p'tits pap... laissez voler les p'tits pap... laissez voler les p'tits pap...*

De tout en haut ils eurent une vue d'ensemble de la foire du *Jesaispas*, de tout en bas une vue d'ensemble des pouvoirs électromagnétiques de Pépou : la roue accélérait à chaque nouveau tour.

Ils s'envolèrent dans la minute suivante : Pépou un couteau dans la touche replay et Toto le même dans le cœur.

Il se sentait incompris, privé d'avenir comme un enfant de tour supplémentaire de manège. Ils firent le tour entier de la foire par la voie des airs, soufflés comme des petits grains de maïs. Chacun devint le parachute de l'autre et ils atterrirent dans la machine à pop-corn adossée au poste de premiers secours. Le médecin de garde accourut.

- Professeur Jean Bon, guérisseur multi-tout, touche-à-tout sans les mains de maladies inconnues en tous genres : dystocryomatoses, céramicomanies, éclipses de plexus solaire. Enchanté !

- J'ai rêvé de vous ! dit Toto, à genoux.
- Ça se soigne, répondit le docteur.
- *Laissez voler les p'tits pap... laissez voler les p'tits pap... laissez voler les p'tits pap...* fit Pépou qui voulait passer la première.

L'étrange cas de Pépou trouva écho dans le puits de science qu'était Jean Bon. Il posa les mains sur la tête de sa patiente et sentit comme un frisson lui traverser le corps. Il les retira et tous les objets en métal des alentours se collèrent à lui formant une armure de jetons de casino et de lots divers. Un point noir apparut au loin, grossissant à mesure qu'il se rapprochait. Pépou se baissa à temps et Mardecafé, mannequin métallique volant, la frôla en lui arrachant le couteau pour finir sa course sur l'aimant géant.

- *Laissez voler les p'tits pap...* ouf ! fit la miraculée.
- Vous êtes un magicien ! dit Toto admiratif au Professeur sous sa tonne de fonte.

Il se démagnétisa avec difficulté en posant sa main droite sur un cheval de bois et son pied gauche sur une gaufre. Les objets churent à même le sol dans un vacarme sourd qui les laissa muets comme des carpes.

- Oh ! fit Pépou, il y a *La truite* de Schubert sur France Musique !
- Nous y sommes ! Vous voyez ? La radio, tout le temps. Je suis sûr que vous pouvez faire quelque chose pour cette radiophonie chronique, Professeur, je vous donne carpe blanche ! dit Toto, plaçant toute sa confiance dans le plus grand médecin du monde.

Après réflexion, Jean Bon prononça son traitement debout sur une caisse en bois, à la manière d'un crieur.

- Une première phase que j'appelle « douce », Messieurs Dames, consiste en un séjour d'une huitaine sur l'antenne radio de la tour Eiffel afin de soigner le mal par le mal. La seconde, que je nomme « de choc », consiste en une intervention au niveau des genoux par voie intra-oculaire. Approchez Mesdames et Messieurs, ça va faire mal !

Ils s'en extirpèrent par une porte dérobée et se retrouvèrent nez à nez avec un lanceur de couteaux.

- J'ai mal au cœur dit Toto qui tombait de haut. Il comprit que leur futur serait une foire s'ils ne s'enfuyaient pas de celle-ci.

Jean Bon, excité par un public en soif d'attractions nouvelles, avait sorti ses instruments : scie, marteau et colle à bois.

Il tenait Pépou en joue avec une tronçonneuse lorsque Toto la prit par l'antenne et s'enfuit par des allées qui s'étendaient maintenant à l'infini. Ils ne parvenaient plus à sortir de cette maudite foire : elle semblait s'être agrandie dans la nuit, comme si le *Jesaispas* était devenu une fête foraine géante.

Une foule de *Jesaispasquis* les traquait, eux qui voulaient savoir.

Toto et Pépou poussaient les passants dans les trous qu'ils évitaient pour ne pas tomber plus bas. Les *Jesaispasquis* leur sortaient par les trous de nez.

Une grand-mère s'extirpa de la narine droite de Pépou quand les deux sprinters grippés se mouchèrent une bonne fois pour toute afin de dégager leurs esprits et leurs sinus, la morale ayant sa mathématique propre.

Enfin, aveuglés par leurs mouchoirs, ils tombèrent dans un trou dernier, comme le jugement.

BADABOUM ! fit, en touchant le sol, la valise que Pépou avait jetée au fond d'un trou au début du chapitre.

Le fracas réveilla nos deux miraculés.

- Que fait-elle là ?
- Je ne sais pas, dit Toto.

Il aida Pépou à ressortir du trou et ils reprirent la direction de l'aéroport.

- Et que va-t-on faire ?
- Ne plus se poser de questions.
- Ça promet... promit Pépou.

CHAPITRE 8

LE MONDE

Ce n'est pas dans la grande pomme qu'on nous reprendra pour des poires, crois-moi !

La montagne américaine, montagne russe de rues parallèles, leur donnait le vertige. Le pôle de toutes les mégalomanies ne pouvait être que le sommet de leur quête, pensaient-ils.

De leur escalade dans l'échec ils ne voyaient que l'ascension : celle de la tour de quarante-cinq étages qu'ils gravirent par les escaliers.

Avoir de la famille à New-York était le rêve de Pépou et rechercher un parent hypothétique, vague descendant des vagues d'immigrants européens dont elle n'avait une connaissance que scolaire leur avait pris la journée. L'heureuse élue s'appelait Miss Pépoo, trois cent mille quatre-vingt-quatorzième sonnette à gauche en partant du bas de la statue de la Liberté, sans compter celle du concierge.

Les retrouvailles furent décevantes. Madame Pépoo n'était pas de la famille de Pépou, ni de celle des Américaines normales. Pas de chemise de bûcheron, pas de cookies, pas de country et en plus elle parlait français.

Nos deux alpinistes avaient déjà fait demi-tour lorsqu'elle leur proposa de rester pour la nuit, elle qui avait toujours rêvé d'avoir de la famille en France...

Pépou accepta car la nuit tombait et elle avait peur des Indiens.

- Avec ou sans sucre ? demanda Pepoo pleine d'appétit à Toto, l'observant comme une confiserie. Je ne me suis pas présentée, dit la gourmande, je m'appelle Pietra Gluon Pépoo, mais appelez-moi Pietra G.
- C'est new-yorkais comme nom ? demanda Toto en lui faisant un baisemain.
- Non c'est corse. Cela veut dire point G ! explosa l'hypersensible fille de Napoléon que le contact des lèvres avait émoustillé.

Ses allures démontraient une incroyable féminité mêlée au charme des tractopelles biélorusses. Les lunettes découpées dans un pare-brise d'Acadiane peinaient à cacher un regard de braise, comme si une couleuvre neurasthénique en rut regardait au travers d'un kaléidoscope fêlé. Elle disparut à la cuisine chercher la recette du Toto en quatre-heure.

- Elle est très bizarre, tu penses qu'elle est mariée ?
- On ne dirait pas, lui répondit Pépou en lui montrant l'objet que Pietra G avait négligemment laissé traîner, n'attendant manifestement personne.
- C'est quoi ce truc ? demanda-t-il dégoûté ?
- Ma parole ! Un gode allemand ! Probablement un trophée de guerre, rajouta admirative Pépou en caressant l'objet.
- Moi un chien ?

Pépou et Toto tressaillirent de toute leur chair de poule et de poulet. La pièce était vide à leur arrivée, c'était donc le vide qui avait parlé et cela les inquiéta plus encore.

Dans un coin du salon, un petit homme de la taille du gode allemand agitait les bras pour qu'on le voie : c'était le génie du gode.

Tout étonné de mettre le nez dehors pour la première fois, il semblait vouloir profiter à l'excès de ses nouveaux sens. Il s'agitait nerveusement sur des petites chaussures noires aux lacets trop courts noués au centimètre, dont le pointu rendait aux pieds l'élégance des pattes de pingouins ou de loutres. Il se lança dans un numéro de claquettes des plus affligeants ponctué de « Yeahh » à l'américaine.

- Ahh ! Il grossit ! hurla Toto.
- Je n'aurais jamais dû le toucher ! regretta Pépou.

Le nouvel arrivant gonflait rapidement, libéré par les caresses magiques de Pépou et ayant perdu la raison par la même occasion.
La tête du génie les observait d'un regard divergent d'un œil, convergent de l'autre et enthousiaste des deux. Il enflait toujours avec constance et transforma la pièce en cabaret parisien.

- I'm singing in the rain ! entama-t-il les pieds dans l'aquarium.
- Faut le faire débander ! pria Pépou.
- Pietra devrait y arriver ! lui répondit objectivement Toto qui s'était reculé derrière un fauteuil pour se protéger du démon.

Dans un coin du salon, un petit homme de la taille du gode allemand agitait les bras pour qu'on le voie : c'était le génie du gode.

Le génie portait son pantalon de plus en plus étroit. On eût dit une saucisse de Francfort en stretch, des poils de mollets d'un côté et de jolis bourrelets roses de l'autre.

- Ainsi font font font, fit-il haut comme trois petites marionnettes, debout sur le poste de télévision, trois p'tits tours et j'vais dans l'fi...
- Ah non ! s'offusqua Pépou.
- On pourra dire qu'on l'aura connu petit, philosopha Toto qui, sentant le vent tourner, avait fait tomber la grande voile en se cachant sous un plaid.

En réponse aux invectives de Pépou, le génie ondula du ventre dans une danse orgasmique répugnante. Nos deux impuissants évitèrent de peu les coups de tout ce qui pouvait danser et pousser en même temps : tête, coudes et pieds alors que sa croissance avait eu raison de son costume trois pièces.

- Voulez-vous danser Madame ? Voulez-vous danser...
- Voulez-vous dégager le passage s'il vous plaît, Monsieur ? Le spectacle est terminé, demanda poliment Toto, un morceau de

braguette sur l'épaule, alors que notre couple cherchait à se frayer un chemin hors de la pièce.

- On commençait seulement à s'amuser ! dit tristement le génie qui noyait sa mélancolie dans la danse comme d'autres l'auraient fait dans l'alcool. Il voulut se dégager mais sa taille ne lui permettait déjà plus de se retourner.
- La recherche du sens de la vie aura été un sens interdit, lâcha Toto dans un dernier élan.
- Chercher le bonheur, c'était pourtant sérieux ! rajouta Pépou comme si elle cherchait à convaincre le sort de les épargner.

Partie dans sa cuisine, la non-tante tardait à se décider. Comment faire discrètement comprendre à ce charmant français qu'il était sa tasse de thé ? Peut-être en lui proposant deux sucres au lieu d'un ?

- Tata ! Au secours ! hurlaient à tour de rôle Toto et Pépou, de plus en plus à l'étroit.
- Restez ! Je vais faire un effort, supplia le génie incompris qui ne savait plus sur quel pied danser.

Malheureusement, le boogie-woogie ne lui allait guère mieux et il opta pour une sorte de tango immobile; contraint de courber son corps flasque, la limace rampa lentement sur nos
deux feuilles de salade.

- Il va nous croquer tout entiers !
- Non ! En bouillie !

Le surréalisme n'avait pas encore atteint la cuisine ou Pietra Gluon, heureuse, cherchait face à un miroir la meilleure façon d'offrir son sucre à Toto : tantôt par poignées, tantôt un sucre à la fois.

- Il doit bien y avoir une solution ! hurla-t-elle au comble de l'excitation.
- Il doit bien y avoir une solution ! hurla le génie qui, comme une petite larve, était arrivé aux limites de son cocon.
- Pitié génie ! Nous voulions voir le monde ! supplia Toto, coincé entre un bourrelet et un tableau de bord de mer du Nord.
- Le quoi ? demanda le génie qui, pour la première fois n'enflait plus, comme si un courant d'air nouveau avait soudain libéré la pièce d'une tension insoutenable.

Toto reprit :

- Le monde…
- Je m'en charge ! dit Pépou.
  Génie ! Connais-tu le monde ?
- Est-ce quelqu'un de bon ? Oh, raconte moi s'il te plaît.

La chambre tout entière tremblait car le génie sautillait frénétiquement d'une satisfaction qu'il ne pouvait contenir.

Pépou commença :

- Et bien, le monde c'est...
- Laisse-moi faire ! la coupa Toto en voulant sauver sa peau, mais il disparut aussitôt sous le postérieur du génie qui s'était assis pour écouter sa conteuse.

Pépou hasarda :

- Comme un œuf !
- Un œuf ? C'est dur ou pas ? demanda le génie intéressé : pour lui les choses n'avaient jamais été que dures ou molles.
- Cela dépend, répondit Pépou qui, maîtrisant mal son embarcation de dialogue,

craignait de chavirer à tout instant. et d'y laisser sa peau.

Le génie sembla réfléchir profondément à ce nouveau concept : le monde, un œuf ?

- D'accord, fit-il visiblement convaincu car désenflant, mais cela dépend de quoi ?
- Bonne question, génie ! Tout dépend de ce que tu veux en faire ! S'il s'agit simplement de savoir s'il est dur ou non, il te suffit de taper dessus avec un marteau : si l'œuf casse c'est qu'il était mou, s'il ne casse pas, c'est qu'il était dur.
- Et si je casse mon marteau en tapant sur le monde ?
- Ce sont des choses qui arrivent, arme-toi de patience et de plusieurs marteaux car le monde est souvent plus dur qu'un œuf.
- Et ne peut-on pas connaître le monde sans casser des œufs ?
- Non, il vaut mieux aimer avoir des morceaux de coquilles dans son omelette.
- Je ne comprends plus rien à cette discussion mais je me sens beaucoup mieux, merci !

Le génie qui avait retrouvé une taille moins envahissante se leva d'un bon et s'installa à quatre pattes sur une maquette de trois-mâts. Se balançant d'avant en arrière il chantonna « In the Navy » :

- In the Navy ! Allons voir ce monde !

Toto, libéré par la diplomatie dégonflante de Pépou, retrouvait ses esprits.

- Vous prenez du sucre ? lui demanda la tante, de retour, un sucre fondant coincé entre ses dents jaunâtres.

Toto n'eut pas le temps de dire ouf qu'il reçut un sucre et se fit voler un baiser dans les gencives.

- Que le monde est dur ! s'émut le génie.
- Ma maquette ! explosa Pietra G en voyant ce qu'il en restait.
- Pardon, l'interrompit Pépou qui, concentrée, ne s'était aperçue de rien. C'est moi qui avais la parole !
  Génie, sache qu'il arrive qu'on tape à côté de l'œuf, dans ce cas :
  petit a) : l'œuf n'a pas bougé, et :

petit a) petit 1. : l'œuf n'a pas bougé parce que vous le teniez avec vos doigts, et :
petit a) petit 1. petit petit a) : vous ne vous êtes pas tapé sur les doigts à la place, il suffit alors...

- Toi ! Toi ! Je ne t'avais pas imaginé si beau ! Approche que je te touche langoura la tante qui venait de lever yeux sur ce marin gonflable trônant fièrement sur les miettes de son navire. Elle en oublia Toto et perdit ce qui lui restait de pudeur.
- Non ! Je suis un faux-dur, je veux connaître le monde... je suis un gode-trotter ! supplia le génie en se réfugiant d'un bond dans les bras de Toto.

Pietra G disparut un court instant et revint armée d'un grand sécateur, le regard en feu.

- Si tu pars, il y a quelque chose qui reste ! prévint-elle le génie bientôt eunuque.
- Je disais « il suffit alors tout bêtement de recommencer ! » intervint à propos Pépou qui s'était emparée de la théière et BING ! Cette fois-ci je ne rate pas l'œuf !

La tante s'écroula dans un bruit creux d'œuf gobé et ils n'en firent pas un plat.
Leur temps était compté avant le réveil de l'éprise et ils n'avaient nullement envie de revivre les délires érotico-sucriers de Pietra G.

- Je vous dépose ? leur proposa le génie qui allait prendre son envol par la fenêtre du salon.

Toto et Pépou prirent place à califourchon sur leur taxi des airs.

- Les passagers sont avisés que les dispositions de la Convention relative au transport par air des passagers et de leurs bagages de 1974 sont applicables, je vous rassure, dans la plupart des cas la Convention limite la responsabilité du transporteur au décès et aux lésions corp...
- Prends donc un sucre ! ! Oh oui ! fit la tante réveillée du diable vauvert.

À bord de l'aéronef, on réduisit les procédures d'embarquement au strict minimum en se jetant dans le vide.

Toto et Pépou planèrent les plus beaux instants de leur vie. La ville vue d'au-dessus leur semblait plate et relevée comme une crêpe au piment de Cayenne. Toto lança ses paroles en l'air :

- On se rapproche ! Je le sens, juste sous nos pieds !

Pépou regarda sous ses semelles, sans comprendre.

- Cherche quand même, cherche, génie ! fit-elle à leur fusée à tête chercheuse.

La ville avait repris du volume à mesure qu'ils perdaient de l'altitude. Les façades des building se rapprochaient à chaque virage et le mélange vitesse, altitude et danger grisa Toto.

- Ça vient, je le sens !
- Moi aussi ! répondit le génie.

Le planeur se cabra brusquement vers la droite, frôlant un lampadaire de si près qu'il arracha les deux passagers à leurs sièges. Ils s'enroulèrent autour du pylône en tournoyant et glissèrent jusqu'en bas comme des carrés de viande embrochés sur un pic à brochette.

Le génie reprit de l'altitude et de la vitesse, se cabra vers la gauche, puis la droite, puis la gauche, vomit sur un voilier et s'écrasa les bras grands ouverts sous la jupe de la statue de la liberté en hurlant :

- Liberté chérie, mon amour !

Le monde était dur.

CHAPITRE 9

QUI VOLE UN OEUF VOLE UN ŒIL-DE-BOEUF

Toto et Pépou consommèrent pour faire honneur à la société qui les accueillait et cela suffit pour placer leur journée sous le haut patronage du vide cortical.
Comme toujours ils mélangèrent tout : ils s'offrirent des plats inabordables dans un palace de luxe par plaisir de dépenser, ils consommèrent la chair avant même les consommés, mêlant gastronomie, érotisme et ecclésiastique devant un parterre de puritains outrés.

Ils prirent le dessert dans l'intimité de leur chambre d'hôtel comme on les y avait vivement poussés, puis churent dans leur chaire de Maîtres de conférence en plaisirs appliqués dans un sommeil de bébé...

Le marchand de sable... un bac à sable... un seau... une pelle... un tamis...

Pour nos deux petites nouilles, le sommeil était comme une passoire géante. Chacun avait son calibre d'assoupissement mais tous les deux se réveillaient toujours avec la tête coincée dans le même siphon d'évier.

- Au secours on m'égoutte ! s'écria Toto en sueur.

En sursautant il éjecta hors du lit Pépou, endormie sur son coussin de copain et elle finit sa course contre la commode dans un bruit sourd.

Toto, attribuant ce bruit sourd au valet de chambre qui frappait à la porte, eut vite fait d'enjamber Pépou qui affalait sa personne au pied de la commode et d'ouvrir à l'employé de l'hôtel. Ce dernier n'eut pas le temps de toquer que Toto se prit le deuxième toc de toc-toc en pleine poire-poire.

- Votre petit-déjeuner, Monsieur.

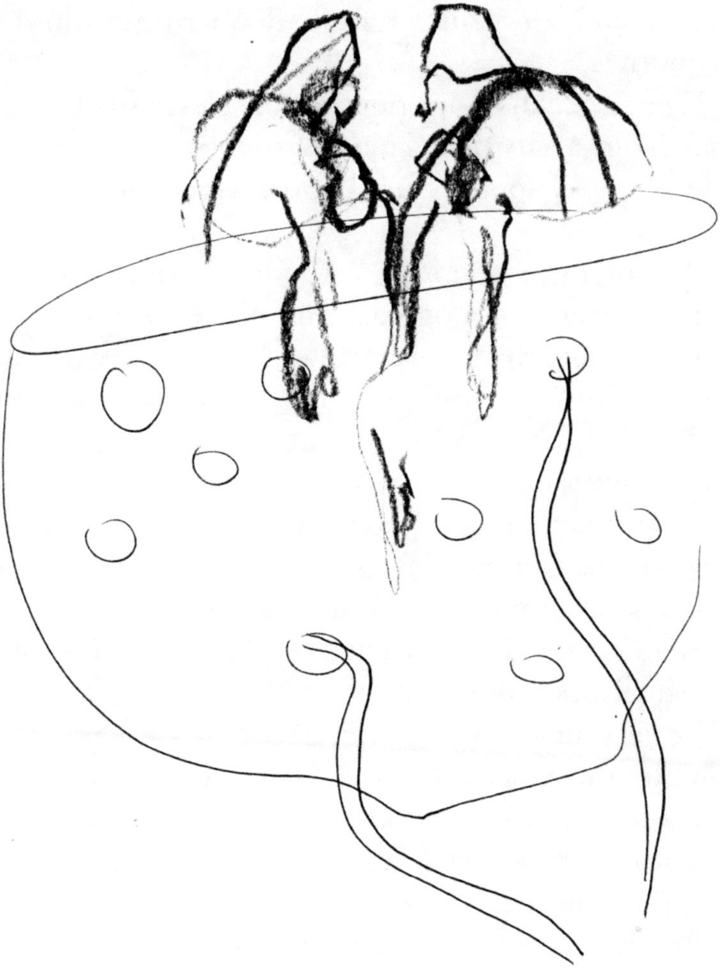

Pour nos deux petites nouilles, le sommeil était comme une passoire géante.

Tout le monde était servi en pain sauf le valet et Pépou se rua sur le *groom-service* comme une lionne qui défend son petit. Ce fut le dernier bruit sourd de la journée.

Elle se pencha pour déposer un baiser sur la bosse que Toto avait sur le crâne et trempa une mèche de cheveux échappée d'un énorme bigoudi dans ses œufs au bacon.

Ils prirent le temps de lever leurs soleils mutuels, chacun étant l'horloge astronomique de l'autre. Un lever de beurre sur la droite des monts café, une aurore boréale au-dessus de la cafetière ou une éclipse de confiture finirent de mettre en émoi leurs sens *reglucosés.*

Ils fermèrent les yeux et virent des couleurs clignotant comme des gyrophares, entendirent les sirènes de l'amour, des bruits de sabots et sentirent des odeurs mâles. L'excitation était à son comble lorsqu'ils les rouvrirent.

Le serveur rancunier avait appelé la cavalerie avant qu'elle n'arrive et le corps de police cernait le nid des deux tourtereaux comme des chasseurs d'élite.

Toto, un canon scié sur sa bosse qui avait triplé de volume, fut accusé de voler un œuf sous son cuir chevelu et Pépou – dont on prenait des clichés scientifiques pour son dossier capillaire – de voler un œuf sur le plat au bacon dans ses cheveux.

- Mais enfin, dit Pépou, ce sont nos œufs, on en fait ce qu'on veut !
- La liberté américaine sur les droits des légumes ne ferme les yeux que pour les oignons ! dit le serveur à lunettes.
- Ah bon ? Parce que pour vous l'œuf est un légume ? lui rétorqua Toto en finissant son œuf au bacon dans le chignon de sa femme-plateau.

Apparemment c'était oui, car c'est menottes aux poignets que nos deux vipères furent embarquées. Et vogue la galère.

- Qu'est-ce qu'on rame ! éructa notre *hérote* qu'on appelait Pépou, la voix recouverte par le pin-pon-pet de la voiture de police lancée à plein gaz.

Ils furent directement amenés au *Tribunal pour plus de justice* où le juge énonça les faits reprochés :

- Vol d'œuf, d'œuf au plat...
- Mon œil ! s'écria Pépou.
- Taisez-vous ! dit le juge, qui vole un œuf vole un œil-de-bœuf ! Et je rajoute à la liste : questionnement abusif sur l'origine

de l'œuf, si ce n'est pas un légume, que voulez-vous que ce soit ?

En fait d'avocat, celui de la défense était un vrai légume, et sa plaidoirie une macédoine inaudible. Le juge, à bout, le traita de fruit vert, de peau molle, de chair pourrie.

- T'as vu la tienne de chair ? Pourriture ! dit Toto dont la bosse désenflait à mesure qu'il pressait dessus, un liquide inflammatoire translucide giclant sur son auditoire arrière sans qu'il ne s'aperçoive de rien.
- Vous voyez bien que ce n'était pas un œuf ! dit Pépou qui tentait de vider l'abcès en montrant du doigt le jet qui n'arrosait maintenant que des chaises désertées par leurs vieux occupants partis se réfugier sous de meilleurs hospices.

Le juge les condamna dans le brouhaha général à trois mois de réclusion criminelle à perpétuité aggravés de trente ans ferme de chaise électrique avec sursis pour outrage à magistrat, tentative de fuite du blanc d'œuf par la calotte crânienne et tentative de déstabilisation de la république américaine par ses fondamentaux, dont le quatrième : *l'œuf est un légume.*

Ne dit-on pas : *si l'œuf n'était pas un légume, les poules pondraient des tomates* ?

Le juge fit évacuer les prévenus sans les prévenir.

- Je m'insurge, Monsieur le juge ! vociféra Toto que l'on traînait dehors. L'œuf n'est pas un légume, avez-vous déjà gobé une carotte ?

Ordre fut donné au geôlier de se débarrasser des deux irréductibles Gaulois.

Allez tout droit en prison.

Ne passez pas par la case départ.

Ne touchez pas vingt mille francs.

Dans les coulisses du barreau, on décida que pareils détenus nuiraient gravement à l'ordre intérieur des maisons de détention et on décida de ne pas faire de rétention. Un échange standard de prisonniers était justement prévu dans l'après-midi avec des amis russes.

Je t'échange rue Lecourbe contre deux Rouges et une carte chance.

- Faudrait être fou pour accepter une telle ineptie ! dit Toto à ses cow-boys dans la diligence à moteur qui traversait New-York à toute allure et dont Pépou faisait varier la fréquence de la sirène en se mettant les doigts dans le nez. Pin pon pin !!! Pin pon pingrchhh !!! Plintch blouch mlonch !!!

Le fourgon à l'arrêt, une bouffée d'air marin dégagea les narines des deux enchaînés. On les sortit, face à l'océan avec un sardinier russe dessus. Deux prisonniers prirent leurs places dans le fourgon qui repartit en trombe. Sur le sardinier, il y avait un sardinier russe qui les observait.

On les avait libérés, en quatre mots, pour un sardinier russe, avec un sard...

- Sourdignier ! corrigea la voix rauque et iodée du marin qui n'avait rien d'une danseuse étoile de l'opéra de Moscou.

En poids, il en faisait dix-sept à lui tout seul.

La journée s'annonçait rude, tant Pépou semblait dans un grand jour. Debout, face à la baleine de l'océan interloquée elle osa :

- Pourriez-vous nous indiquer nos cabines s'il vous plaitsk ? Comme on dit en Franzk « quand ça r'dort, ça r'dine » !

« *C'est juste, on a bien dîné hier, aujourd'hui on va bien déguster !* » se dit Toto.

CHAPITRE 10

ON COMMENÇA A PERDRE LE NORD

En guise de chambre à coucher, les deux marins d'eau douce eurent droit à la cale sèche. Le navire brisa ses derniers liens avec l'Amérique et mit le cap au sud. Passé le Cap Horn, il fuirait à l'ouest comme le dernier des Mohicans, une plume de mouette emprisonnée sur du goémon séché au bout du mât.

Le marin russe déterra la hache de guerre et pénétra dans la cale dont il prit sauvagement la porte. Il la souleva de ses bras gros comme des cuisses de skieur boulanger alpin et se présenta face à nos deux capitalistes, la porte tout heureuse appuyée derrière lui contre le mur, hors de ses gonds, le verrou défoncé.

Visiblement, il cherchait des appâts pour la pêche au gros. Toto, pétrifié, aurait certainement fini en surimi à baleine si le bateau n'avait pas fait honneur à un iceberg.

Crac, boum, hue fit la coque extra du bateau ivre comme un Polonais. Un pan de glace traversa la cale de part en part à travers la bête du Gévaudansk.

- Nous sommes libres !
- Et bientôt noyés !

Le reste de l'équipage avait fui comme la coque du bateau. Il ne restait plus qu'un matelas pneumatique en guise de canot de sauvetage et c'est à cheval sur ce dernier, les mollets mouillés, qu'ils virent couler le navire qu'ils prénommèrent « Le Submersible ».

Pépou manqua de faire chavirer le matelas en essayant de toucher le fond de l'eau pour voir si elle avait pied.

- Pas de panique, tu touches le fond ! lui ordonna son équilibre alors qu'il essayait de retrouver celui de la chaloupe en singeant la danse du tire-bouchon.

- On dirait pas le Sud ! entonna Pépou, d'une voix glacée car ses orteils venaient de frôler un iceberg.

Du sardinier, seuls les marins étaient à l'ouest, tout le reste était parti bien au nord et Pépou *fonda* comme Jane dans les bras de son Tarzan. Ses larmes firent remonter le niveau de l'océan sous le matelas d'un bon mètre.

- Je vois la banquise !
- La mer ferme !

En retombant, le matelas dont la valve s'était ouverte se lança à toute allure, propulsé par l'air sortant des flotteurs.

Mais ce qui devait couler coula : un mètre cinquante avant le rebord du Pôle Nord, ils piquèrent une tête la première et glissèrent sous la banquise comme deux olives sur une patinoire. L'issue paraissait fatale mais leur course se termina dans un trou, comme à la Loterie Nationale. C'était leur jour de chance.

Toto, immédiatement suivi par son numéro complémentaire reprit sa respiration, leva les yeux et s'aperçut qu'ils étaient observés par un petit Lapon, le pantalon baissé.

Deux Blancs, des têtes à la Christophe Colomb grippé face à ses premiers antigènes, trônaient dans la cuvette des *Water-Colomb* et l'enfant bien élevé partit en hurlant après avoir tiré la chasse d'eau.

Etron et *étronne* quittèrent les lieux en volant un traîneau dont ils eurent le plus grand mal à maîtriser l'attelage car ils ne parlaient pas le chien.

Un guide de l'utilisateur dans la boîte à moufles côté passager les tira d'affaire. Le manuel conseillait, pour aller à droite, de dire « distinctement et d'une voix claire » : *les variables X et Y appartiennent à une courbe tangentielle passant par l'axe des rails du traîneau, légèrement sur la droite.*

- Prends le volant, dit Toto.

Il sauta en marche, s'enfonça dans la neige jusqu'à mi-cuisses et rattrapa les chiens à force d'entrechats et autres figures réalisées à quarante kilomètres à l'heure en dessous de zéro.

- Y aurait-il un chien qui parle homme ? Je voudrais tourner à gauche.

Pas de réponse.

N'y tenant plus et voulant rejoindre des latitudes plus clémentes, il ordonna distinctement et d'une voix claire quoiqu'un peu essoufflée :

- Les variables X et Y appartiennent à une courbe tangentielle passant par l'axe des rails du traîneau, légèrement sur la gauche !

Les chiens s'arrêtèrent net, à l'affût, une patte soulevée et Toto vit passer au-dessus de lui Pépou coincée entre l'airbag et le dossier.

- … enfin pour arrêter les chiens en urgence, continuait-elle, dites « distinctement et d'une voix claire » : *les variables X et Y appartiennent à une courbe tangentielle passant par l'axe des rails de traîneau, légèrement sur la gauche.*

Elle glissa soudainement entre l'airbag en vessie de phoque et le dossier en coccyx de baleine en faisant « swip » comme une savonnette et partit au loin.

- Swip ? se demanda Toto qui observait cette chose qui rasait le sol.

Il la reconnut. Lorsqu'elle se rapprocha de lui, il pensa pouvoir la toucher mais elle repartit dans la direction opposée, un peu sur la droite. Le phénomène se répéta plusieurs fois, de plus en plus souvent, de en plus près.

Pépou Halley, cône glacé plutôt rapide pour une fille lente, avait coupé le cordon de son vaisseau pour en devenir un à son tour, objet de tous les désirs de Toto tant elle lui tournait autour.

Il calcula rapidement le diamètre du carré de l'hypoténuse en se débouchant les sinus dans ses moufles et rejoignit le centre de la spirale de son amour. Il écarta ses bras en croix et attendit sa boule de neige comme un poteau sa tournoyante balle de Jokari.

- Tu es mon centre ! balbutiait Pépou dans sa congélation. Pousse-toi, tu es sur le Pôle !
- Paul ? se demanda Toto, debout sur une plaque commémorative.

Il lut à haute voix : « *Pour transformer la Terre en globe terrestre, faire entrer l'axe par ce point et le récupérer de l'autre côté.* »

Dans la même seconde Pépou lui rentra dedans, le transformant en globe terrestre humain, sans lumière à l'intérieur : elle était devenue son axe.

Dans la même seconde Pépou lui rentra dedans, le transformant en globe terrestre humain…

CHAPITRE 11

RENTRONS

« Les habitants du pôle Nord ont le nez en carotte ? » se demandait Toto en tressaillant imperceptiblement car il était congelé.

En plein blizzard, pris d'émotion, un bonhomme de neige s'était approché. Ses yeux en boutons marrons observaient l'homme-globe et la fille, sa fille, lui servant d'axe.

- J'ai fini par te retrouver espèce de désaxé !

Portant fièrement sa prise sous le bras, le braconnier des banquises rentra dans son igloo où l'attendait le froid car il chassait le Toto en célibataire. Il les déposa sur le poêle pour qu'ils décongèlent à la vie en suant toute leur glace.

- Papa?! fut le premier mot de Pépou, et le dernier, coupée qu'elle fut.
- Fille ! fut le premier mot de celui qui en était le père, et le dernier.

Il tenait Toto au bout de sa canne à pêche car le Grand Nord avait réveillé ses instincts grégaires.

Parti à la recherche de son ex moche-fils, il avait choisi une destination au hasard en faisant tourner un globe terrestre.

- Je suis sûr que notre assassin fera un très bon appât *qualité-prise,* fanfaronnait déjà le justicier glacé.

Toto se balançait dangereusement au-dessus de la marmite à bouillabaisse.

- C'est pour son bien que je vous ai fait du mal ! se défendit-il.

Il les déposa sur le poêle pour qu'ils décongèlent à la vie en suant toute leur glace.

Mais le marmiton givré se donnait du mal à lui faire du bien, le fessier de notre homard frôlant au plus près l'eau frémissante. Pépou, dans un geste désespéré, décrocha la trompe d'éléphant de mer qui séchait au-dessus de la cheminée et visa le cuisinier. Elle manqua sa cible et frappa Toto à la manière d'une joueuse de base-ball.

- A moi ! fit le papa basque qui reprit Toto d'un revers de la main alors qu'il revenait du fronton.

Pépou mit fin à la partie d'un smash rageur dans le coin opposé de l'igloo et s'écroula de joie à la manière des grandes championnes.

- Je remercie mes parents ! et elle détourna l'attention du papa vengeur en annonçant que le repas était servi.

Les hostilités furent remises à plus tard et l'on réveilla Toto à renfort d'huile de foie de morue pour passer à table.

- Tu dois l'éclairer sur mes intentions ! ordonna Toto en lançant un regard salé à sa lancinante luciole.

La nuit de six mois venait de tomber et Pépou fit la lumière sur son enlèvement qui était une déclaration d'amour. Tel était épris qui croyait prendre.

Les explications tombèrent à plat : les volutes d'huile de foie de morue étaient montées à la tête du patriarche qui s'était soudainement investi dans une relation amoureuse avec l'abat-jour du plafond en montant sur la table.

- Ma raie électrique !

Debout, les pieds nus dans les assiettes de tout le monde et les mains tendues vers son luminaire il dansait une sorte de parade amoureuse.

Toto, qui se replâtrait après le tremblement de terre familial qu'il venait de subir, manqua par trois fois de planter sa fourchette dans les orteils du Roméo de l'ampoule.

Mais l'amour avait rendu aveugle et insensible de la voûte plantaire le rapide danseur de claquettes sur sucres lents qui projetait des nouilles tomatées à travers toute la pièce. Il empoigna sa dulcinée par la douille, lui colla un baiser électrique et court-circuita enfin la situation en se prenant une châtaigne.

Plongé dans le noir, le veuf du luminaire vit trente-six chandelles et ce feu d'artifice l'éclaira sur ses vraies pulsions. Une lumière de perdue, trente-six

Toto de retrouvés ! Il disparut sans faire de bruit et un calme fragile s'installa.

Toto et Pépou, recouverts de sauce bolognaise et de fromage râpé sifflotaient comme leur conscience inquiète leur ordonnait de le faire, se cachant d'un courroux céleste derrière les plus beaux airs de peintre en bâtiment.

Ils étaient allés trop loin. Ils avaient dérivé sans s'en rendre compte de cuisine criminelle en rade de Brest, de trou à rêve en génie phallique et leur quête était devenue un acharnement de tous les instants. Plus les éléments se déchaînaient, plus ils allaient de l'avant dans la tempête. Le début de leur bonheur peut-il être la fin du monde ?

Long silence.

Un bruit assourdissant provint du dehors dans un tremblement de glace qui les terrassa.

- C'est la fin de notre monde ! conclut Pépou, blême.
- Vive le bonheur ! et Toto leva fièrement le poing.

Une masse gélatineuse, rose, chaude et gluante grandissait depuis l'horizon et son passage fondant emportait tout. Elle glissa sur l'igloo en raclant une dizaine de centimètres de neige.

Le temps était à la panique. Toto et Pépou se sentaient comme deux poussins pas finis dont on rongeait la coquille.

- Je veux retourner dans ma cuisine !
- Si on s'en sort, on rentre à la maison, lui promit Toto.

La langue informe réapparut au loin, cette fois-ci chargée d'une salive bouillante qui fit fondre une épaisseur encore plus importante de glace.

- *Le réchauffement de la planète serait dû à la quête du bonheur...* émit Pépou.
- Comme si c'était un mal... grommela Toto qui avait ouvert le frigo et collait des glaçons aux murs pour en consolider les parois.

CHLURP !

L'igloo était maintenant décapoté, la voûte céleste, l'étoile polaire et les aurores boréales on s'en foutait royalement, la prochaine serait la bonne.

Ils avaient usé de tous les recours : appel, contre-appel, contre-expertise, grâce présidentielle et miracle divin. La réalité les avait rattrapés, pour mieux les avilir.

La langue fissurée, mouvante et aveugle s'avançait au loin, comme pour prendre un élan final vers nos deux petites friandises.

Pépou émit la marche funèbre lorsque Toto ressentit le contact moelleux du prédateur mais un cri fulgurant fracassa soudain l'ordre des choses.

AIEEEE !

Long silence.

Un objet tranchant avait coupé la chair gluante et soudain hémorragique de la langue sur le départ forcé.

Le paternel qui s'était caché dans un placard avait surgi, armé d'une hache.

Tirant la langue pour mieux trancher Toto il n'était parvenu qu'à blesser son amour-propre et avait disparu, se tenant la langue en sang.

- Mainfenant nous fommes quittes !

Les larmes de joie de Pépou se cristallisèrent sur-le-champ pour refermer le toit de leur ancien cercueil, formant un prisme gelé au travers duquel plus rien n'avait le même goût qu'auparavant.

- Nous rentrons ! dit celui qui tenait ses promesses.

CHAPITRE 12

SYMETRIE M'ÉTAIT COMPTÉE

En fin de piste, un avion de ligne se tenait du bout des pneus en équilibre sur son train arrière, le nez en l'air à la recherche de son élan perdu.

Le vol direct départ neuf heures trente-huit du Pôle Nord, arrivée midi une dans leur cuisine, n'avait pas décollé.

Les roues de la caravelle avaient rencontré un obstacle rare : une mare de *Superglue.*

Retenus au sol loin de leur foyer, nos deux résignés firent des hoquètements de l'Histoire un cas personnel irritant.

Au moment du choc, les voyageurs-boules-de-flipper étaient partis vers l'avant pour décoller comme l'avion en avait décidé, puis vers l'arrière comme leurs ceintures leur rappelaient qu'ils étaient attachés.

Au pied du phénomène, des chercheurs formaient un essaim blanchâtre. Cette œuvre d'art contemporain géante mettait en péril les fondations cartésiennes de tous ces esprits et ils étaient bien décidés à chercher.

- Vous êtes fous ! Faut pas chercher, on a déjà essayé ! leur cria Toto à travers le hublot alors qu'ils n'entendaient rien, et d'ailleurs, n'y entendaient rien !

Ils prenaient des notes avec une précaution aéronautique. L'avion avait mis deux virgule trois centimètres pour s'arrêter, la puissance de cette colle n'égalait que le mystère qui entourait son origine.

- Rentrez dans votre cuisine ! leur conseilla Pépou.

En fin de piste, un avion de ligne se tenait du bout des pneus en équilibre sur son train arrière, le nez en l'air…

Un camion de pompiers arriva à toute allure et déploya sa grande échelle pour aider les rescapés à sortir vivants.

Attaché à rester lui-même, Toto se détacha le premier et prit la main de Pépou.

- Je t'enlève une dernière fois à ta ceinture de sécurité, décollons !

Et il fit sauter érotiquement le petit clapet sous son nombril.

Toto saute-moutonna sur les passagers de l'échelle de secours, pressé qu'il était de vivre sa vie. Il ne fit que deux pas sur l'aérodrome, successivement du pied droit et du pied gauche, puis gesticula comme une mouche emprisonnée dans un fond de sirop.

- Faut pas pousser ! pria-t-il ses voisins d'échelle coincés sur ses arrières.

Dans la cohue qui s'était formée, Pépou n'avançait pas d'un centimètre.

Elle s'enfonça deux doigts dans le nez pour passer plus facilement et contracta une crise d'asthme à la vue de son Totoxygène emprisonné.

Sa panique, ses bronches et son amour entrèrent en résonance. Elle se retrouva dans l'impossibilité de retirer ses doigts aspirés par le système de la vase nasale communicante.

Quand elle parvint enfin à dégager sa main droite pour agripper sa Ventoline-bouée, son coude droit fut happé en pleine tempête intérieure par son oreille gauche et la valise de la passagère un échelon plus haut se colla à ses arrières par le même phénomène de succion compensée.

Sa propriétaire, octogénaire sur ses gardes et armée jusqu'aux dents, conclut qu'on lui volait sa valise et vida sa bombe de gaz défensif dans la bouche grande ouverte de Pépou.

Le gaz débloqua ses bronches qui se regonflèrent d'un air vicié aussitôt refoulé d'un glaviot jaunâtre et chimique recraché sur la mémé parano : retour à l'envoyeur.

La valise qui avait perdu ses attaches avec Pépou dégringola au pied et à la barbe de tout le monde, s'ouvrit suite au choc sur le bitume et offrit au vent la collection de timbres-poste de la philatéliste agressée.

Cuisine mexicaine, cinéma allemand et aviation.

Des *Blériot* et des *Saint-Exupéry* mêlés de *Fritz Lang sauce épicée* s'offrirent aux caprices du vent. La fine dentelle de voyage finit par affranchir tout le bout de la piste d'atterrissage préencollée.

Immédiatement, le long courrier perdit l'adhérence qui le retenait et décolla. L'hôtesse de l'air, impassible, salua poliment les passagers terrorisés sur leur échelle et referma la porte de l'avion pour permettre la pressurisation.

On détourna le vol de sa destination finale et c'est à Paris, la ville des amoureux, que Toto et Pépou, suspects tout trouvés, furent accusés de plusieurs mots commençant par con : complot en concubinage, qu'on les arrête !

Les pieds liés à point et les poings liés par ces pieds de douaniers, assis sur des chaises de contrebandiers, ils passèrent une nuit émouvante dans les geôles de l'aéroport.

Toto se sentait de l'autre coté du miroir : Pépou continuait d'émettre mais cela importait peu.

- Tu es mon tapis roulant, je suis ton moteur, avança Pépou, *et tout de suite le Jeu des Mille Euros !*
- Je suis ta symétrie déformée.

Au petit matin, le bonheur les avaient rendus fous.

Dorénavant ils projetaient aux douaniers terrorisés des images brutes d'eux-mêmes et il fut décidé de les transférer dans une clinique spécialisée.

Les barreaux, les camisoles, une cassette des ébats amoureux des otaries, rien n'y faisait : ils étaient de plus en plus heureux.

- Sortons ! Sortons ! Je voudrais voir ce que cela fait dehors, proposa Pépou qui ressentait une douce mélancolie l'envahir. Et si on s'inventait des masques ? Ils n'auraient peut-être plus peur. Ils nous relâcheraient, même !

Pépou bricola de ses dents deux masques de fortune avec des bouts de camisole, des morceaux d'emballage de neuroleptiques et des lambeaux de tapisserie. Celui de Toto représentait Titi, le sien Grosminet.

Les masques en place, ils attendirent le psychiatre.

A leur vue, l'ensemble de son corps médical partit dans une transe rituelle à la réussite d'un traitement psychiatrique. Titi et Pépouminet passèrent en commission extraordinaire dans l'heure et on leur signa un bon de sortie plus deux kilos d'emmenthal râpé.

Ce fut le plus beau jour de leur vie : tout était différent. Et la petite différence dans le regard de l'autre rendait différente la première différence.

C'était différent.

Très différent de ce que peuvent ressentir d'habituels personnages de roman...

CHAPITRE 13

DE L'ESPACE À LA FIN !

L'espace. La Terre au loin et du vide partout avec deux amoureux dedans.

L'apesanteur se faisait pesante et *branlebabutait* Toto et Pépou dans tous les sens, la tête en bas, la tête en haut, et réciproquement pour les pieds.

- C'est la dernière fois qu'on prend l'ascenseur ! décréta Pépou qui avait malheureusement conservé quelques contacts électromagnétiques avec le monde.

Au premier étage de la tour Eiffel, la vitesse leur avait semblé exagérée. Au second, ils n'avaient pas changé d'avis et lorsque le pas de tir les avait expulsés comme de vulgaires points noirs, ils avaient compris qu'ils montaient au ciel.

Par le petit hublot dont était équipée leur navette, ils virent défiler océans et continents, vents et marées, crimes et châtiments, raisons et sentiments, par monts et par vaux.

Un câble traînait dans le sillage de l'ascenseur, comme une ficelle de *Tampax* faisant le tour de la terre en vingt-huit jours.

- Sauvés ! On va pouvoir s'arrimer à un satellite.

Les deux *cosmoshôtes* endommagèrent des merveilles de technologies en jouant au lasso avec leur câble d'ascenseur avant de rattraper un petit bout d'humanité.

Au milieu des débris argentés de panneaux solaires qui flottaient du pôle d'un côté au pôle de l'autre, il y avait deux bébés qui cherchaient leur ventre maternel à coup de cordon.

Ils parcoururent les dix mètres séparant la cabine ascensionnelle du satellite telles deux limaces aplaties

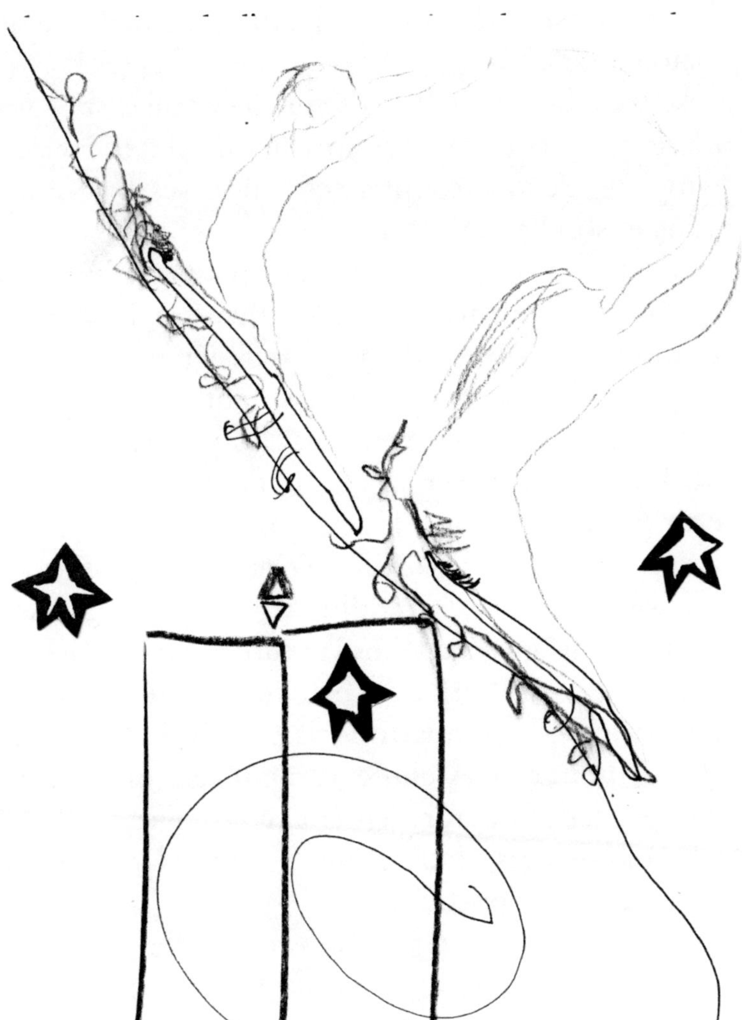

Ils parcoururent les dix mètres séparant la cabine ascensionnelle du satellite telles deux limaces aplaties…

car la pression de l'espace pesait rudement sur leur histoire.

Arrivé à bon port, Toto remit ses rotules sur l'avant de ses genoux et sortit ses oreilles de l'intérieur de ses tympans. Pépou regonfla ses joues, ses bajoues, ses seins et son bassin.

La station spatiale, spartiate petit studio stratosphérique, semblait à l'abandon mais un dernier souffle animait le tableau de bord poussiéreux sous forme de petits voyants lumineux rassurants.

Ils coulèrent doucement vers les vagues de nuages. Le bouton blanc cassé les fit descendre et le bleu clair remonter dans le ciel. Ils survolèrent émus Brest, le *Jesaispas* et New York. Appuyant sur un bouton vert ils descendirent vers l'Amazonie au turquoise ils glissèrent sur l'océan, au gris frôlèrent la tapisserie du salon et au mauve pailleté le carrelage des toilettes. Au marron clair à pois orange fluo Pépou vomit et la chute vertigineuse qu'ils avaient engagée leur fit perdre lentement connaissance.

Des couleurs imaginaires s'occupèrent de les ramener à bon port.

Le *joli* les fit remonter et l'*aube* leur redonna espoir, le *crémeux* les fouetta et le *coulant* les coula, le *bisou* les remplit de bonheur et le *soir-qui-tombait* les endormit profondément.

Au réveil, le train d'atterrissage était plié, les platanes empalés et il y avait de la fumée partout. On eut dit une seconde naissance.

Au réveil, le train d'atterrissage était plié, les platanes empalés et il y avait de la fumée partout. On eut dit une seconde naissance.

Cessant un instant d'écrire, je m'assis avec eux au milieu des débris et je le vis enfin. C'était *moi* qu'ils cherchaient : avec le temps on finit par se trouver. Ils pouvaient maintenant guérir de moi et prendre définitivement leur envol. On devinait la tranche du livre quelques mètres plus bas…

« Sautez ! » me dis-je.

Je repris :

Ils s'approchèrent du vide, Toto sentait quelque chose tourner carré et chuchota à Pépou :

- *Au signal on quitte ce bouquin, et cette fois-ci on sera libres, tu comprends ? Libres ! !*
- *Ce sera quoi, le signal ?*
- *Le mot : Fin.*

Toto et Pépou avaient fait le tour de la question et se sentaient prêts maintenant, ils se retournèrent une dernière fois sur leur vie de personnages de roman et fermèrent les yeux, le cœur un peu gros.

Lorsqu'ils les rouvrirent, ils étaient prêts.

Prêts à vivre leur début, leur vrai début, à la fin.

De l'ombre jusqu'au bord, cela m'avait pris une année entière.

Depuis ce bord, je vois de l'ombre : au centre, la nuit.

Le vrai jour, à la limite.

Maquette Alexandre Zahnbrecher

Ouvrage composé en Garamond

Achevé d'imprimer
1er trimestre 2013

Imprimerie Kocher
67560 Rosheim
info@kocher.net

Jürgen Brockmann
Werner Lantermann

Agaporniden

Haltung, Zucht und Farbmutationen
der Unzertrennlichen

Zweite, verbesserte und erweiterte Auflage
49 Farbfotos, 4 Verbreitungskarten,
5 Zeichnungen, 5 Tabellen und
54 Vererbungsschemata

Verlag Eugen Ulmer Stuttgart

CIP-Kurztitelaufnahme der Deutschen Bibliothek

Brockmann, Jürgen:
Agaporniden: Haltung, Zucht u. Farbmutationen der Unzertrennlichen / Jürgen Brockmann; Werner Lantermann. –
2., verbesserte und erweiterte Auflage
Stuttgart: Ulmer, 1985.
ISBN 3-8001-7141-4

NE: Lantermann, Werner:

Wollgrasweg 41, 7000 Stuttgart 70 (Hohenheim)
Printed in Germany
Einbandgestaltung: A. Krugmann, Stuttgart
mit einem Foto (*A. roseicollis* Pastellblau) von Hans Reinhard
Satz: Orzech-fotosatz, Tübingen
Druck: Sulzberg-Druck GmbH, Sulzberg i. A.
Gebunden bei K. Dieringer, Stuttgart

Vorwort zur 2. Auflage

Wenn knapp drei Jahre nach Erscheinen des ersten Druckes eine zweite Auflage unseres Agapornidenbuches notwendig wurde, zeugt dies davon, daß sich die afrikanischen Zwergpapageien offenbar unveränderter oder gar zunehmender Beliebtheit bei den Vogelhaltern erfreuen.
Die Kenntnisse über fünf der sechs Agapornidenarten (eine Ausnahme bildet das Grünköpfchen, welches unseres Wissens in keinem europäischen Bestand vertreten ist) sind im Gegensatz zu anderen Papageienarten inzwischen sehr umfassend, zumal sie bereits mehrfach Gegenstand biologischer, ethologischer und neuerdings auch ökologischer Forschung waren.
Besonders ausführlich haben wir die Mutationen behandelt und ihre Vererbung dargelegt. Wenn wir unser Buch gegenüber der ersten Fassung in stark erweiterter Form vorlegen, ist dies vor allem auf die im zweiten Buchteil verarbeiteten Neuerkenntnisse der Mutationsforschung zurückzuführen.
So hat auch das Schrifttum über diese Kleinpapageiengattung stark zugenommen, so daß wir das ursprüngliche Literaturverzeichnis beinahe verdoppeln mußten.
Dafür sei nicht zuletzt den Mitgliedern der Arbeitsgemeinschaft Agaporniden (AGA) gedankt, da sie seit Gründung der Interessengemeinschaft (1981) manchen wesentlichen Beitrag im monatlich erscheinenden Rundbrief veröffentlicht haben.
Unser Dank gilt weiterhin Frau Dr. med. vet. Uta Ebert, Hannover, für die Durchsicht des Kapitels „Krankheiten", Herrn Dr. Joachim Steinbacher, Senckenberginstitut Frankfurt, für seine fachliche Beratung und Herrn Pfarrer Werner Wiching, Ahaus, für seine praktische Mithilfe bei der Erstellung des fotografischen Teils. Das Entstehen dieses Buches wäre sicherlich nicht möglich gewesen ohne das Verständnis unserer Familien, die uns bei der Ausübung unserer Liebhaberei stets unterstützt haben. Nicht zuletzt sei auch dem Verlag dafür gedankt, daß er unseren Änderungswünschen bei dieser Neuauflage entsprochen hat.
So möge dieses Buch weiterhin eine gute Aufnahme bei den Agapornidenliebhabern finden und für viele ein nützlicher Ratgeber sein.

im Herbst 1984

Jürgen Brockmann, Ahaus
Werner Lantermann, Oberhausen

Inhaltsverzeichnis

Agaporniden, die beliebtesten Kleinpapageien

Schon in vergangenen Zeiten gehörten Papageien und Sittiche zu den beliebtesten Stubenvögeln überhaupt. Einer der ersten „eingeführten" Papageien wird wohl der Halsbandsittich gewesen sein, der um die Mitte des 4. Jh. v. Chr. von Alexander dem Großen nach Europa gebracht wurde. Weiterhin bekannt wurde der große Gelbhaubenkakadu des Kapitän Cook, der ihn auf seinen Fahrten rund um die Erde begleitet haben soll.

Jedoch erst im 19. Jahrhundert und speziell zu Beginn des 20. Jahrhunderts nahm die systematische Papageienhaltung in Europa ihren Anfang. Wurden die ersten Wellensittiche im Jahre 1840 noch zu wahren Traumpreisen gehandelt, so haben sich diese Vögel mittlerweile als so fruchtbar erwiesen, daß heute, trotz Ausfuhrverbot der australischen Regierung, der Bestand in Gefangenschaft den in freier Natur bei weitem übersteigen dürfte. Etwa gleichzeitig begann man auch viele andere Sittiche und Papageien von Afrika, Asien, Australien oder Südamerika einzuführen, so daß nach kurzer Zeit dem Liebhaber eine reichhaltige Palette verschiedener Arten und Rassen für seine Volieren zur Verfügung stand.

Erst relativ spät, größtenteils zu Beginn des 20. Jahrhunderts, wurden die Agaporniden, die Unzertrennlichen, eingeführt, die sich zumeist als gut züchtbar und anspruchslos in der Pflege erwiesen. Zudem kamen sie zeitweise in solchen Massen auf den Markt, daß geradezu ein Boom für diese Kleinpapageien entstand.

Im Jahre 1930 machten dann die vieldiskutierte Papageienkrankheit (Psittacose) und die sich daraus ergebenden Einfuhrbeschränkungen der gesamten Papageien-Liebhaberei ein vorläufiges Ende.

Mittlerweile wurden die Bestimmungen allerdings gelockert. Auf Antrag erteilt die zuständige Veterinärbehörde Personen, die den Import und Handel mit Papageien beabsichtigen, eine Sondergenehmigung. Der Antragsteller muß geeignete Sachkunde nachweisen können und über gesonderte Räume verfügen (Quarantänestation), die sich zur prophylaktischen *Psittacose*-Behandlung der eingeführten Papageien eignen und die Ausbreitung von Krankheiten verhindern.

Da die genauen Bestimmungen in den einzelnen Bundesländern verschieden sind, lassen sich hier keine endgültigen Aussagen treffen. Der interessierte Papageienfreund wende sich an die für ihn zuständigen Behörden.

Darüber hinaus hat sich der künftige Importeur bei der Wahl der einzuführenden Papageien nach den Regelungen des Heimatlandes und den Bestimmungen des Artenschutzes zu richten: Viele Arten von Papageien und Sittichen sind mittlerweile in ihrer Heimat mehr oder weniger stark vom Aussterben bedroht. Die Möglichkeit der Einfuhr wird dank des sogenannten »Washingtoner Artenschutzabkommens« geregelt. Alle gefährdeten Wildtiere sind hier entsprechend ihrer Bedrohung in drei Anhängen dieses Abkommens aufgeführt. Agapornidenarten sind zur Zeit noch nicht vorrangig gefährdet, aber im Anhang 2 des Abkommens aufgeführt, wie übrigens alle Papageienvögel-Psittaci (mit Ausnahme der Wellen-, Nymphen- und kleinen Alexandersittiche).

Mit einer Körpergröße von 13–17 cm Länge gehören die Unzertrennlichen mit den Sperlingspapageien *(Forpus)* und den Fledermauspapageien *(Loriculus)* zu den kleinsten Papageien unserer Erde.

Unzertrennliche sind kleine, stämmig gebaute Papageien, die durch ihr anmutiges Wesen und ihre leuchtenden Farben bestechen. Ihre Stimme ist teilweise recht laut, bleibt jedoch hinter der größerer Papageien entschieden zurück, so daß sie auch für eine Zimmerhaltung gut geeignet sind. Die Grundfarbe des Gefieders aller Unzertrennlichen ist grün. Bei einigen Arten sind beide Geschlechter völlig gleich gefärbt, während man sie bei drei Arten (*A. cana, A. taranta* und *A. pullaria*) genau unterscheiden kann.

Ihre Beliebtheit beruht auf verschiedenen Eigenschaften. Durch ihre geringe Größe benötigen sie relativ wenig Platz. Da sie meistenteils leicht züchtbar sind, sind Agaporniden immer preislich erschwinglich. Außerdem sind sie farblich recht ansprechend und nicht zuletzt ziemlich anspruchslos in Ernährung und Pflege. Es sei allerdings nicht verschwiegen, daß einige Arten, zu mehreren gehalten, ziemlich laut sind, was speziell bei empfindlicher Nachbarschaft bedacht werden sollte. Außerdem sind sie manchmal recht unverträglich untereinander, auch anderen Vögeln gegenüber.

Auffallend ist jedoch die enge soziale Bindung, die die beiden Partner eines Paares für die Dauer ihres Lebens eingehen; nicht umsonst nennt man sie ja die Unzertrennlichen. Der Name Agapornis stammt übrigens aus dem Griechischen und bedeutet soviel wie Liebesvogel. Ein Paar verrichtet fast alle Dinge gemeinsam. Charakteristisch ist dabei ein eingehendes Kopfkraulen, das bei fast keiner anderen Papageienart in dieser Weise beobachtet werden kann. Es wird sogar behauptet, ihre „Liebe“ zueinander ginge soweit, daß bei frühzeitigem Tod eines Partners der übriggebliebene Vogel kümmern und kurz danach ebenfalls sterben würde. Dies hat sich jedoch in unseren Anlagen niemals ereignet. Ein anderer Artgenosse, notfalls auch ein Wellensittich, hilft oft über den Verlust des Partners hinweg.

Zusammenfassend kann gesagt werden:
Wenn man die kleinen Unarten der Agaporniden kennt und akzeptiert, sind sie durchaus liebens- und empfehlenswerte Pfleglinge. Den Liebhaber wie auch den Züchter wird es immer wieder reizen, ihre ausgeprägten Lebens- sowie Nistgewohnheiten zu beobachten und zu vergleichen.
Folgende Arten und Unterarten der Gattung *Agapornis* sind bekannt:

Rosenköpfchen *(A. roseicollis)*
A. r. roseicollis (Vieillot)
A. r. catumbella Hall

Unzertrennliche mit weißen Augenringen *(A. personata)*
Die Schwarzköpfchen/*A. p. personata* Reichenow
Die Pfirsichköpfchen/*A. p. fischeri* Reichenow
Die Rußköpfchen/*A. p. nigrigenis* Sclater
Die Erdbeerköpfchen/*A. p. lilianae* (Shelley)

Bergpapageien *(A. taranta)*
A. t. taranta (Stanley)
A. t. nana Neumann

Grauköpfchen *(A. cana)*
A. c. cana (Gmelin)
A. c. ablectanea Bangs

Grünköpfchen *(A. swinderniana)*
A. s. swinderniana (Kuhl)
A. s. zenkeri Reichenow
A. s. emini Neumann

Orangeköpfchen *(A. pullaria)*
A. p. pullaria (Linné)
A. p. ugandae Neumann

Wie aus dieser Aufstellung ersichtlich, besteht die Gattung *Agapornis* (Selby) aus sechs Arten, von denen jeweils noch verschiedene Rassen bekannt sind. Der Vollständigkeit wegen sei erwähnt, daß manche Autoren die Gattung in neun Arten unterteilen, wobei sie die Arten mit weißen Augenringen als vier selbständige Species betrachten. Persönlich neigen wir jedoch zu der Ansicht, die *per-*

sonata-fischeri-nigrigenis-lilianae-Gruppe als eine Art mit vier Unterarten anzusehen. Zwar gibt es in ihr sowohl farb- als auch größenmäßig ziemliche Unterschiede, jedoch gleichen sich die Unzertrennlichen mit weißen Augenringen in Körperbau, Benehmen und Nistgewohnheiten so sehr, daß man sie schwerlich als verschiedene Arten betrachten kann. Auch die Bereitwilligkeit, untereinander zu kreuzen, ist ein ziemlich sicheres Zeichen für eine Artverwandtschaft (s. S. 167). Zweifellos gelingen auch Kreuzungen zwischen anderen Arten von Unzertrennlichen, jedoch bleibt dies immer mit Schwierigkeiten verbunden (Lantermann 1982).

Heimat und Freileben

Mit Ausnahme der Grauköpfchen, welche auf Madagaskar und einigen umliegenden Inseln zu finden sind, bewohnen alle Arten der Gattung das afrikanische Festland, größtenteils in Äquatornähe. Bis auf die Grünköpfchen, die ausgesprochene Waldbewohner sind, bevorzugen alle Unzertrennlichen als Lebensraum trockene Savannengebiete ohne eigentlichen Hochwald.

Die **Rosenköpfchen** *(A. roseicollis)* haben ein recht großes Verbreitungsgebiet an der Westküste Südafrikas, wo man sie in offenen, trockenen und bergigen Buschregionen bis hin zu 1600 m Höhe antrifft. Sie sind dort ungemein zahlreich und überfallen zur Zeit der Maisreife zu Hunderten die Anbaugebiete. Im allgemeinen sieht man sie jedoch in kleinen Schwärmen in der Nähe einer Wasserstelle. Sie ernähren sich von Samen, Beeren und Früchten.

In ihrer Heimat brüten sie im Februar und März. Rosenköpfchen gelten als Koloniebrüter. Sie nisten in Felsnischen oder Gebäudeaussparungen, häufig auch in den Gemeinschaftsnestern von Webervögeln (einige Nestkammern werden dann von den Papageien benutzt, die übrigen bleiben im Besitz der Weber). Ornithologen konnten beobachten, wie die Rosenköpfchen Besitz von den Brutkobeln ergriffen und den rechtmäßigen Eigentümern den Zutritt verwehrten.

Das Zusammenleben von Rosenköpfchen und Webern scheint nicht an eine spezielle Weberart gebunden zu sein. So wurden schon in Gemeinschaftsnestern verschiedener Weberarten Rosenköpfchen gefunden. Als Nistmaterial verwenden die Tiere kleine Zweige und Rindenstücke, die vom Weibchen im Gefieder ins Nest getragen werden. Brüten sie jedoch in Webernestern, so belassen sie die

Die **Unzertrennlichen mit weißen Augenringen** *(A. personata)* haben ein relativ kleines Verbreitungsgebiet (siehe Karte gegenüber). Ihre Heimat ist die dürre Grassteppe mit vereinzeltem Baumbewuchs ohne eigentlichen Hochwald. Nach

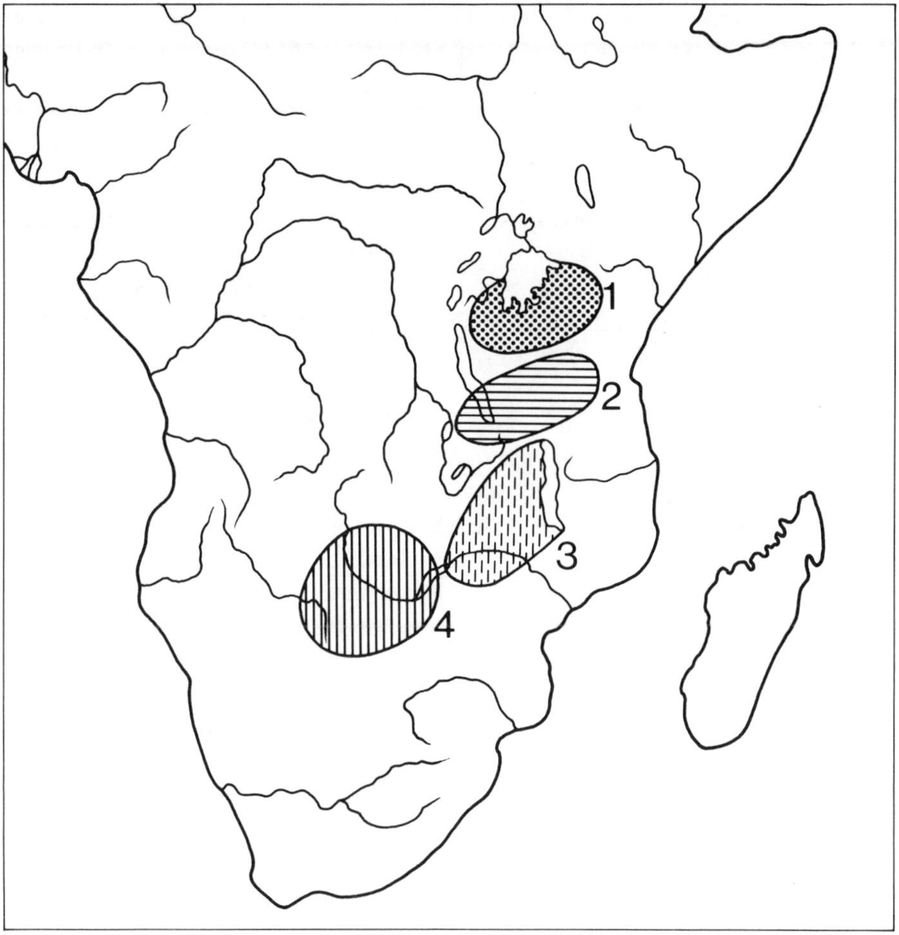

Verbreitungsgebiete von *Agapornis personata*
1 = *A. p. fischeri*
2 = *A. p. personata*
3 = *A. p. lilianae*
4 = *A. p. nigrigenis*

Forshaw sollen die Lebensräume der vier Unterarten so exakt voneinander abgegrenzt sein, daß die kürzeste Entfernung zwischen zwei Arten mindestens 65 km ausmacht. Die Lebensräume von *A. p. fischeri* und *A. p. personata* sind danach sogar 160 km voneinander entfernt.
Andere Autoren sprechen jedoch von sich überschneidenden Lebensräumen, in denen sogar Mischlinge verschiedener Arten zu beobachten seien.

Die Nahrung dieser vier Unterarten besteht in erster Linie aus verschiedenen Gras- und Unkrautsämereien und aus Mais in der Milchreife. Ferner werden Beeren, Früchte, Getreide und Knospen gern als Zusatznahrung genommen.

a) Die **Schwarzköpfchen** *(A.p.personata)* leben im Nordosten von Tansania, vom Manyarasee bis zum Hochland von Iringa. Außerdem wurden sie nach Daressalam und nach Nairobi/Kenia eingeführt. Sie bewohnen kärglich bewaldetes Savannenland (zwischen 1100 m und 1700 m Höhe), unterbrochen von wenigen, hohen Akazien.

In der Zeit von März bis August bauen sie ihre Nester in hohlen Bäumen, Gebäudeecken usw. Hin und wieder brüten sie auch in verlassenen Schwalbennestern. Auch sie sind Koloniebrüter.

Die Nester werden fast ausschließlich von den Weibchen gebaut, die lange Äste, Rindenstreifen, Grashalme und anderes als Nistmaterial verwenden.

Wie bei allen Unzertrennlichen mit weißen Augenringen werden die Baumaterialien per Schnabel ins Nest befördert.

b) **Fischers Unzertrennliche** oder **Pfirsichköpfchen** *(A. p. fischeri)* bevölkern ein ganz ähnliches Biotop wie die Schwarzköpfchen. Ihr Verbreitungsgebiet befindet sich südlich des Viktoriasees im Norden Tansanias.

Auch sie leben in 1000–1700 m Höhe. In kleinen Flügen bewohnen sie neben der bereits erwähnten Grassteppe auch kultiviertes Farmland und sind dort, wenn das Getreide reif ist, in großen Schwärmen anzutreffen.

Sie sind Koloniebrüter und richten ihre Nester Anfang Mai zur Brut her. Auch sie nisten in hohlen Bäumen, an Gebäuden und unter den Blättern großer Palmen. Außerdem findet man die Tiere in den Gemeinschaftsnestern von Webervögeln. Der Nestbau deckt sich mit dem der Schwarzköpfchen.

c) Die **Erdbeerköpfchen** *(A. p. lilianae)* leben im Süden Tansanias, im Nordosten von Mozambique und in Sambia. Hin und wieder sind sie auch in Malawi und in Zimbabwe/Rhodesien anzutreffen.

Sie bevorzugen Höhen zwischen 600 und 1000 m; möglicherweise wandern sie außerhalb der Brutzeit in höhere Gegenden.

Im allgemeinen bewohnen sie Buschgebiete mit spärlichem Akazienbewuchs, manchmal dringen sie jedoch auch bis in kultiviertes Farmland vor.

Neben Grassamen, Beeren und Knospen ernähren sich die Tiere von reifem Getreide, Hirse und Akaziensamen. Einen großen Teil des Tages verbringen sie

Abb. 1 (oben links): Rosenköpfchen wildfarben (s. Seite 68). Abb. 2 (oben rechts): Rosenköpfchen. Nest mit Eiern. Abb. 3 (unten links): Rosenköpfchen. Nest mit frisch geschlüpftem Jungvogel. Abb. 4 (unten rechts): Rosenköpfchen Nestlinge (Pastellblau und Amerik. Grün-Zimt).

auf dem Boden, um nach Nahrung zu suchen. Dabei wird mehrmals täglich eine Wasserstelle aufgesucht.

Erdbeerköpfchen brüten im Januar und Februar in hohlen Bäumen, oft auch in der Nähe menschlicher Ansiedlungen. Im Luangwatal in Sambia wurden brütende Vögel in Webernestern gefunden.

d) Das Verbreitungsgebiet der **Rußköpfchen** *(A. p. nigrigenis)* erstreckt sich von Südwest-Sambia im Osten bis nach Livingstone im Norden. Gelegentlich werden die Tiere auch im äußersten Westen von Zimbabwe/Rhodesien bis hin zu den Viktoriafällen angetroffen.

Rußköpfchen sind Flachlandbewohner und bevölkern ein ähnliches Biotop wie die Erdbeerköpfchen.

In Brutverhalten und Ernährung stimmen die Tiere völlig mit den anderen Rassen der Art *Agapornis personata* überein.

Bedingt durch Vogelfang und Verkauf sind die Bestände in ihrer Heimat stark gelichtet worden.

Die **Bergpapageien** *(A. taranta)* sind in kleinen Gruppen im Hochland von Abessinien zwischen 1300 und 3200 m Höhe zu finden, wo die Schwärme (3–20 Vögel) die Kronen von Wacholderbäumen bevölkern. Diese Vögel findet man selten in der Nähe menschlicher Ansiedlungen; ihnen fehlt die Fähigkeit sich dem Menschen näher anzuschließen, wie das einige andere Arten tun. Wie *A. pullaria* und *A. cana* kann der Vogel als Kulturflüchter angesehen werden. Dilger vermittelt in seiner Arbeit „The comparative ethology of the african parrot genus *Agapornis*" interessante Fakten zu diesem Thema. Moreau betrachtet die *taranta-cana-pullaria*-Gruppe als primitivste innerhalb der Gattung *Agapornis.*

Die Lebensräume unterscheiden sich etwas von denen der anderen Unzertrennlichen. In ihrer äthiopischen Heimat bewohnen sie offene Waldgebiete, die mit *Hagenia, Juniperus* und *Hypericum* bewachsen sind. Auch in Akazien und Euphorbien wurden sie beobachtet. Sie übernachten in Baumhöhlungen, möglicherweise Spechthöhlen, die während des ganzen Jahres benutzt werden. Morgens fliegen sie in Schwärmen zur Futtersuche, um kurz vor der Dunkelheit wieder ihre Schlafhöhlen aufzusuchen.

Bergpapageien ernähren sich von Samen, Früchten und Beeren. Beliebt sind Wacholderbeeren und Samen von einer speziellen Feigenart *(Ficus sycamorus).*

Abb. 5 (oben links): Rosenköpfchen Blau (Pastellblau) (s. Seite 91). Abb. 6 (oben rechts): Rosenköpfchen Grüngelbgescheckt (Jungtier) (s. Seite 98). Abb. 7 (unten links): Rosenköpfchen Grüngelbgescheckt (s. Seite 98). Abb. 8 (unten rechts): Rosenköpfchen Grüngelbgescheckt – stark aufgehellt (s. Seite 98).

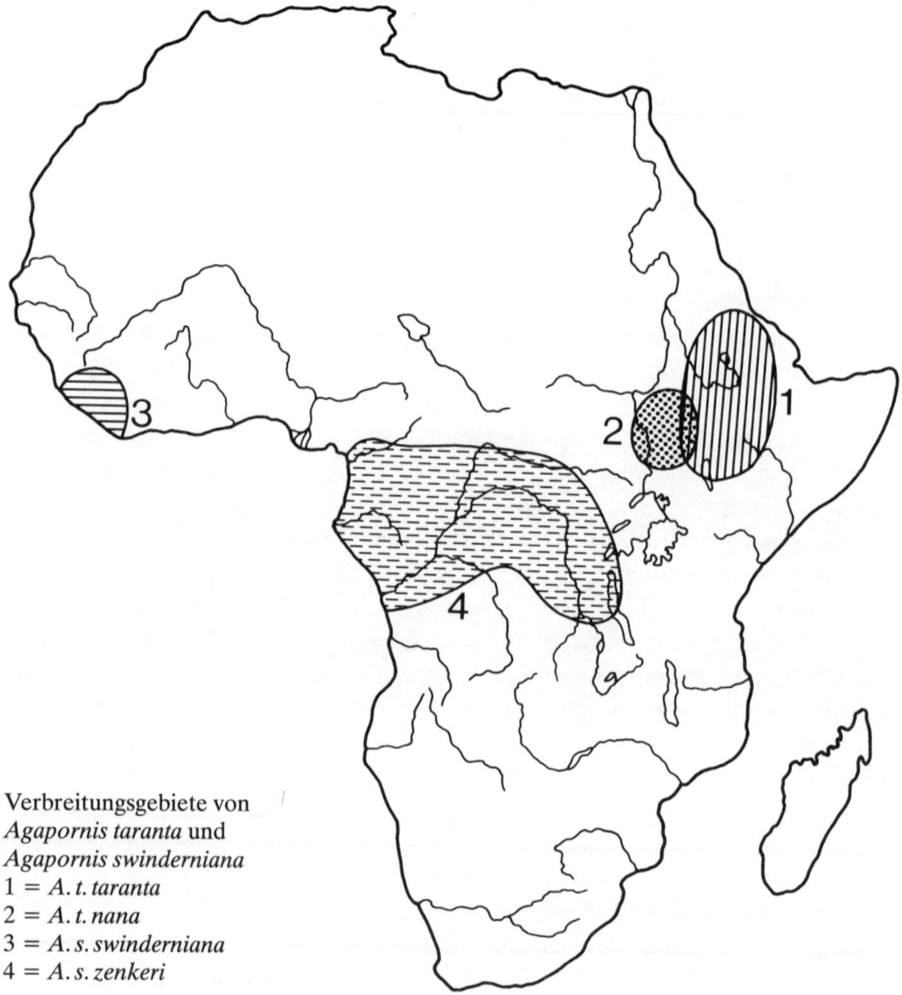

Verbreitungsgebiete von *Agapornis taranta* und *Agapornis swinderniana*
1 = *A. t. taranta*
2 = *A. t. nana*
3 = *A. s. swinderniana*
4 = *A. s. zenkeri*

Im Oktober bauen die Weibchen ihre Nistkammern. In ausgefaulten Baumhöhlungen oder den eben erwähnten Schlafbäumen wird eine kleine Nestunterlage aus Zweigen, Grashalmen usw. errichtet. Die Materialien werden vom Weibchen ins Nest getragen.

Grauköpfchen *(A. cana)* sind die einzigen Unzertrennlichen, die nicht das afrikanische Festland bewohnen. Beide Rassen leben in den Küstenregionen der Insel Madagaskar, ferner auf den Inseln Mauritius, Rodriguez, Sansibar und den Seychellen. Sie bevorzugen offenes Savannenland, oft in der Nähe immergrüner Wälder.

Im allgemeinen sieht man die Tiere in kleinen Schwärmen von 5–20 Tieren, oft auch in Begleitung kleiner Finken-Arten. In manchen Gebieten sind sie ungemein häufig, gelten jedoch als scheu. Im Gegensatz zu *A. personata* und *A. roseicollis* sind sie laut Forshaw keine direkten Kulturfolger.
Ihre Hauptnahrung sind Grassamen. Auch Getreide, Reis und verschiedene Früchte werden in kleineren Mengen genommen. Die meiste Zeit des Tages verbringen sie mit der Nahrungssuche.
Grauköpfchen nisten in der Regenzeit, zwischen November und April.
In Baumhöhlungen errichten die Hennen kleine Nestunterlagen aus Grashalmen, Blättern und Rindenstückchen. Das Gelege besteht in der Regel aus vier Eiern.
Grünköpfchen *(A. swinderniana)* sind ausgesprochene Waldvögel. In kleinen Schwärmen (bis zu 12 Tieren) durchstreifen sie die Wälder nach Nahrung. Sie ernähren sich in erster Linie von Feigen und Reis (Forshaw).
Obwohl im Jahre 1826 von O. J. Selby nach dem einzigen damals vorhandenen Exemplar (präparierter Balg) eines Grünköpfchens die Gattung *Agapornis* aufgestellt wurde, sind diese Vögel bis heute kaum eingeführt worden. Nach Stresemann liegt das daran, daß diese Art selten zur Nahrungsaufnahme auf den Boden kommt und deshalb schwer zu fangen ist. Eine andere Schwierigkeit bedeutet wohl die Ernährung dieser Tiere. Im Kongo konnte Pater Hutsebout diese Art nur dann am Leben erhalten, wenn eine spezielle Sorte wilder Feigen zur Verfügung stand. Andernfalls starben sie innerhalb von 3 oder 4 Tagen. Weitere Ernährungsmöglichkeiten wären nach Cunningham van Someren Früchte von *Ficus sycamorus* und halbreifer, milchiger Mais (Forshaw).
Als Verbreitungsgebiet gibt Forshaw West- und Zentralafrika an.
Die Brutzeit von *A. swinderniana* fällt in den Juli. Die Nestkammern werden, wie bei *A. pullaria*, in den Bauten baumbewohnender Ameisen angelegt.
Die **Orangeköpfchen** *(A. pullaria)* haben unter allen Unzertrennlichen das größte Verbreitungsgebiet. Diese Art findet sich in ganz Zentralafrika, wobei offene Savannenlandschaft zweifellos bevorzugt und Hochwald in den meisten Fällen gemieden wird. Auf den Principé- und Fernando-Poo-Inseln gilt die Art bereits als ausgestorben (Forshaw).
In kleinen Flügen bewohnen sie dichtbewachsene und auch halboffene Savannenlandschaften. Wie die meisten Vertreter der Gattung *Agapornis* ernähren sie sich hauptsächlich von Gras- und Unkrautsämereien, die sie gerne am Boden zu sich nehmen. Als Zusatznahrung nennt Forshaw Beeren, Früchte und wilde Feigen.
In Uganda und Tansania beginnt die Brutzeit im Mai. In anderen Gegenden wurden jedoch auch zwischen Oktober und Februar brütende Weibchen beobachtet.
Abweichend von anderen Unzertrennlichen brüten die Tiere in den Gemein-

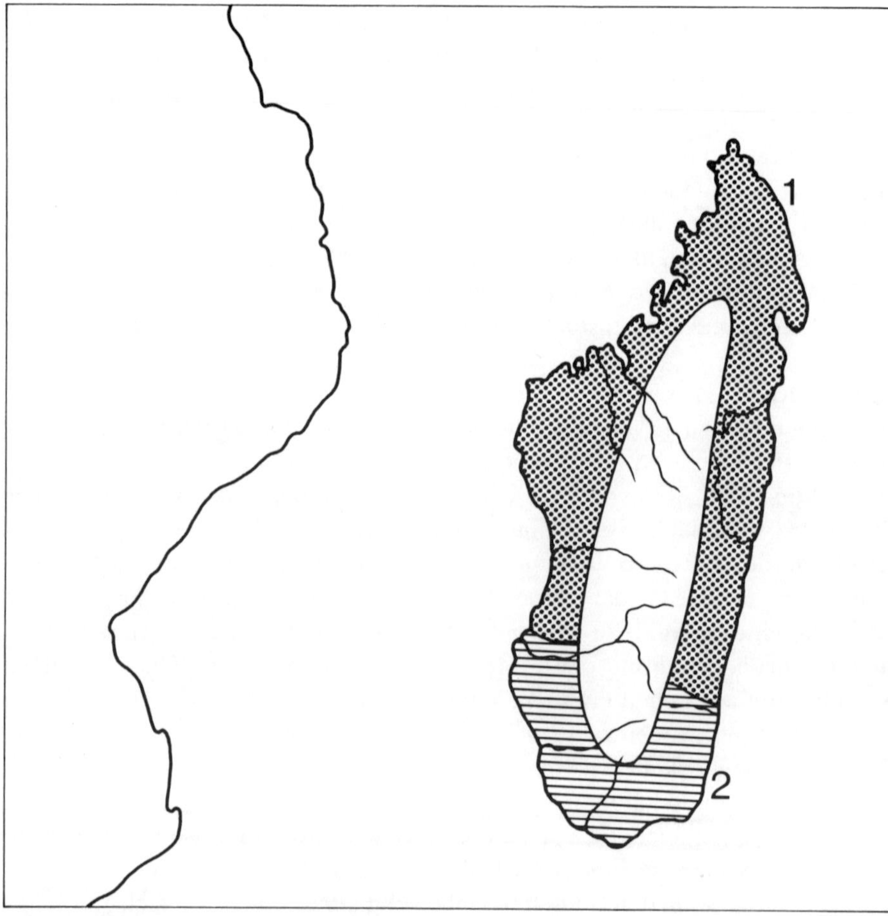

Verbreitungsgebiete von *Agapornis cana* auf Madagaskar
1 = *A. c. cana*
2 = *A. c. ablectanea*

schaftsbauten der Termiten, meist in deren Baumbauten, seltener in den Erdhügeln dieser Insekten. Die Nestkammern befinden sich am Ende eines längeren Ganges, den die Tiere mit Hilfe von Schnabel und Füßen selbst graben.
Dilger berichtet, daß hauptsächlich die weiblichen Tiere den Bau der Nestkammer übernehmen, während die Hähne oft versuchen zu helfen, zumeist jedoch erfolglos bleiben.
Die Nestkammer wird wie bei *A. cana* und *A. taranta* mit einer kleinen Nestunterlage aus Grashalmen, Zweigen usw. versehen.

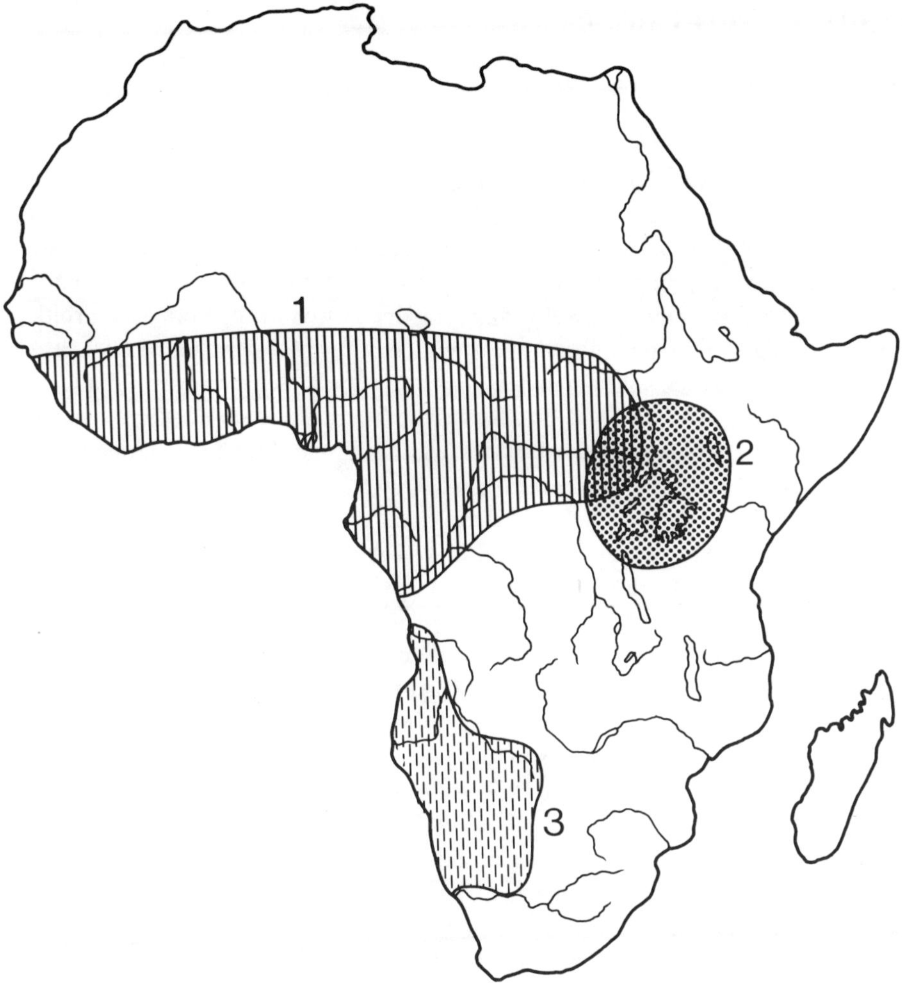

Verbreitungsgebiete von *Agapornis pullaria* und *Agapornis roseicollis*
1 = *A. p. pullaria*
2 = *A. p. ugandae*
3 = *A. r. roseicollis* und *A. r. catumbella*

Haltung und Pflege

Einige grundsätzliche Überlegungen

Ganz im Gegensatz zu einigen anderen Papageienarten lassen sich gut eingewöhnte Unzertrennliche relativ problemlos halten und teilweise auch züchten. Angebracht wäre es jedoch, wenn man vor der Anschaffung von Agaporniden zunächst einige Erfahrungen mit dem ziemlich unproblematischen Wellensittich sammeln würde. Auch sollte man den „Einstieg" in die Agapornidenhaltung und -züchtung zweckmäßigerweise mit Rosenköpfchen *(A. r. roseicollis)*, Schwarzköpfchen *(A. p. personata)* oder Pfirsichköpfchen *(A. p. fischeri)* beginnen, denn speziell bei diesen Arten kann man berechtigte Hoffnung auf einen schnellen Zuchterfolg hegen. Außerdem sind diese drei Arten aus Inlandszuchten immer zu annehmbaren Preisen zu erhalten. Für den Anfänger empfehlen sich sowieso nur hier gezüchtete Tiere und keine neu eingeführten, welche erst sorgfältig mit dem hiesigen Futter und Klima vertraut gemacht werden müssen, da Verluste durch falsche Haltung und Pflege schmerzlich wären.
Auch sei an dieser Stelle auf die Verantwortung hingewiesen, die ein Tierhalter auf sich nimmt. Vom Moment des Erwerbs an übernimmt er gegenüber der gefangenen Kreatur, die samt und sonders seinem Willen unterworfen ist, eine unausweichliche Verpflichtung. Deshalb sollte man, bevor man sich zum Erwerb eines Tieres entschließt, wirklich die Vor- und Nachteile abwägen und sich bewußt machen, daß jede Tierhaltung in Zukunft einen bestimmten Teil der Freizeit beansprucht. Auch sollte man zuvor das eine oder andere Fachbuch zur Hand nehmen (vgl. dazu das Literaturverzeichnis), um wenigstens gröbste Haltungsfehler zu vermeiden. Wer dazu nicht bereit ist, wird es früher oder später auch lästig finden, sich um seine Pfleglinge kümmern zu müssen; die Leidtragenden sind immer die Tiere. Wer nur hin und wieder einen „bunten Papagei" sehen will, sollte besser sonntags in den Zoo gehen.

Unterbringung

Im allgemeinen gibt es vier Haltungsmöglichkeiten für Unzertrennliche:
die Unterbringung in Käfigen,
in Zimmervolieren,

in Freivolieren
und die Haltung im Freiflug.

Die Haltung in **Käfigen** ist wohl die am häufigsten praktizierte Art. Die Gründe dafür sind recht naheliegend, denn wer hat schon genug Platz, um sich aufwendige Freivolieren bauen zu können.

Die Käfige sollten möglichst von 3 Seiten geschlossen sein und eine rechteckige Grundfläche aufweisen. Diese sogenannten Kistenkäfige gibt es überall im Handel zu kaufen. Besser und billiger ist es jedoch, sich passende Käfige selbst zu bauen. Eine geeignete Größe wäre 80×50×50 cm für ein Paar, das eventuell auch züchten soll. Ein Flugkäfig für mehrere Jungtiere müßte aber schon der Größe von etwa einem Kubikmeter entsprechen. 16 mm starke Preßspanplatten (eventuell kunststoffbeschichtet) eignen sich hervorragend für diesen Zweck,

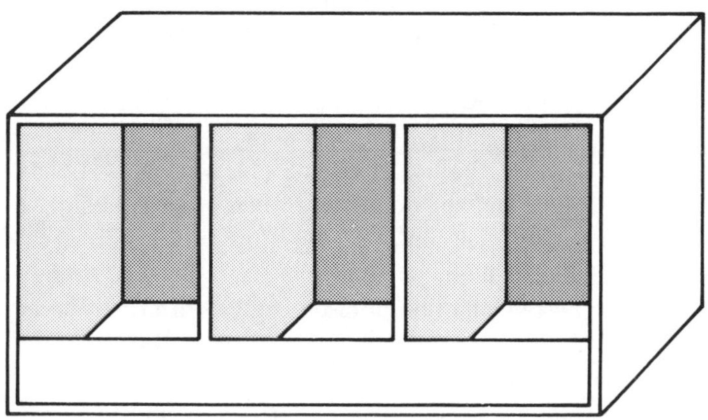

Schlafkästen für Unzertrennliche

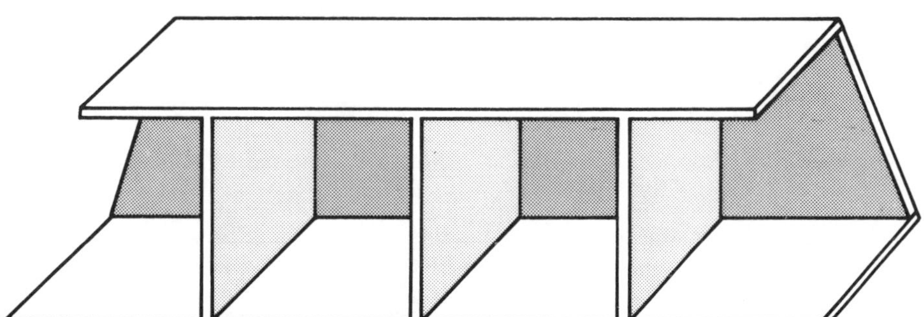

denn sie sind billig und leicht zu bearbeiten. Die meisten Praktiker lehnen Holz als Baumaterial für Agaporniden-Käfige mit der Begründung ab, es würde früher oder später sowieso den Schnäbeln der Insassen zum Opfer fallen. Das ist jedoch nachweisbar ein Irrtum. Natürlich werden alle erreichbaren Ecken von den Tieren schnell „abgerundet", aber an glatte Spanplattenflächen gehen selbst die Unzertrennlichen nicht.

Wenn man seine Käfige mit etwas Geschick baut, dienen sie lange Jahre ihrem Zweck. Als Innenanstrich eignet sich ein ungiftiger, haltbarer und nicht reflektierender Lack (am besten ist weißer Mattlack). Allerdings müßte die Spanplatte zweifach gestrichen sein, da der erste Anstrich vom Holz teilweise aufgesogen wird. Ideal sind natürlich kunststoffbeschichtete Käfige, jedoch sind sie entschieden teurer. Sauberhalten lassen sich doppeltgestrichene Spanplattenkäfige genauso gut wie die beschichteten.

Für das Bespannen der Vorderfront empfiehlt sich punktgeschweißtes, verzinktes Viereckgeflecht (12 × 12 mm oder 12 × 25 mm), das nichtrostend und recht stabil ist. Außerdem eignen sich die im Handel erhältlichen Vorsatzgitter. Als Anstrich für den Draht verwendet man dünnflüssigen Bitumen-Teerlack, der auch nach dem Trocknen elastisch bleibt und nicht abblättert, wie das bei normalem Lack der Fall wäre. Bitumenlack ist stets für wenig Geld beim Dachdecker zu bekommen. Ein solcher Anstrich ist natürlich nicht unbedingt erforderlich, bietet aber einen freien Blick auf die Vögel (bei reflektierendem, verzinktem Draht ist dies nicht der Fall, obwohl dieser im Laufe der Zeit nachdunkelt).

Der Käfig wird am besten mit drei Futternäpfen, einem Trinkröhrchen und einer Badeschale ausgestattet. Sollten Sie es noch nicht gewußt haben: Alle Unzertrennlichen baden mit einer wahren Leidenschaft!

Zweckmäßig ist es, jeden Käfig mit einer Futterschublade zu versehen (von außen zu bedienen), in welche die Futternäpfe stramm eingesetzt werden können. Auf diese Weise braucht man die Tiere beim täglichen Füttern nicht mehr als unbedingt nötig zu beunruhigen. Auch ist es angebracht, den Käfig mit einer ca. 7 cm hohen Schmutzfangschublade zu versehen, um ihn so besser reinigen zu können.

Abb. 9 (oben): Rosenköpfchen Blaugelbgescheckt (Pastellblaugelbgescheckt) – stark aufgehellt (s. Seite 103). Abb. 10 (unten links): Rosenköpfchen Blaugelbgescheckt (Pastellblaugelbgescheckt) (s. Seite 103). Abb. 11 (unten rechts): Rosenköpfchen Blaugelbgescheckt (Pastellblaugelbgescheckt) – stark aufgehellt (s. Seite 103).

Für Gemeinschaftskäfige und Volieren eignen sich Schlafkästen (Abb. Seite 24). Hier wird man schnell harmonierende Paare (auch bei Jungtieren) ausfindig machen. Sitzen zwei Vögel während der Dämmerung und der Nacht in einem gemeinsamen Abteil, so kann man mit einiger Sicherheit auf ein Paar schließen.

Als Standort für einen Einzelkäfig wäre vielleich eine helle Zimmerecke günstig, wobei man allerdings bedenken sollte, daß die Vögel (bei Verwendung eines ungeeigneten Käfigs) in der Wohnung ziemlich viel Schmutz verbreiten können. Wählen Sie nie die Küche und dort vor allem nie den Küchenschrank als ständigen Aufenthaltsort für Ihre Lieblinge, denn all diese Küchengerüche hält auf die Dauer kein Lebewesen aus. Der Käfig sollte möglichst in Augenhöhe stehen (damit sich die Vögel sicherer fühlen) und so angebracht sein, daß er nicht während des ganzen Tages von der Sonne beschienen wird. Die Insassen müssen nämlich auch die Möglichkeit haben, sich in den Schatten zurückziehen zu können.

Für Interessenten mit größeren Ambitionen, die vielleicht mehrere Tiere halten und auch eine Zucht aufbauen wollen, empfiehlt sich ein heller Raum oder Dachboden, in dem mehrere Käfige über- und nebeneinander aufgestellt werden können. Auch diese Art von Zuchtanlage läßt sich in jeder Größe und Form ohne größere Schwierigkeiten selbst herstellen (Abb. Seite 30).

Eine andere, eigentlich ideale Möglichkeit, Unzertrennliche zu halten, sind **Zimmervolieren**. Sie sind in allen Größen und Preislagen zu haben, lassen sich aber auch leicht aus Vierkanthölzern und dem oben erwähnten Drahtgeflecht herstellen. Die Größe richtet sich natürlich nach dem vorhandenen Platz und nach der Anzahl der Vögel. Zweckmäßig sind Volieren, die so groß sind, daß man bequem durch eine Tür ins Innere gelangen kann, denn erfahrungsgemäß leiden Sauberkeit und Ordnung, wenn man die Anlage nur in gebückter Haltung betreten und pflegen kann. Als Größe wären 1 m Breite, 2 m Tiefe und 2 m Höhe völlig ausreichend. Stehen mehrere solcher Volieren in einer Reihe, müssen die aneinanderstoßenden Seiten doppelt mit Drahtgeflecht bespannt werden (wobei der Abstand zwischen beiden Geflechten wenigstens 5 cm betragen sollte), um Beißereien von Käfig zu Käfig zu vermeiden. In einer Voliere der oben beschriebenen Art und Größe lassen sich ohne weiteres drei Zuchtpaare einer Agaporniden-

Abb. 12 (oben links): Rosenköpfchen Gelb (Jap. Golden Cherry) (s. Seite 111). Abb. 13 (oben rechts): Rosenköpfchen Gelb (Jap. Golden Cherry) (s. Seite 111). Abb. 14 (unten links): Rosenköpfchen Weiß (Jap. Silber Cherry) (s. Seite 113). Abb. 15 (unten rechts): Rosenköpfchen Gelb-gesäumt (Amerik. Golden Cherry) (s. Seite 121).

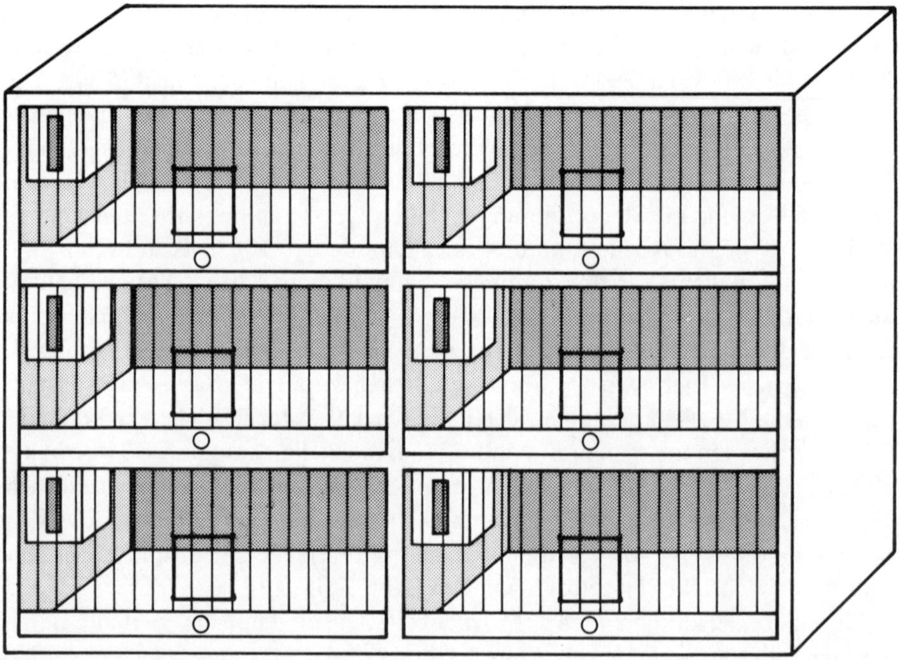

Zuchtanlage für Agaporniden

art halten und auch züchten, wenn die Tiere gleichzeitig in den Käfig eingesetzt werden. Voraussetzung sind natürlich eine ausreichende Anzahl von Nistgelegenheiten, möglichst sollten auf 2 Paare 3 Nistkästen kommen. Es empfiehlt sich, auch Kästen für die ausgeflogenen Jungvögel aufzuhängen, die von ihnen gerne zum Schlafen aufgesucht werden oder als Zufluchtstätte dienen können. Dabei müssen die Kästen möglichst weit voneinander angebracht werden, um nachbarliche Rivalitäten unter den Tieren zu vermeiden.

Bei dieser Unterbringungsart hat man die Möglichkeit, einen größeren Futterplatz mit Anflugstange herzurichten. Hierbei sei auf af Enejhelm (1968) verwiesen, der vorschlägt, eine Art Futterbrett aus umgebogenem, stabilem Vierkantgeflecht herzustellen, auf welches die verschiedenen Näpfe gestellt werden können. Ein solcher Futterplatz bleibt immer sauber (die leeren Samenhülsen fallen durch das Drahtgeflecht auf den Volierenboden) und kann bei entsprechender Bauweise von außen versorgt werden.

Es ist selbstverständlich, daß eine solche Innenvoliere während der meisten Zeit des Tages ausreichend Helligkeit und nicht zuletzt auch Sonneneinfall haben sollte. Trotzdem muß der Raum auch mit Lampen versehen sein, um an den

düsteren Herbst- und Winternachmittagen den Tag verlängern zu können (sehr geeignet hierfür sind stromsparende Leuchtstoffröhren).
Die Haltung in **Freivolieren**, wenn sie richtig praktiziert wird, ist die beste Art, unsere Papageien unterzubringen, da die Bedingungen in Freivolieren der natürlichen Lebensweise wohl am nächsten kommen. Allerdings muß man Verschiedenes beachten, um an einer derartigen Freivoliere die richtige Freude haben zu können.
In der Regel besteht eine Voliere aus einem Innenraum, dem ein Freiflug angeschlossen ist. Der Flugraum sollte in unserem Falle etwa die Größe von 1,5 × 3 m haben, während für den Schutzraum ein Maß von etwa 1,5 × 2 m völlig ausreichend ist. Bei begrenztem Platzangebot genügt auch ein kleinerer Flugraum als angegeben. Als Baumaterialien können verschiedene Stoffe Verwendung finden: so z. B. Eternit, Holz, Glas und Steine. Die Auswahl richtet sich wohl in erster Linie nach den finanziellen Möglichkeiten des Liebhabers. Zweckmäßig beginnt man den Volierenbau mit einem soliden Betonsockel, der wenigstens 80 cm in den Boden reichen sollte. Der Schutzraum wird am besten aus soliden Mauersteinen gebaut und sollte möglichst gut isoliert werden (Styropor und/oder Glaswolle). Ein gutes Dach läßt sich leicht aus Eternit- oder lichtdurchlässigen Wellplatten schaffen oder aber man verwendet die weitaus billigere, althergebrachte Dachpappe. Der Schutzraum sollte möglichst einen etwa 1 m breiten Gang aufweisen, von dem aus die Volieren versorgt werden können. Außerdem ist es nahezu unerläßlich, diesen Raum mit Strom, Wasser und in erster Linie einer Wärmequelle auszustatten. Die Heizung einer solchen Voliere kann auf verschiedene Arten erfolgen. Die einfachste und zugleich kostensparendste Möglichkeit (bei guter Isolierung) ist der Anschluß an die Zentralheizung des Wohnhauses. In anderen Fällen leisten elektrische Heizkörper oder Ölöfen gute Dienste. Am besten werden diese Geräte in dem bereits erwähnten Gang untergebracht, so daß keine Verbrennungsgefahr für die Tiere besteht. Ansonsten wird der Schutzraum etwa, wie unter „Zimmervolieren" beschrieben, hergerichtet.
Der Freiflugraum schließt sich direkt an den Schutzraum an und sollte auch auf einem soliden Fundament ruhen, um allen lästigen Nagern ein Eindringen unmöglich zu machen. Auf diesem Fundament läßt sich mit Hilfe von Dübeln und Schrauben leicht eine stabile Holzkonstruktion befestigen, wobei die Vierkanthölzer natürlich mit einem Holzimprägnierungsmittel gestrichen werden sollten. Auch hier ist es wiederum angebracht, verzinktes Viereckgeflecht zu verwenden, das von innen an die Rahmen genagelt werden muß, um die Holzteile vor den Schnäbeln der Tiere zu schützen. In diesem Fall ist es jedoch unerläßlich, das Drahtgeflecht zu streichen, um zu starke Oxydation zu vermeiden, denn auch

verzinktes, nicht behandeltes Geflecht hält nicht ewig. Mittels einer Anstreicherrolle lassen sich auch große Drahtflächen mühelos mit einem dauerhaften Anstrich versehen. Zum Schutz gegen schlechte Witterung sollte etwa ⅓ des Freiflugraumes mit einer Überdachung versehen werden. Diese besteht am besten aus Lichtglas- oder Plexiglasplatten. Notfalls kann auch jeder andere witterungsbeständige, lichtdurchlässige Baustoff Verwendung finden.
Der Boden des Innenraums besteht zweckmäßigerweise aus gegossenem Beton. Im Außenflugraum können Platten verlegt werden oder der Untergrund wird einfach mit einer dicken Sandschicht versehen. In diesem Falle sind aber ausreichende Fundamente unbedingt Voraussetzung. Allerdings muß der Boden einmal im Jahr wenigstens 30 cm tief ausgehoben und erneuert werden.
Die Einrichtung einer solchen Voliere wirft keine Probleme auf. Als Sitzstangen dienen kleine, reich verzweigte Bäumchen oder Naturzweige (Obstbaum, Weide), deren Stärke auf die Größe der zu pflegenden Papageien abgestimmt wird. Gleichzeitig dienen sie den Vögeln zum Benagen (als Beschäftigung) und fördern die Darmregulierung. Außerdem können sie jederzeit leicht ersetzt werden. Futterplatz und Nistkästen sollten sich möglichst im Innenraum befinden. Die Verbindung zwischen Innenraum und Außenflug schafft eine etwa 20 × 20 cm große Klappe, die verschließbar sein muß. Es ist wohl unnötig zu sagen, daß sowohl Futternäpfe als auch Badeschalen usw. nicht unter den Sitzstangen stehen sollten, damit keine allzu groben Verschmutzungen entstehen.
Die verschiedenen Detailfragen, die sich beim Selbstbau von Volieren stellen, wird ein einigermaßen gewandter Handwerker jedoch nach einigen Überlegungen selbst lösen können. Es würde auch wohl den Rahmen dieses Buches übersteigen, komplette Bauanleitungen für verschiedene Volierentypen zu liefern. Im einzelnen sei auf Spezialliteratur wie Aschenborn „Bau und Einrichtung von Gartenvolieren“ verwiesen.
Die letzte und weitaus schwierigste Art Unzertrennliche zu pflegen, ist die Haltung im **Freiflug**. Zahlreiche Versuche sind gemacht worden, nach denen es möglich sein soll, diese Kleinpapageien völlig ohne Gitter zu halten. Natürlich läßt sich ein derartiger Versuch nur in sehr ländlichen Gegenden durchführen, wo die mannigfachen Gefahren der Zivilisation (wie z. B. Verkehr usw.) größtenteils nicht existieren. Am besten beginnt man ein derartiges Experiment folgendermaßen: Man setzt ein in der Jungenaufzucht erprobtes Paar (kein Jungpaar) in einem geschützten Käfig im Garten zur Zucht an. Der Käfig muß so aufgestellt werden, daß keinerlei Störenfriede (wie z. B. Katzen, Ratten, Mäuse) die Tiere beunruhigen, und trotzdem sollten die Vögel die Gegend übersehen können. Auch sollte das Experiment nur zu einer Zeit gewagt werden, wo in der Natur Nahrungsmittel für die Tiere in Hülle und Fülle zur Verfügung stehen. Achten

Sie jedoch auf Obstbäume und Getreidefelder, die mit Insektenvernichtungsmitteln gespritzt sind.
Sobald nun Junge im Kasten sind, die schon einige Tage gut gefüttert wurden, kann an der Vorderseite des Käfigs das Drahtgeflecht entfernt werden. In der Regel werden nun die Eltern anfangs kurze und hinterher recht ausgedehnte Ausflüge unternehmen, von denen sie aber in den meisten Fällen (wegen des starken Fütterungstriebes) zurückkehren, um ihre Jungtiere zu versorgen. Dennoch sollte man weiterhin die Vogelfamilie ausreichend mit Futter versehen.
Sobald nun die Jungtiere selbständig werden, besteht die ziemlich große Gefahr, daß die Vögel vorübergehend oder auch endgültig in andere Gegenden abwandern. Deshalb sollte man die Elterntiere, im allgemeinen kurz vor dem Ausfliegen der Jungtiere, wieder einfangen. Dies geschieht am besten nachts, wenn beide Elterntiere ohnehin im Nistkasten schlafen. Empfehlen möchten wir diese Haltungsart auf keinen Fall, da sie doch zu recht hohen Verlusten führen kann, sei es daß sich die Eltern verfliegen oder an gespritztem Obst vergiften. Durch ihre auffällige Färbung werden die Papageien auch leicht eine Beute des Raubwilds. Es handelt sich lediglich um ein interessantes Experiment, dessen Durchführung in die Verantwortung eines jeden einzelnen gestellt sei.
Es gibt zur Zeit kein Gesetz, welches den Freiflug von Papageien ausdrücklich verbietet. Die am 1. 7. 1981 erschienene Neufassung des Bundesnaturschutzgesetzes besagt jedoch sinngemäß folgendes (§ 44): „Gebietsfremde Tiere dürfen in der freien Natur weder ausgesetzt noch angesiedelt werden." Um ein Aussetzen von Tieren wird es sich in unserem Fall sicherlich nicht handeln. Auch von einer Ansiedlung der Vögel kann unseres Erachtens nicht die Rede sein, denn der Halter beabsichtigt nicht, die Unzertrennlichen ganzjährig in das bestehende Biotop zu entlassen und somit zu versuchen, die Tiere bodenständig zu machen. Vielmehr wird er nach wie vor für das Wohlbefinden seiner Schützlinge Sorge tragen, weil er weiß, daß diese nicht in der Lage wären, sich den vorhandenen Lebensbedingungen anzupassen. Sollten Sie einen derartigen Versuch wagen wollen, nehmen Sie dennoch besser ein minderwertiges Zuchtpaar und rechnen von vornherein mit dem Verlust. Allerdings wäre ein gelungener Versuch mit freifliegenden Unzertrennlichen für jeden Vogelliebhaber ein besonderes Erlebnis, wenn es auch sicher Ärger mit den Nachbarn wegen der benagten Obstbäume geben dürfte.

Ernährung

Oberster Grundsatz für die Haltung von Tieren (in diesem Falle Papageien) in Gefangenschaft soll und muß eine möglichst abwechslungsreiche Ernährung sein. Man ist zwar niemals in der Lage, den Tieren ein derart reichhaltiges Futter zu verschaffen, wie sie es in der Freiheit vorfinden, aber immerhin gibt es eine ganze Reihe von Möglichkeiten, den Speiseplan der Vögel vielseitig zu gestalten. Das Hauptfutter für Unzertrennliche besteht aus feinen Sämereien. So läßt sich aus gutem Wellensittichfutter, Hafer, Waldvogelfutter, Silberhirse und Glanz eine Mischung herstellen, die von den meisten Unzertrennlichen gerne genommen wird. Dazu sollten in einem gesonderten Futternapf gelegentlich Sonnenblumenkerne zur Verfügung stehen. In fast allen Zoofachgeschäften ist eine gute Großsittich-Futtermischung erhältlich.

Ein weiteres wichtiges Futter, das speziell im Winter (während der „vitaminarmen Jahreszeit") und in der Zuchtzeit sehr wertvoll sein kann, sind gekeimte Sämereien. Als solche eignen sich Hafer, Weizen, Sonnenblumenkerne, Hirse usw. Die Herstellung dieses Keimfutters ist relativ einfach und sei im folgenden erläutert:

Man gibt die erforderliche Menge in ein Gefäß mit Wasser, so daß die Samen vom Wasser bedeckt sind, und läßt sie 24 Stunden in dem Behältnis. Danach gibt man die Saat in ein Sieb, spült sie gründlich durch und verteilt sie auf kleine drahtbespannte Rahmen (ca. 2–3 cm übereinanderschichten). Am besten versieht man diese Rahmen mit kleinen Füßen, so daß von allen Seiten Luft zirkulieren kann. Nach ein oder zwei weiteren Tagen spült man die Samen nochmals gründlich durch und verfüttert sie dann an die Tiere. Die Keime sind jetzt durchgebrochen und besitzen einen ziemlich hohen Vitamingehalt. Man hüte sich jedoch vor Schimmelpilzbildung, die eine Darmerkrankung der Vögel zur Folge haben könnte. Die Verwendung von 1%iger Formalinlösung beim Quellen der Samen verhindert die Bildung dieser Schimmelpilze. Im Winter läßt sich hervorragendes Grünfutter leicht selbst herstellen, indem man Hafer, Weizen, Hirse oder Sonnenblumenkerne in flachen Schälchen aussät und dann die keimenden Pflänzchen (etwa 3–4 cm hoch) an die Vögel verfüttert. Ferner sollten die Vögel täglich Obst, Beeren und Grünfutter erhalten. An Obst sind Äpfel zu allen Jahreszeiten günstig zu bekommen. Wertvoller jedoch sind Birnen und Möhren. An Beeren bieten sich im Sommer und Herbst Hagebuttenfrüchte und Ebereschenbeeren an, die sich auch einfrieren lassen. Eine wahrhaft reichhaltige Auswahl kann man zum Thema Grünfutter nennen (s. Tabelle). Allen voran hat gewöhnliche Petersilie den höchsten Vitamingehalt, wird aber nicht von allen Vögeln genommen. Weiterhin eignet sich Endiviensalat, Löwenzahn, Spinat, Mangold und Vogelmiere. Bei der Verfütterung von normalem Salat sollte man allerdings bedenken, daß dieser zum größten Teil Wasser enthält und damit wenig nahrhaft ist (Vorsicht bei gespritztem Gemüse!).

Ein sehr wertvolles Nahrungsmittel, welches von den meisten Papageien gern genommen wird, ist halbreifer Mais (Milchreife). Leider steht Mais nur im Spätsommer zur Verfügung. Wer über eine Gefriertruhe verfügt, kann sich für den Winter entsprechende Mengen einfrieren. Zweckmäßig beginnt man zuerst mit der Verfütterung von sehr kleinen Mengen, da ein derartiger, plötzlicher Futterzusatz leicht zu Verdauungsschwierigkeiten führen kann.

	Haupt-bestandteile			Mineralstoffe					Vitamine			
Nährstoffe in 100 g eßbarem Anteil	Eiweiß g	Fett g	Kohlehydrate g	Natrium mg	Kalium mg	Calcium mg	Phosphor mg	Eisen mg	A I.E.	B_1 µg	B_2 µg	C mg
Kopfsalat	1,2	0,2	1,7	8	220	20	35	0,6	1500	60	90	10
Endivien	1,7	0,2	2,0	50	350	50	50	1,4	900	52	120	9
Spinat	2,4	0,4	2,4	60	660	110	48	3,0	8200	86	240	47
Mangold	2,1	0,3	2,9	90	380	100	40	2,7	5900	100	160	40
Rapunzel	1,8	0,4	2,6	4	420	30	50	2,0	7000	65	80	30
Petersilie	4,4	0,4	9,8	30	1000	240	130	8,0	12080	140	300	170
Möhren	1,0	0,2	7,3	45	280	35	30	0,7	13500	70	55	6
Rote Beete	1,5	0,1	7,6	86	340	30	45	0,9	180	22	40	10
Radieschen	1,0	0,1	3,5	17	255	34	26	1,5	38	33	30	30

Alle Agaporniden nehmen, wenn sie daran gewöhnt sind, sehr gerne im Handel erhältliches Eifutter zu sich, dies besonders während der Aufzucht der Jungen. Man kann das Eifutter gut mit gekeimten Sämereien vermischen, muß dann aber darauf achten, daß keine Schimmelbildung eintritt oder daß das Futter nicht sauer wird.

Weiterhin ist die Zufütterung von Mineralstoffen unerläßlich. In Form von Picksteinen oder Sepiaschalen lassen sich die unbedingt notwendigen Mineralstoffe und Spurenelemente den Tieren zuführen. Ferner sollte man einen guten mit Muschelkalk angereicherten Vogelsand als Bodenbelag für die Käfige verwenden.

Eigentlich selbstverständlich ist es, daß die Vögel wenigstens einmal täglich frisches Wasser erhalten. Denn gerade durch eine verschmutzte Tränke können sehr schnell Krankheitskeime (es muß nur ein Vogel krank sein) auf den gesamten Vogelbestand übertragen werden. Dem Trinkwasser können täglich einige Tropfen Avisanol, ein Calciumpräparat, welches das Wasser keimfrei und mineralhaltig macht, zugeführt werden.

Zum Schluß sei gesagt, daß die Tiere mindestens einmal in der Woche frische Obstbaum- oder Weidenzweige zum Benagen erhalten sollten. Dies läßt keine Langeweile aufkommen und dient dem Wetzen des Schnabels. Außerdem befinden sich unter der Rinde wertvolle Stoffe, die der Gesunderhaltung (Darmregulierung) der Vögel dienen.

Füttert man sehr vielseitig (Grün-, Keim- und Eifutter), so ist in der Regel eine Zugabe von Vitaminpräparaten nicht notwendig. Bei Stubenvögeln, die ausschließlich mit Körnerfutter ernährt werden, treten jedoch sehr häufig Vitaminmangelkrankheiten auf, da vor allem die Vitamine A, B_1, D, E und die Carotine bei längerer Lagerung schnell ihre Wirksamkeit verlieren.

Im Handel sind zahlreiche gute Vitamin-Präparate erhältlich, die man über das Futter oder über das Trinkwasser verabreichen kann. Beim Kauf sollte man jedoch auf das Haltbarkeits-Datum achten. Eine Überdosierung ist kaum möglich; nur durch Aufnahme großer Mengen der Vitamine A oder D über längere Zeit kann es zu Krankheitserscheinungen kommen.

Einige Eifuttersorten sind mit ungesättigten Fettsäuren (essentiellen Aminosäuren) angereichert, die der Körper nicht selbst herstellen kann. Uns erscheint die Zufütterung derartiger Aminosäuren besonders wichtig.

Krankheiten

Obwohl gut eingewöhnte Unzertrennliche wie alle Papageien recht robuste Vögel sind, kann es doch hin und wieder vorkommen, daß Tiere erkranken. Man sollte es sich zum Grundsatz machen, seinen Bestand einmal täglich genau zu inspizieren und jeden Vogel anzuschauen, um ein krank erscheinendes Tier schnellstens isolieren zu können, damit nicht der gesamte Bestand gefährdet wird. Eine Vogelschar kann nur dann optimal versorgt und gepflegt werden, wenn die Größe

Abb. 16 (oben links): Rosenköpfchen Weiß-gesäumt (Amerik. Silber Cherry) (s. Seite 124). Abb. 17 (oben rechts): Rosenköpfchen Gelb-gesäumt-gelbgescheckt (Amerik. Golden Cherry mit Scheckfaktor) (s. Seite 125). Abb. 18 (unten links): Rosenköpfchen Weißgesäumt-gelbgescheckt (Amerik. Silber Cherry mit Scheckfaktor) (s. Seite 125). Abb. 19 (unten rechts): Rosenköpfchen Oliv (s. Seite 129).

des Bestandes auf die vorhandene Freizeit des Pflegers abgestimmt ist. Für den ernsthaften Vogelfreund mit normal begrenzter Freizeit dürften 10–15 Paare vollauf genügen. In diesem Fall sind täglich wenigstens 1½ Stunden Zeitaufwand erforderlich. Nehmen die Tiere überhand, wird erfahrungsgemäß die notwendige Sauberhaltung der Käfige und Volieren vernachlässigt, und auf den Käfigböden bildet sich schnell ein idealer Nährboden für Bakterien. Dicke Kotschichten auf dem Käfigboden fordern das Unheil förmlich heraus. Deshalb ist oberstes Gebot, auf möglichst große Sauberkeit zu achten. Trotzdem kann es jedoch passieren, daß hin und wieder ein Vogel erkrankt. Leider gibt es bei den Vögeln nur selten typische Anzeichen, die auf eine bestimmte Krankheit schließen lassen. In den meisten Fällen sitzen die Tiere lediglich aufgeplustert auf dem Boden in einer Ecke des Käfigs oder der Voliere oder auch vor dem Futternapf und schlafen. Den Augen fehlt der gewohnte Glanz. Kranke Vögel ruhen auch häufig auf beiden Beinen, während gesunde Tiere beim Schlafen ihr Körpergewicht auf ein Bein verlegen. Erste Maßnahme ist es, den Vogel unverzüglich zu isolieren. Es ist zweckmäßig, für Krankheitsfälle einen sogenannten Krankenkäfig verfügbar zu haben. In Spezialgeschäften werden diese Käfige immer wieder angeboten, jedoch sind die Preise nicht unerheblich. Findige Bastler bauen selbst einen ebenso zweckmäßigen Käfig (s. Abb.). Der Krankenkäfig entspricht nahezu einem normalen Kistenkäfig. Die Vorderseite wird mit einer Glasscheibe verschlossen, kann aber, wenn sich der Gesundheitszustand des Vogels verbessert hat, durch Drahtgeflecht ersetzt werden. An den Seitenwänden befinden sich die Lüftungsschlitze, und zwar versetzt, so daß kein Durchzug entstehen kann. Als Boden des Käfigs dient ein drahtbespanntes Rähmchen, durch welches der Kot des Vogels auf ein darunter befindliches Auffangtuch aus Leinen fällt. Die Futternäpfe werden zweckmäßigerweise von außen eingeschoben.

In die Käfigdecke wird ein entsprechend großer Schlitz gesägt, welcher ebenfalls mit einem Drahtgeflecht verschlossen wird. Hierauf kann eine Abdeckhaube gestellt werden, wie sie in der Aquarien- und Terrarientechnik verwendet wird. In dieser Abdeckung können nun Heizbirnen und Leuchtstoffröhren untergebracht werden. Empfehlenswert ist es, Heizlampen verschiedener Stärken anzu-

Abb. 20 (oben links): Rosenköpfchen Dunkelgrün (s. Seite 129). Abb. 21 (oben rechts): Rosenköpfchen Mauve (Pastellblau mit zwei Dunkelfaktoren) (s. Seite 130). Abb. 22 (unten links): Rosenköpfchen Olivgelbgescheckt (s. Seite 136). Abb. 23 (unten rechts): Rosenköpfchen Kobalt (Pastellblau mit einem Dunkelfaktor) (s. Seite 130).

bringen, um so durch entsprechende Kombination mehrerer Birnen verschiedene Temperaturstufen erreichen zu können. Natürlich müssen diese Heizbirnen alle separat schaltbar sein. Vor dem ersten Gebrauch werden die jeweiligen Wärmegrade durch ein im Käfig befindliches Thermometer genauestens kontrolliert.

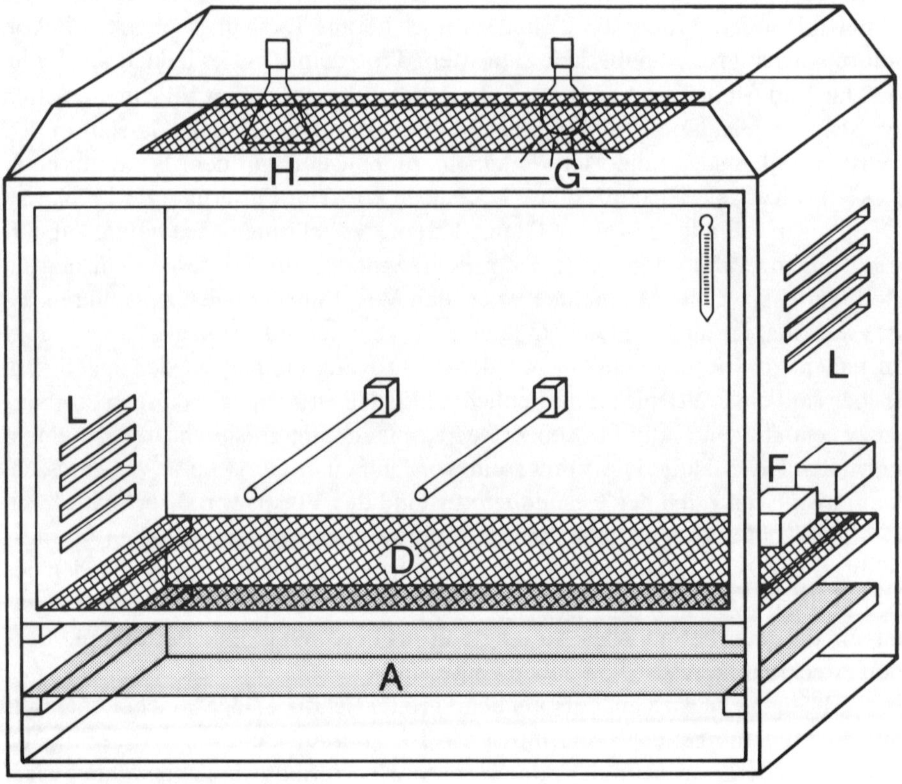

Krankenkäfig: A = Auffangtuch für Kot, D = Drahtrahmen, F = Futternäpfe, G = Glühbirne, H = Heizbirne, L = Lüftungsschlitze

In den meisten Fällen genügt es, den erkrankten Vogel für kurze Zeit in einem solchen Käfig bei mittelstarker Wärmebestrahlung (ca. 28°C) zu belassen. An Futter erhält er nur eine trockene Körnermischung. Das Wasser wird anfangs ganz entzogen. Stattdessen reicht man lauwarmen, ungesüßten Kamillentee. Wenn der Zustand des Vogels nach ca. 2 Tagen keine Besserung aufweist, sollte man einen erfahrenen Tierarzt zu Rate ziehen. Es gibt einige Arten von Antibiotika, die hier wirksam weiterhelfen können. Die Dosierung ist bei dem geringen

Körpergewicht der Unzertrennlichen aber so minimal, daß der Laie besser keine eigenen Experimente wagen sollte.
Die Krankheiten der Agaporniden können vielerlei Ursachen haben. Zugluft, starke Temperaturschwankungen im Lebensraum der Vögel, ungeeignetes, mangelhaftes oder verdorbenes Futter und auch psychische Störungen (z.B. Ortswechsel, Fang, Rangkämpfe) können zu einer Schwächung der Abwehrkraft führen und damit die Tiere für Erkrankungen besonders anfällig machen.

Äußere Krankheiten

Frakturen der Knochen und Flügel

Brüche der Extremitäten kommen bei unseren Kleinpapageien an sich recht selten vor. Wird die Fraktur eines Gliedes festgestellt, so ist es in seine ursprüngliche Lage zu bringen und möglichst ruhig zu stellen, da die Brüche sonst nicht verheilen. Schienungen mit Hölzchen u. ä. haben nur im Bereich des Laufknochens oder der Zehen einen Sinn. Bei allen anderen Bruchverletzungen wird auf diese Weise keine vollkommene Ruhigstellung erreicht. In diesen Fällen werden Bein oder Flügel mit Hilfe eines Leukoplastverbandes am Körper fixiert. Der Heilungsvorgang ist in der Regel kurz. Es ergeben sich aber häufiger Schwierigkeiten, weil Papageien erfahrungsgemäß Verbandmaterial, Beinschienen usw. solange „bearbeiten“, bis sie sich davon befreit haben.

Verletzungen

Kleine Verletzungen sind normalerweise kein Grund zur Besorgnis. Leichte Blutungen werden mit Eisenchlorid oder Arterenol (Hoechst) gestillt. Meist ist keine andere Behandlung erforderlich. Eine Wundinfektion ist in der Regel nicht zu befürchten.
Tiere mit größeren Wunden (z. B. Kopfverletzungen) werden am besten dem Fachtierarzt vorgestellt, der sie dann gegebenenfalls näht oder anderweitig behandelt.

Parasitäre Erkrankungen

Ektoparasiten

Äußerlich vorkommende Parasiten sind die Rote Vogelmilbe *(Dermanyssus avium)*, die zu den Grabmilben gehörenden Hautmilben und Federlinge *(Mallophaga)*. Treten blutsaugende Schmarotzer, wie z.B. Milben, in größeren Mengen

auf, stellen sie eine unmittelbare Gefahr für unsere Pfleglinge dar und können unter Umständen zum Tod führen.
Eine Vorbeugung besteht in größtmöglicher Sauberkeit und regelmäßiger Desinfektion der Zuchtabteilungen. Für diesen Zweck haben sich die Mittel AF 404 oder Vigorid hervorragend bewährt.
Eine Behandlung erfolgt durch mehrmalige Anwendung eines Insektizids. Zur Therapie von Hautmilben eignet sich vorzüglich Odylen Neu (Bayer).
Es sind zahlreiche Mittel im Handel, so daß an dieser Stelle keine allgemeingültigen Anwendungsregeln gegeben werden können. Es ist aber unbedingt darauf zu achten, daß die zur Anwendung vorgesehenen Präparate auf den Packungen einen Vermerk tragen, der sie ausdrücklich für Vögel als verträglich bezeichnet. Sprays sollten nur für Stangen u. ä. benutzt werden. Das Ansprühen des Federkleides ist unbedingt zu vermeiden. Zur Behandlung des Gefieders eignen sich besser Puder (z. B. Alugan von Hoechst; Bolfo von Bayer u. a.). In vielen Fällen ist es ratsam, sowohl die Tiere als auch deren Nahrungsmittel nicht direkt mit den Mitteln in Berührung kommen zu lassen.

Endoparasiten

Weitere in letzter Zeit recht häufig vorkommende Parasiten sind Würmer. Wir unterscheiden Spulwürmer *(Ascaridia)*, Haarwürmer *(Capillaria)* und Pfriemenschwänze *(Heterakis)*.
Ein Wurmbefall ist einem Tier nicht unbedingt anzusehen. Wenn jedoch das Gleichgewicht zwischen Wirt und Parasit nicht mehr existiert, kann der Vogel an einem Morgen ohne erkennbare Ursache tot im Käfig liegen. Eine leichte Störung im Ernährungshaushalt des Vogels kann bewirken, daß die Parasiten nicht mehr in Schach gehalten werden können. Auch psychische Gründe können für das Überhandnehmen von Endoparasiten verantwortlich sein.
Wurmeier lassen sich unter dem Mikroskop problemlos im Kot der Tiere nachweisen. Man sollte deshalb wenigstens im jährlichen Rhythmus bei seinem gesamten Bestand Kotuntersuchungen vornehmen lassen.
Als Gegenmittel eignen sich verschiedene Präparate, die den Tieren in der Regel über das Trinkwasser zugeführt werden. Bei Rundwürmern (d. h. Spul- und Haarwürmer) eignet sich Concurat (Bayer) und Panacur (Hoechst). Die seltener vorkommenden Bandwürmer werden mit Yomesan (Bayer) bekämpft.
Manche Präparate lassen sich – wie die Antibiotika – bei dem geringen Körpergewicht der Agaporniden recht schwer dosieren und sind nicht besonders gut verträglich. Es empfiehlt sich deshalb, immer einen erfahrenen Tierarzt zu Rate zu ziehen.

Infektionskrankheiten

Neben verschiedenen bakteriellen und durch Pilze verursachten Infektionen *(Aspergillose)* werden bei Psittaciden auch Viruskrankheiten diagnostiziert.
Um den eigenen Bestand vor Einschleppung einer Infektion zu schützen, sollten neugekaufte Tiere unbedingt mindestens 14 Tage in Quarantäne gehalten und genau beobachtet werden. Der Käfigboden wird vorübergehend mit glattem, weißem Papier bedeckt, um eventuelle Kotveränderungen sichtbar zu machen.
Eine der bekanntesten und zugleich gefährlichsten Infektionskrankheiten ist die **Papageienkrankheit** *(Psittacose)*, die seit 1930 bekannt ist. Sie wurde zuerst durch Amazonenpapageien aus Südamerika nach Deutschland eingeschleppt. Daraufhin erließ die damalige Reichsregierung ein striktes Einfuhrverbot für alle Papageienarten, das aber in der letzten Zeit erfreulicherweise wieder gelockert wurde.
Im allgemeinen kann man davon ausgehen, daß alle sich auf dem Markt befindlichen importierten Vögel eine 45tägige Quarantänezeit hinter sich haben und somit erregerfrei sind. Gefahr besteht nach wie vor bei Vögeln aus holländischen Großhandlungen, wo die „Quarantänezeit“ kürzer ist als die Inkubationszeit der Psittacose. Mittlerweile wurden die Erreger der Papageienkrankheit auch bei vielen anderen Vogelarten nachgewiesen (z. B. Tauben, Enten, Möwen, Sturmvögeln usw.). In diesem Fall spricht man von „Ornithose“.
Leider gibt es keine typischen Krankheitssymptome. Wäßrige Entleerungen, aufgeplustertes Gefieder, matte Augen, stoßweises Atmen und auffallende, plötzliche Zahmheit können Anzeichen dieser Krankheit sein. Sie kann in zwei verschiedenen Formen verlaufen. Einerseits kommt es zu Todesfällen, ohne daß bei den Tieren Anzeichen einer Erkrankung beobachtet wurden, andererseits können infizierte Vögel über Monate den Virus ausscheiden, ohne krank zu erscheinen. Diese „latenten“ Ausscheider sind eine große Gefahr für die Zucht.
Dank seiner Größe ließ sich der Psittacose-Erreger schon recht früh erkennen und isolieren. Man stellte fest, daß er mit Antibiotika bekämpft werden kann. Seit 1970 ist die Behandlung erkrankter Bestände erlaubt. Ein Ausbruch der Krankheit ist unverzüglich dem zuständigen Veterinäraufsichtsamt anzuzeigen. Auch eine Behandlung darf nur von amtlicher Seite aus erfolgen. Sie wird mit Tetracyclinen durchgeführt. Während der Behandlung müssen den Tieren ständig ausreichend Vitamine zugeführt werden, nach ihrem Abschluß (bei *Agapornis*-Arten ca. 30 Tage) muß der Kot erregerfrei sein.
Auch für Menschen bilden infizierte Papageien eine akute Ansteckungsgefahr. Die Inkubationszeit beträgt ca. 7–14 Tage. Die Krankheit äußert sich als fiebrige Lungenentzündung, welche keineswegs zu bagatellisieren ist. Sie wird ebenfalls mit Tetracyclinen bekämpft.

Sonstige krankhafte Erscheinungen

Vitaminmangelkrankheiten

Vitaminmangelkrankheiten kommen in einem gut gepflegten Bestand nur selten vor. Durch geeignete Fütterung kann man dieser Krankheit vorbeugen. Das Verabreichen eines Multivitaminpräparates, in schlimmen Fällen durch direktes Einspritzen in den Brustmuskel, führt oft zur vollständigen Wiederherstellung der Tiere.

Legenot

Bei Legenot sind die Weibchen nicht in der Lage, ein ausgebildetes Ei abzulegen. Ursachen können sein: Konditionsschwäche, Überanstrengung durch zu viele Bruten, Eiablage bei Kälte, Kalkmangel, zu junge Zuchttiere. Hier ist auf jeden Fall Vorbeugung besser als Heilung. Wenn man die genannten Ursachen abstellt, abwechslungsreich füttert (Vitamine, Mineralstoffe) und vielleicht etwas Lebertran reicht, kommt es selten zur Legenot. Ein erkrankter Vogel sitzt aufgeplustert am Käfigboden und weist einen dicken Hinterleib auf. Bei vorsichtigem Abtasten des Bauchbereiches ist das normale, mit einer Kalkschale umgebene Ei fühlbar. Bei dem Versuch des Tieres, das Ei auszutreiben, kommt es gelegentlich vor, daß der Eileiter mit dem Ei vorfällt. Die Ursache ist häufig eine rauhe Eischale. Rasches Eingreifen ist notwendig, sonst stirbt der Vogel. Man bringt ihn im erwärmten Krankenkäfig unter und reibt den Hinterleib der Henne mit einigen Tropfen erwärmtem Öl ein oder träufelt einige Tropfen in die Kloake. In der Regel geht das Ei nach wenigen Stunden ab, und der Vogel erholt sich schnell wieder. Gut bewährt hat sich auch die Bestrahlung mit Rotlicht, die unbedenklich über einen längeren Zeitraum erfolgen kann. Die Lampe wird dabei in einem Abstand von ca. 60 cm vom Käfig aufgestellt.

Federrupfen

Hin und wieder kann man beobachten, daß Unzertrennliche sich selbst, dem Partner oder den noch nicht selbständigen Jungtieren Federn rupfen. In der Regel beschränkt sich diese Unart jedoch auf Zuchtvögel, die ihren Jungen die frisch sprießenden Federn ausziehen.

Ursachen können sein:
a) mangelhafte Ernährung

b) Langeweile
c) ungünstige klimatische Bedingungen (z. B. große Lufttrockenheit)
d) psychische Störungen
e) Hauterkrankungen

Bei Hauterkrankungen ist die Haut an den Stellen, an denen gezupft wird, am Körper oft verdickt, mit gelblichen Belägen, Blutkrusten und meistens auch mit Pickwunden bedeckt. Hautentzündungen lassen sich oft recht schwer bekämpfen, da Erreger wie Pilze und Bakterien gegen viele Medikamente widerstandsfähig geworden sind. Es ist ratsam, in hartnäckigen Fällen vom Tierarzt einen Hautabstrich machen zu lassen, um zu bestimmen, welche Salbe oder Tinktur wirksam sein könnte. In allen anderen Fällen (a–d) ist die wichtigste Maßnahme, die jeweilige Ursache abzustellen, d. h. die Tiere sollten unter wesentlich besseren Bedingungen gehalten werden. Wichtig ist eine ausgewogene Ernährung (u. a. tierisches Eiweiß, Mehlwürmer, gekochte Eier). Ferner sollte immer für Beschäftigung gesorgt sein (frische Zweige zum Benagen, Picksteine). Auch eine tägliche Dusche schätzen die meisten Unzertrennlichen.
Haben die Tiere erst einmal mit dem Federrupfen begonnen, ist es schwierig, sie wieder davon abzubringen. Hier ist es besser vorzubeugen als Abhilfe schaffen zu müssen.

Die natürliche Mauser

Eigentlich gehört die jährlich sich wiederholende Mauser nicht zum Krankheitskapitel. Jedoch gibt es für Halter und Züchter während der Mauserzeit einiges zu beachten. Die Mauser dient dazu, abgenutzte Federn in bestimmten Abständen zu erneuern. Während dieser Zeit sind die Vögel aber im allgemeinen weder flugunfähig noch zeigen sich deutliche Lücken im Gefieder. Beim Ankauf von neuen Vögeln empfiehlt es sich deshalb, genauestens den Gefiederzustand der Tiere zu untersuchen. Bei Importen sieht man oft abgebrochene und stumpfe Federn. Diese wachsen in der Regel bei der nächsten Mauser einwandfrei wieder nach. Kahlstellen im Gefieder jedoch sollten näher untersucht werden. Oft stecken andere Ursachen dahinter als nur die Mauser, wie meist behauptet wird. Während der Mauserzeit ist die Widerstandskraft der Vögel stark herabgesetzt. Durch besonders gute Ernährung und regelmäßige Vitamin- und Mineralstoffbeigaben sollte man diesem Umstand Rechnung tragen. In der Regel verläuft der Federwechsel reibungslos und ist in kurzer Zeit überstanden. Mit zunehmendem Alter kann die Farbintensität des Federkleides zunehmen.

Unzertrennliche als zahme Hausgenossen?

Hinter dieser Überschrift steht ein Fragezeichen, weil bei vielen Liebhabern immer noch die Meinung vorherrscht, junge Agaporniden ließen sich auf keinen Fall zu liebenswerten und vor allen Dingen zahmen Zimmergenossen machen. Das ist jedoch ein weit verbreiteter Irrtum. Vor allem die Rosenköpfchen und die Unzertrennlichen mit den weißen Augenringen zeigen eine besondere Neigung, sich dem Menschen voll anzuschließen; außerdem gelten sie als intelligenteste Arten innerhalb der Agapornidengattung und finden sich somit recht schnell mit dem Leben im Zimmerkäfig ab. Dagegen wäre es unverantwortlich, *A. cana, A. taranta* oder möglicherweise sogar *A. pullaria* für solche doch recht eigennützigen Zwecke zu mißbrauchen. Diese Arten gehören in die Volieren, wo sie Nachzuchten bringen können, um den Bestand in Gefangenschaft zu erhalten.

Wichtige Voraussetzung für unser Vorhaben ist das Alter des Jungvogels. Am besten eignet sich ein gerade selbständig gewordenes, etwa sieben Wochen altes Tier. Man bringt es einzeln in einem großen Zimmerkäfig unter (Größe etwa wie für Nymphensittiche, d. h. mindestens 50 cm). Die Gitterstäbe müssen waagerecht verlaufen, um dem Tier viele Klettermöglichkeiten zu geben. Futter und Wasser sollten vorher schon bereitstehen. Auch ist es gut, eine Handvoll Hirsesaat auf den Boden zu streuen, damit das Tier sich schnell ans eigenständige Fressen gewöhnt. Den Käfig bringt man am besten in Augenhöhe an, in einer hellen, zugfreien Zimmerecke. Küche und Eßzimmer sind dagegen aus hygienischen Gründen nicht besonders zu empfehlen, denn man sollte nicht vergessen, daß auch ein einzeln gehaltener Vogel nicht dauernd ruhig auf der Stange sitzt, sondern dann und wann von seinen Flügeln Gebrauch macht und auf diese Weise einigen Schmutz verbreitet.

Abb. 24 (oben): Rosenköpfchen Lutino (s. Seite 137). Abb. 25 (unten): Rosenköpfchen Vergleich der Bürzel von Blau (Pastellblau) und Kobalt (Pastellblau mit einem Dunkelfaktor) (s. Seite 91 und 130).

Während der ersten zwei Wochen muß man dem Pflegling Gelegenheit geben, sich an sein neues Heim und die Umwelt zu gewöhnen. Am besten vermeidet man in dieser Zeit alle hastigen Bewegungen und alle lauten Geräusche, um ihn nicht zu erschrecken, und spricht ihn nur mit ausgeglichener, ruhiger Stimme an, um sein Vertrauen zu gewinnen. Man reicht ihm Leckerbissen durch den Draht (Kolbenhirse, Obststücke), die er dann bald gern von der Hand nimmt. Nach einiger Zeit kann man dann versuchen, die Tür des Bauers zu öffnen und den Vogel vorsichtig an die Hand zu gewöhnen. Weicht er die ersten Male aus, lassen Sie ihn gewähren. Eines Tages steigt er freiwillig auf den bereitgehaltenen Finger. Erst wenn er sich vollkommen an die Hand gewöhnt hat, versucht man, ihn, auf dem Finger sitzend, aus dem Käfig zu holen; dabei redet man ruhig auf das Tier ein. In vielen Fällen ist es dann schon so zutraulich, daß es sich kraulen und streicheln läßt. Oberstes Gebot bei einem solchen Zähmungsversuch ist also Geduld, denn mit Geduld, behaupten viele Liebhaber, läßt sich selbst ein störrischer Papagei in einen liebenswerten Hausgenossen verwandeln.
In einigen uns bekannten Fällen geht die „Liebe" soweit, daß die Tiere möglichst während des ganzen Tages auf Kopf und Schulter des „vertrauten" Menschen sitzen wollen. So kann ein zahmer Unzertrennlicher schlichtweg der ideale gefiederte Mitbewohner sein: Er stellt keine großen Ansprüche hinsichtlich der Ernährung, braucht wenig Platz, verbreitet viel weniger Schmutz als größere Papageien und zeichnet sich durch ein liebenswürdiges, gutmütiges Wesen aus.
Dabei wird auch deutlich, daß die weitverbreitete Ansicht, Unzertrennliche dürften nur paarweise gehalten werden, irrig ist. Tatsächlich brauchen diese Tiere zwar immer einen Bezugspunkt, um sich richtig wohlzufühlen, aber dieser Bezugspunkt muß nicht ausschließlich ein zweiter Vogel sein; auch der Mensch wird als „Partner" angenommen, dem sich das Tier vollständig anschließt. Voraussetzung für die Haltung eines einzelnen Agaporniden ist, daß man sich ständig persönlich mit dem Tier beschäftigt, damit sein Drang zur „Partnerschaft" erfüllt wird. Andernfalls kommt es zu psychischen Störungen, die mit dem Tode des Vogels enden können.
An die Sprechbegabung dieser Zwerge darf man allerdings keine großen Ansprüche stellen. Es wird zwar in der Literatur von wenigen Ausnahmen berichtet,

Abb. 26 (oben links): Rosenköpfchen Kobalt-Schecke (s. Seite 136). Abb. 27 (oben rechts): Rosenköpfchen Amerik. Blau-Zimt (s. Seite 143). Abb. 28 (unten links): Rosenköpfchen Lutino (Jungvogel) (s. Seite 137). Abb. 29 (unten rechts): Rosenköpfchen „Hellblau" (Weißmaske) (s. Seite 152).

die einzelne Worte oder auch kleine Sätze mehr oder weniger deutlich nachahmen konnten, begegnet sind wir einem solchen Vogel bisher allerdings nicht. Handzahme Agaporniden sind für die Zucht in der Regel allerdings nicht mehr zu gebrauchen, da sie vollkommen auf den Menschen geprägt sind.
W. Kitschke, Halle, berichtete uns brieflich, daß ein zahmes Rosenköpfchen in Gefangenschaft (Einzelhaltung) 17 Jahre alt wurde. Dies ist übrigens das höchste Alter eines Agaporniden, welches wir durch eine Umfrage bei circa 500 Agapornidenzüchtern erfahren konnten (Brockmann, AGA-Rundbriefe 21, 1982).

Verhaltensweisen bei Agaporniden

Die nachfolgenden Ausführungen stützten sich auf Beobachtungen des amerikanischen Ornithologen W. C. Dilger von der Cornell University, Ithaca/New York, die er 1960 in der „Zeitschrift für Tierpsychologie“ veröffentlichte.

Verhalten der Nestlinge

Einige Stunden vor dem Schlüpfen vernimmt man das Piepen des Jungvogels innerhalb der Schale. Beim Schlupf bricht das Ei am stumpfen Pol auf. Durch kräftige Beinbewegung befreit sich das Jungtier danach vollständig aus der Schale. Innerhalb kürzester Zeit sind die Dunenfedern trocken und das Junge wird gleich während der ersten Stunde von der Mutter gefüttert. Nach wenigen Tagen beteiligt sich auch der Hahn an der Fütterung der Jungtiere.
Die Augen der Jungvögel öffnen sich 11 Tage nach dem Schlüpfen bei *A. roseicollis* und den Rassen der Art *A. personata.* Bei *A. cana* dauert dies 14 Tage, bei *A. taranta* 15 Tage.
Keine der *Agapornis*-Arten zeigt bis zum Öffnen der Augen Anzeichen von Furcht. Später jedoch trachten sie alle danach, dem Beobachter zu entfliehen. Manchmal neigen Jungtiere während des Flüggewerdens zum Beißen; behutsam aufgezogene Tiere beißen nach unseren Erfahrungen in der Regel nicht.
Alle Agapornidenjungen zeigen die Tendenz, sich zu entleeren, wenn sie im Nest gestört werden. Die Ausscheidungen sind dünnflüssig und reichlich.
Während der Nestlingszeit putzen die Jungen sich selbst und gegenseitig das Gefieder. Oft werden sie auch von den Eltern dabei unterstützt.
Zur Zeit des Ausfliegens ist das gesamte Gefieder einschließlich des Schwanzes voll entwickelt. Unmittelbar nach Verlassen der Nesthöhle sind sie zu ausdauerndem Flug fähig. Ihre Manövrierfähigkeit ist beschränkt, verbessert sich jedoch

nach kurzer Zeit. Die Vögel verlassen den Nistkasten in den ersten Tagen nur selten, um bei der geringsten Störung wieder darin zu verschwinden. Erst langsam findet eine Gewöhnung an das Leben außerhalb der Nesthöhle statt. Auch die Zeit, die die Jungtiere draußen verbringen, wird immer länger. Eines Tages kehren sie schließlich nicht mehr in den schützenden Kasten zurück.
Auch nach dem Ausfliegen fahren die Jungen noch einige Tage fort, um Futter zu betteln, indem sie, während sie quiekende Bettellaute ausstoßen, den geöffneten Schnabel einem anderen Vogel entgegenstrecken. Gewöhnlich wird bei den Eltern gebettelt, ausnahmsweise können jedoch auch Geschwister oder andere Vögel der Brutkolonie angebettelt werden. Es kommt dann hin und wieder sogar vor, daß ein Junges ein anderes füttert.

Typische Verhaltensweisen

Besonders typisch bei Agaporniden ist ihr geräuschvolles Verhalten, mit dem sie in der Gruppe auf sich aufmerksam machen. Diese lautstarke „Verständigung" besteht besonders zwischen Männchen und Weibchen eines Paares. Ihre Wirkung ist am stärksten bei *A. roseicollis* und den Rassen der *personata*-Gruppe.
Nahrungs- und Wasseraufnahme: Sämereien werden rasch enthülst, dadurch daß die Körner zwischen Zunge, Oberschnabelspitze und der inneren Unterschnabelspitze hin- und hergeschoben werden. Die Vögel halten kein Futter zwischen den Füßen, um es zu enthülsen oder zum Schnabel zu führen. Zum Trinken wird der schaufelartige Unterschnabel ins Wasser getaucht und mittels rascher, kolbenartiger Bewegung der Zunge das Wasser aufgenommen.
Streckbewegungen: Die Streckbewegungen sind bei allen Arten der Unzertrennlichen recht ähnlich und folgen häufig auf eine Ruhephase. Beide Flügel können, schwach gespreizt, über dem Rücken gleichzeitig gestreckt werden. Oft jedoch wird nur ein Flügel ausgestreckt nach unten gespreizt. Das gleichzeitige Spreizen beider Flügel ist zwar selten, konnte von uns jedoch wiederholt bei Jungtieren von *A. roseicollis* beobachtet werden.
Flügelschwirren: Es gibt eine Reihe von Handlungen, die der Vogel ausführt, um sein Wohlbefinden zu steigern. Innerhalb dieser Handlungsabläufe ist das Flügelschwirren häufig zu beobachten. Der Vogel steht dazu aufrecht auf einer Sitzstange, schlägt kräftig mit den Flügeln und muß sich verstärkt festhalten, um zu vermeiden, daß er abhebt. Oft folgt dieser Bewegungsablauf auf eine längerwährende Ruhephase und ist auch häufig bei brütenden Weibchen zu beobachten, unmittelbar nach dem Verlassen der Eier.
Gefiederputzen: Alle Arten putzen sich sowohl selbst als auch gegenseitig. Am häufigsten findet das gegenseitige Gefiederputzen zwischen den Paaren und

den noch nicht selbständigen Jungtieren statt. Seltener kann es bei unverpaarten Altvögeln beobachtet werden, hier jedoch am häufigsten bei *A. roseicollis*.
Oft ist eine „bittende Haltung" um ein Putzen des Kopfes zu beobachten. Die Vögel neigen ihren Kopf seitwärts, sträuben das Kopfgefieder, schließen die Augen ganz oder teilweise und lassen sich von ihrem Gegenüber kraulen. Gewöhnlich ist bei dieser Haltung das gesamte Gefieder etwas aufgeplustert als Zeichen der Unterwürfigkeit.
Baden: Die einzige Art zu baden, die wir bei *Agapornis* beobachten konnten, ist das Bad im Wasser. Mit Ausnahme von *A. cana* und *A. pullaria* baden alle Arten in Regenpfützen oder Badeschalen. Abweichend vom Badeverhalten anderer Vögel stehen Agaporniden sehr selten mit den Füßen im Wasser. Sie stehen am Rand des Beckens, tauchen wiederholt die Köpfe und den Vorderkörper ins Wasser, schütteln die Flügel und sträuben das Gefieder dabei. *A. cana* und *A. pullaria* wurden vereinzelt dabei beobachtet, wie sie bei leichtem Regen mit gesträubtem Gefieder mit dem Kopf nach unten hingen und sich beregnen ließen.
Alle Agaporniden baden nur in sauberem, frischem Wasser, trinken jedoch jegliches Wasser, wie verschmutzt es auch sein mag.
Schnabelpflege: Wie bei vielen anderen Papageien wird auch bei den Unzertrennlichen der Schnabel durch wiederholte scheuernde Bewegungen an der Sitzstange gesäubert. Einen großen Teil ihrer Zeit verbringen die Tiere damit, Holz u. a. zu benagen. Sicherlich dient dies in erster Linie der Abnutzung des Schnabels. Auch die beharrlichen „Kaugeräusche", die oft zu hören sind, entstehen dadurch, daß der Vogel Ober- und Unterschnabel aneinander reibt und damit die Unterschnabelspitze in Ordnung hält.
Schwanzwippen: Diese Bewegung besteht aus einem raschen, kurzen Vibrieren des Schwanzes und scheint dem Wohlbefinden des Vogels zu dienen. Bei der Gattung *Agapornis* ist dies jedoch nicht mit dem Absetzen des Kots verbunden, wie man es von anderen Vögeln her kennt.
Ruhen und Schlafen: Alle Arten verbringen einen großen Teil des Tages damit, zu ruhen. Mit völlig oder teilweise geschlossenen Augen und leicht aufgeplustertem Gefieder sitzen sie still auf einer Sitzstange. Gesunde Tiere ruhen fast immer auf einem Bein, während der andere Fuß ins Bauchgefieder gesteckt wird. Die meisten Arten schlafen, indem sie den Kopf über eine Schulter wenden und dabei Schnabel und Gesicht im Rückengefieder verbergen. Sie schlafen vornehmlich auf Sitzstangen oder auf dem Boden der Nisthöhlen. Wie beim Ruhen sitzen die Vögel nur auf einem Bein. *A. pullaria* hingegen schläft mit dem Kopf nach unten hängend, eine Verhaltensweise, die von der nahe verwandten Papageiengattung *Loriculus* (Fledermauspapageien) bekannt ist. Der Kopf ist dabei in der üblichen Weise über die Schulter gedreht.

Bewegungsabläufe

Alle Arten fliegen schnell und gewandt und sind zu scharfen Wendungen bei hoher Geschwindigkeit fähig. Bestimmte Bewegungen vor dem Flug dienen dem Zweck, das Gefieder zu glätten, sich zu ducken und den Körper in die beabsichtigte Flugrichtung zu drehen. Wie alle anderen Papageien gebrauchen auch die Unzertrennlichen ihren Schnabel als Hilfsmittel beim Klettern.
Kampfverhalten: Das Glätten des Gefieders und Bewegungsabläufe gegen ein anderes Tier deuten auf den Trieb anzugreifen, Gefiedersträuben und Bewegungsweisen von einem anderen Tier weg lassen auf den Drang zu fliehen schließen. Diese Verhaltensschemata haben sicherlich eine Signalfunktion, die sich nach offenbaren Gegenwirkungen richtet. Die Rassen der *personata*-Gruppe und *A. roseicollis* zeigen ein ausgeprägtes Sozialverhalten und haben viele Hemmschwellen in bezug auf das gegenseitige Beißen entwickelt. Der biologische Vorteil ist angesichts der kräftigen Schnäbel dieser Arten klar ersichtlich.
Schnabelfechten: Ein hoch ritualisiertes Verhalten scheint das Schnabelfechten zu sein. Der Angriff gilt bei den Unzertrennlichen stets den Zehen des Gegners, wird jedoch von diesem mit dem Schnabel pariert. Häufig ist Schnabelfechten nur ein Scheinkampf, in welchem rasche Abwehrbewegungen und Angriffe vollführt werden, scheinbar ohne den ernsthaften Versuch, den Gegner wirklich zu beißen. Sogar bei den seltenen, heftigen Gefechten zwischen Altvögeln kommen ernsthafte Bisse nur gelegentlich vor. Es besteht eine starke Hemmung, einen Gegner irgendwo außer an den Zehen zu beißen, sogar wenn sich innerhalb eines solchen Gefechts eine Möglichkeit dazu ergäbe.
Will ein Vogel eines Paares den anderen dazu bewegen, zur Seite zu rücken, wird er ihn zart in die nächste Zehe kneifen oder eine Bewegung ausführen, als wolle er dies tun. Das hat kein Schnabelgefecht zur Folge, der „angegriffene“ Vogel bewegt sich dann lediglich, ohne Eile, von der Stelle.
Wirkliche Beißangriffe sind nur bei *A. cana, A. taranta* und *A. pullaria* zu beobachten. Sie scheinen in ihren Aktionen weniger gehemmt zu sein. Auch besitzen sie mehr Entfaltungsmöglichkeiten bei ihrem Angriffs- und Fluchtverhalten, als die sozialeren Arten.

Fortpflanzung

Schon nach der ersten großen Mauser beginnen die Vögel mit der Partnersuche. Nachdem sie ihre Wahl getroffen haben, bleiben die Vögel gewöhnlich bis zum Tod eines Partners zusammen. Auch Jungtiere gehen hin und wieder Paarbindungen ein. Diese sind in der Regel heterosexuell, gelegentlich kommen jedoch auch gleichgeschlechtliche Verbindungen vor, die nach Eintritt der Geschlechtsreife allerdings nicht mehr aufrecht erhalten werden. Homosexuelle Paarbindungen sind nur bei den sozialeren Arten, nie jedoch bei *A. cana, A. taranta* und *A. pullaria* beobachtet worden.

Bei der Paarbindung zweier gleichgeschlechtlicher Vögel übernimmt ein Vogel die Rolle des männlichen Tieres und einer die des weiblichen Tieres. Trotzdem wird ein „Paar", bestehend aus zwei Hähnen, nie Nistmaterial benutzen und den Nistkasten inspizieren. Zwei Weibchen dagegen errichten zusammen ein Nest, legen dort gemeinsam Eier und bebrüten sie.

Nestbau: Bei Eintritt der Geschlechtsreife zeigen die weiblichen Tiere sofort starkes Interesse an den Nisthöhlungen und beginnen kurze Zeit später mit dem Nestbau. Die Hähne befinden sich immer in deren Nähe, zeigen jedoch mehr Anteilnahme am Verhalten des Weibchens als am Nistgeschehen.

Mit Ausnahme von *A. pullaria,* die in selbstgegrabenen Höhlungen in Termitenhügeln oder in den Gängen baumbewohnender Ameisen nisten, benutzen alle Unzertrennlichen Baumhöhlungen und vergleichbare Nistplätze. Die Ausstattung der Nisthöhlen reicht von spärlichen Nestunterlagen bei *A. cana* und *A. taranta* bis hin zu kunstvoll errichteten Brutkobeln aus kleinen Zweigstücken bei der höchst entwickelten Art *A. personata* und deren Rassen. Nähere Angaben zum Nestbau finden sich bei den Beschreibungen der einzelnen Arten.

Während der Brutzeit sondern sich die primitiveren Arten *A. cana, A. taranta* und *A. pullaria* vom bestehenden Schwarm ab und gehen paarweise dem Brutgeschäft nach. Bei den Rassen von *A. personata* zeigt sich bereits die Tendenz zum gemeinsamen Brutplatz. Bei *A. roseicollis* schließlich handelt es sich um ausgesprochene Koloniebrüter.

Sexualverhalten: Grundsätzlich tritt bei den Hähnen aller Agapornidenarten die Geschlechtsreife eher ein als bei den Weibchen. Diese hingegen reagieren zu Anfang gleichgültig und oft sogar aggressiv auf das Werben der Hähne. Allmählich jedoch zeigen auch sie sexuelle Verhaltensweisen, bis die Zeit gekommen ist, zu welcher sie die Kopulation vollführen können.

Während des Nestbaues, der Eiablage und der ersten Zeit des Brütens bleiben die sexuellen Verhaltensweisen der Männchen unverändert stark erhalten, nehmen während der letzten Bruttage ab und bleiben danach, auch während der Dauer einer zweiten Brut, schwach. Das Sexualverhalten aller Hähne der Gattung ist nahezu identisch.

Partnerfüttern: Partnerfüttern findet bei verpaarten Tieren durchweg das ganze Jahr über statt und steigert sich in der Häufigkeit in der Brutzeit. Während des Brütens kommt dem Partnerfüttern eine große Bedeutung zu. Der Hahn versorgt dann das Weibchen, das nur wenige Male am Tag die Nisthöhle verlassen darf, ausreichend mit Futter. Später beteiligen sich beide Eltern an der Fütterung der Jungtiere. In dieser Zeit wird das Partnerfüttern seltener, nimmt während des Selbständigwerdens der Jungen jedoch wieder zu. Bei *A. roseicollis* und den Rassen von *A. personata* füttern ausschließlich die Hähne ihre Weibchen. Bei *A. cana* und *A. taranta* wurde jedoch auch häufig gegenseitiges Partnerfüttern beobachtet.

Kopulation: Am Ende einer erfolgreichen Werbung des Hahnes, als letzter Schritt der praekopulativen Phase, steht der Begattungsakt. Der Hahn steigt auf den Rücken des Weibchens. Er befliegt sie nicht, wie dies von anderen Vögeln bekannt ist. Durch Ducken des Körpers und leichtes Spreizen der Flügel- und Schwanzfedern zeigen die Weibchen ihre Paarungsbereitschaft an. Oft folgen diese Verhaltensweisen auf Werbungen des Hahnes, meistens jedoch erst, nachdem der Hahn die Absicht gezeigt hat, das Weibchen zu besteigen. Selten erfolgt das Einnehmen der Kopulationsstellung ohne vorangegangene Aktivitäten des Hahnes.

Sobald der Hahn sein Weibchen bestiegen hat, krallt er seine Füße in den Flankenfedern des Tieres fest, senkt seinen Schwanz und bringt durch vorwärtsdrängende Bewegungen die beiden Kloaken aneinander. Die Kopulation besteht aus einer Reihe dieser Bewegungen, die rhythmisch wiederholt werden. Nach einer vollzogenen Begattung verbleibt das Weibchen auch nach dem Absteigen des Hahnes noch einige Sekunden in der Kopulationsstellung. Hat eine Befruchtung stattgefunden, erscheint die Kloake des Weibchens geschwollen, feucht und gerötet. Andernfalls ist deren Äußeres unverändert.

Die Männchen halten sich während des Tretaktes nur selten im Nackengefieder des Weibchens fest, benutzen den geschlossenen Schnabel aber oft als zusätzliches Hilfsmittel während des Besteigens. Häufig benutzen die Hähne auch die ausgebreiteten Flügel als Balance-Hilfe. Mit Ausnahme der Weibchen von *A. taranta,* die während der Kopulation leise, quiekende Laute ausstoßen, verhalten sich alle anderen Arten währenddessen ruhig.

In der Regel finden am Tage mehrere Begattungsversuche statt, bevor es zu einer Befruchtung kommt.

Postkopulative Verhaltensweisen konnten bei den Unzertrennlichen bisher nicht beobachtet werden.

Zucht

Geschlechtsbestimmung

Die Zucht von Unzertrennlichen wird mittlerweile etwa seit 40–50 Jahren praktiziert und hat besonders in den letzten 10 Jahren einen riesenhaften Aufschwung erfahren.

Von vornherein sei gesagt, daß eine Zucht von Agaporniden sich bei weitem nicht so einfach anläßt, wie dies bei den domestizierten Wellen- und Nymphensittichen der Fall ist. Dennoch lassen sich gewisse Arten dieser Kleinpapageien bei erfahrenen Züchtern gut vermehren. Logischerweise ist die Grundvoraussetzung für das Gelingen ein gut harmonierendes Paar. Hier sind wir gleich beim ersten und wahrscheinlich größten Problem. Sollte sich die Gelegenheit bieten, ein garantiertes Zuchtpaar erwerben zu können, so sollte zumindest der Anfänger schnell zugreifen. Aber welcher Züchter verkauft schon ein einwandfreies und in der Jungenaufzucht erprobtes Paar?

Eine weitaus schwierigere Methode ist die Zusammenstellung eines Paares aus Jungtieren. Deshalb seien im folgenden zunächst die teilweise recht allgemeinen Geschlechtsmerkmale (der gleichgefärbten Arten) genannt:

a) Im allgemeinen sind die Weibchen etwas größer als die Männchen und haben wegen des größeren Beckens eine breitere Sitzhaltung.

b) Der Kopf des Männchens ist in der Regel flach, während der des Weibchens eine kleine Wölbung aufweist.

c) Wahrscheinlich wichtigster Punkt der Geschlechtsbestimmung ist der Abstand der Beckenknochen. Allerdings kann dieses Merkmal nur bei erwachsenen Tieren angewandt werden. Beim Weibchen dürfte dieser Abstand etwa 4–7 mm betragen, während die Knochen des Hahnes eng beieinander stehen. Die Knochen des Weibchens sind auch stabiler gebaut und mehr abgerundet, während die Männchen recht spitze Beckenknochen besitzen.

Bei all diesen Merkmalen gibt es jedoch auch Ausnahmen. Um nun eine Geschlechtsbestimmung vorzunehmen, ist es zweckmäßig, den Vogel in die linke Hand zu nehmen, wobei der Kopf des Vogels zwischen Daumen und Zeigefinger liegt (um Bisse zu vermeiden). Nun wartet man einige Zeit, bis der Vogel entspannt in der Hand liegt und ertastet dann mit dem rechten Zeigefinger vorsichtig die Beckenknochen in der Afterregion des Vogels. Sind dabei die Beine des

Vogels verkrampft an den Körper gezogen, läßt sich die Beschaffenheit der Bekkenknochen nicht exakt untersuchen und eine genaue Geschlechtsbestimmung ist schwierig.
In jüngster Zeit hört man von einer Methode der Geschlechtsbestimmung mit Hilfe der Endoskopie, die jedoch nur von spezialisierten Tierärzten durchgeführt werden kann.

Partnerwahl

Unseres Erachtens ist die beste Art, ein Paar zusammenzustellen, den Vögeln die Partnerwahl selbst zu überlassen. Man erwirbt vier bis sechs Vögel der gleichen Art und gleichen Alters (keine Geschwister) und setzt diese zusammen in einen Gesellschaftskäfig. Bei seltenen Mutationen oder Arten ist diese Methode aus Kostengründen oder angesichts der Schwierigkeit, mehrere Tiere zu beschaffen, allerdings kaum durchführbar. Die Vögel sollten ausgefärbt sein, keine Lücken im Gefieder aufweisen und durch ein glänzendes Auge und quicklebendiges Benehmen bestechen. Hüten Sie sich jedoch davor, zu alte und zur Zucht untaugliche Vögel zu kaufen. Zweckmäßig ist es deshalb, nur geschlossen beringte Vögel zu erwerben, weil hier das Alter des Tieres nie im unklaren bleibt. Nach kurzer Zeit hat bei den Tieren eine Partnerwahl stattgefunden. Dies äußert sich durch ständiges, enges Beieinandersitzen, besonders in der Dämmerung und nachts, durch eingehendes, gegenseitiges Köpfchenkraulen und durch gelegentliches Füttern. Allerdings sei an dieser Stelle nicht verschwiegen, daß dieses Verhalten unter Umständen auch bei gleichgeschlechtlichen Tieren zu beobachten ist. In der Regel treten solche Fälle bei diesem Auswahlprinzip jedoch nicht auf, höchstens dann, wenn nur zwei Vögel gleicher Art gehalten werden.
Nach erfolgter Paarbildung können die überzähligen Tiere herausgefangen werden, und man beginnt mit den Zuchtvorbereitungen. Die Vögel sollten zu diesem Zweck wenigsten 10 Monate alt sein (eine Paarbildung kann auch schon bei wesentlich jüngeren Tieren erfolgen). Am besten ist es, während der Zuchtzeit jedes Paar einzeln zu halten, wobei ein Käfig mit den Maßen 80 × 50 × 50 cm völlig ausreichend ist (s. im Kap. Unterbringung: Die Haltung in Käfigen).

Nestbau, Brut und Jungvögel

Wie alle Papageien (bis auf wenige Ausnahmen) sind auch die Unzertrennlichen Höhlenbrüter. Als Ersatz für Baumhöhlen lassen sich (allerdings unter Schwierigkeiten) passende Bäume selbst aushöhlen. Einfacher und genauso zweckmäßig ist es, aus Brettern oder Spanplatten Nistkästen selbst anzufertigen. Als Maße gelten:

	Grundfläche	Höhe
für größere Arten:	17×17 cm	25 cm
für kleinere Arten:	15×17 cm	20 cm

Ansonsten sind die Nistkästen entsprechend Abb. Seite 57 herzustellen. Es ist angebracht, unterhalb des Schlupfloches eine Leiter aus Drahtgeflecht oder besser aus angenagelten Holzlatten anzubringen, um den Tieren das Herausklettern aus dem Kasten zu erleichtern. Der Durchmesser des Schlupfloches sollte zwischen 4,5 und 5 cm betragen.

Als Nistmaterial benötigen die Unzertrennlichen frische Obstbaum- oder am besten Weidenzweige. Wie die einzelnen Arten ihr Nest anlegen, ist jeweils bei den Artbeschreibungen erwähnt.

Die Eier der Unzertrennlichen sind rein weiß und werden in der Regel alle 2 Tage (meistens nachmittags) gelegt. Das Gelege umfaßt bis zu 6 Eiern, selten mehr. Obwohl Unzertrennliche wie auch Wellensittiche im allgemeinen in Gefangenschaft an keine bestimmte Brutzeit gebunden sind (in geheizten Räumen brüten sie auch im Winter), ist es erfolgversprechender, mit der Zucht in Freivolieren erst im Frühjahr zu beginnen. Die Paare werden einzeln in die Zuchtkäfige gesetzt, die Nistkästen werden angebracht und frische Weidenzweige dazu gegeben. Etwa gleichzeitig beginnt man, die Elterntiere durch geeignete Futterzusätze zu stimulieren (z. B. mit Ei- und Keimfutter und einem Vitaminpräparat).

Der Nestbau erstreckt sich meistens über ca. 10–20 Tage bis zur ersten Eiablage und wird auch während der Brutzeit weiter fortgeführt. In der Regel brüten die Weibchen ab dem zweiten Ei. Wir haben jedoch auch Weibchen in unseren Beständen, die erst nach dem dritten Ei fest brüten. Hiernach richtet sich auch der Schlupftermin der Jungtiere. In der Literatur werden als Brutzeit etwa 21 Tage angegeben. Der Züchter tut jedoch gut daran, mit 23–25 Tagen zu rechnen, denn es gibt mannigfaltige Möglichkeiten, die das Brutgeschäft verzögern können. Die Jungen schlüpfen im Abstand der Eiablage, so daß sich in einem Nest frisch geschlüpfte Junge und solche mit den ersten Federkielen befinden können. In einigen Fällen geschieht es, daß bei zu großem Altersunterschied das kleinste Junge beim Füttern von den älteren Nestgeschwistern abgedrängt wird und verhungert oder sogar totgedrückt wird. Nach ca. 3½ Wochen weisen die Jungtiere ein weitgehend komplettes Gefieder auf. Im Alter von 5 Wochen verlassen sie das Nest, um dann noch weitere 2–3 Wochen von den Eltern (speziell vom Hahn) gefüttert zu werden. Zu diesem Zeitpunkt beginnt das Weibchen schon wieder

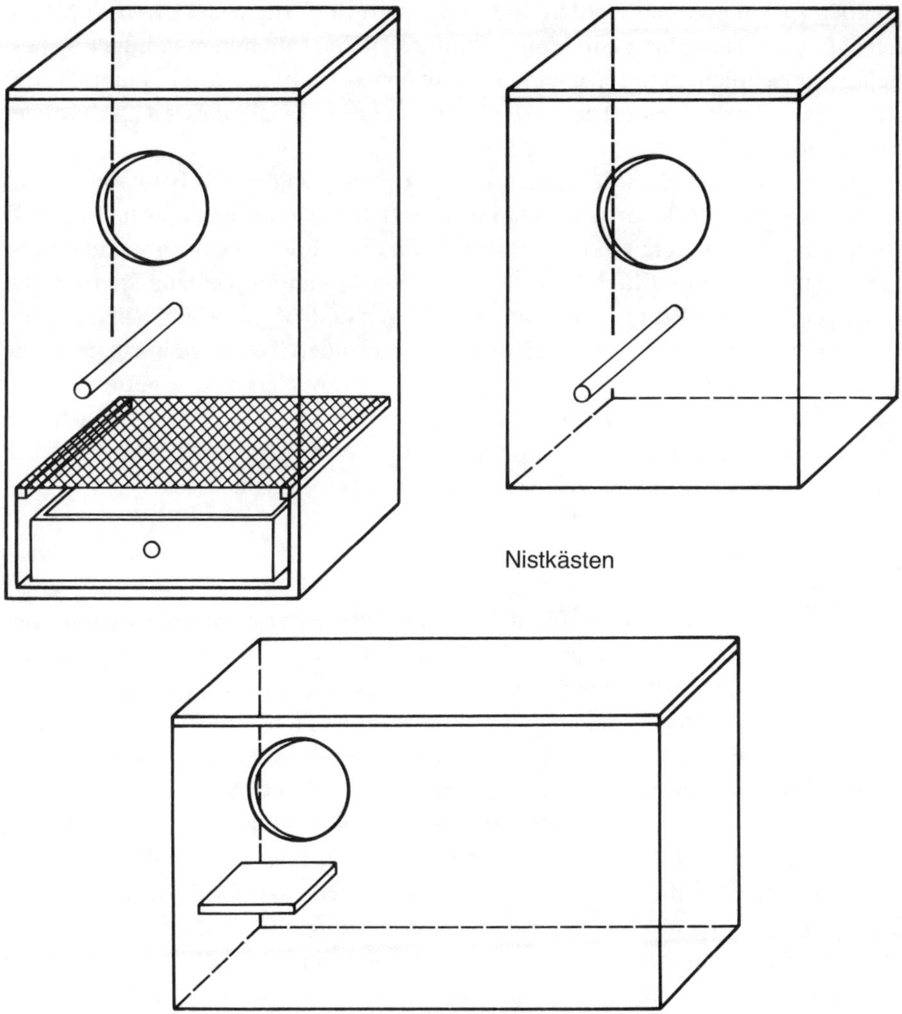

Nistkästen

mit der Ausbesserung des Nestes, und kurze Zeit später legt es dann das erste Ei der folgenden Brut. Um kräftige Junge zu erhalten und um die Elterntiere nicht zu überanstrengen, sollte man nur zwei oder drei Bruten jährlich zulassen und dann die Kästen wegnehmen.

Sobald die Jungen den Kasten verlassen haben, beginnt man, sie an die selbständige Futteraufnahme zu gewöhnen, indem man ihnen Futter auf den Boden streut. Früher oder später fangen sie dann an, auch aus den Näpfen zu fressen. Etwa 40 Tage nach dem Ausschlüpfen des letzten Jungtieres können die Vögel

von den Eltern getrennt werden. Sie sind jetzt futterfest. Nach etwa 6–7 Monaten haben die Tiere ihre erste Mauser hinter sich und sind nun mit einiger Sicherheit geschlechtlich zu unterscheiden (Hähne sind oft in der Minderzahl). Junge Bergpapageien *(A. taranta)* benötigen eine längere Entwicklungszeit als die anderen Arten.
Es gibt Elternpaare, die ihre Jungen – beim Beginn einer neuen Brut – kurz nach dem Ausfliegen stark verfolgen und ernsthaft verletzen können. Auch deshalb sollte man die Jungtiere schon früh an selbständiges Fressen gewöhnen und dann nicht zu lange bei den Eltern lassen, selbst wenn dies anfangs gutzugehen scheint. Nach der 2. oder 3. Brut ist es ratsam, den Tieren ca. 6 Monate lang Ruhe zu gönnen, um dann in der nächsten Saison mit ausgeruhten Tieren weiter züchten zu können. Jung- und Altvögel sollen getrennt in Freivolieren untergebracht werden, bis man sie zum Eintritt des Winters in einen schwach geheizten Schutzraum übersiedeln muß. Einige Frostgrade machen gut eingewöhnten Tieren sicherlich nichts aus, besser ist jedoch, die Tiere warm überwintern zu lassen.

Zucht- und Nachweisbuch

An dieser Stelle sei vielleicht einmal erwähnt, daß jeder ernsthafte Züchter bemüht sein sollte, die genauen verwandtschaftlichen Zusammenhänge seiner Nachzuchten schriftlich festzuhalten, um jederzeit einen genauen Überblick zu haben. Auf diese Weise kann u. a. vermieden werden, daß ein Vogelstamm durch planlose Inzucht verdorben wird. Am besten eignet sich ein Aktenordner, in dem jedes Zuchtpaar eine Karteikarte bekommt. Hierauf sind Alter, Ringnummern, eventuelle Spalterbigkeit und Besonderheiten der Elterntiere zu vermerken. Jede Zuchtsaison wird dann auf einem gesonderten Blatt festgehalten, wo alles Wissenswerte über die Nachzucht eines bestimmten Jahres verzeichnet werden kann. So behält man – bei konsequenten Eintragungen – immer die Übersicht über den Zuchtstamm, was später von unschätzbarem Wert ist.
Da wir nun schon einmal beim „Schriftkram“ sind, möchten wir nicht versäumen, alle Leser darauf aufmerksam zu machen, daß jede Sittich- und Papageienzucht, und sei es nur die kleinste Wellensittichzucht, genehmigungspflichtig ist. Jeder Züchter ist verpflichtet, über Erwerb, Zucht und Abgabe von Papageienarten ein Nachweisbuch zu führen. Außerdem sind die Vögel mit amtlichen Ringen zu versehen. Diese sind beispielsweise erhältlich beim „Zentralverband der Zoologischen Fachgeschäfte Deutschlands e. V., Postfach 1324, 6057 Dietzenbach 1, oder über die „Austauschzentrale der Vogelliebhaber und -züchter e. V. (AZ), Günter Wittenbrock, Vor der Elm 1, 4860 Osterholz-Scharmbeck“. Eine Ringauslieferung seitens dieser Vereine erfolgt nur gegen Vorlage einer amtlichen

Zuchtgenehmigung, die über Kreis oder Stadt erhältlich ist. Ein beauftragter Tierarzt überprüft daraufhin den Bestand und die Sachkundigkeit der einzelnen Züchter. Auf diese Weise versucht man das Risiko des Ausbruchs der Papageienkrankheit (Psittacose) möglichst gering zu halten.

Besonderheiten bei der Zucht

Bei der Zucht von Unzertrennlichen können die folgenden wesentlichen Schwierigkeiten auftreten.
Als erstes wäre hier das Problem der oft recht niedrigen Schlupfraten zu erörtern. Immer wieder stellen Züchter fest: ohne ausreichende Luftfeuchtigkeit innerhalb der Nistkästen sind die Schlupfraten recht unbefriedigend, die Embryonen sterben im Ei ab. Oft picken die Jungtiere die Eischale nur an, sind aber nicht in der Lage, sie zu sprengen. Gleichzeitig heißt es dann, man solle die Nester feucht halten oder die Eier schwemmen. Tatsache ist, daß eine gewisse Luftfeuchtigkeit das Schlüpfen der Jungen zu begünstigen scheint. Diese Luftfeuchtigkeit wird in der Natur, wo die Tiere ja in dürren, trockenen Steppengebieten leben, durch frische Baumrindenstücke erzeugt. Aufmerksame Beobachter werden festgestellt haben, daß die Weibchen immer wieder frische Rindenstückchen um die Eier verteilen, obwohl das Nest schon längst fertig ist und alle Eier bereits gelegt wurden und bebrütet werden. Es gibt nun gewisse Möglichkeiten, der Natur etwas nachzuhelfen, wobei man sich jedoch vor Übertreibungen hüten sollte. Sind die Nistkästen im überdachten Teil der Außenvoliere angebracht, gibt es beim Schlüpfen im großen und ganzen keine Schwierigkeiten. Ein völlig unproblematische Methode ist es, den Vögel ständig frische, im Trieb stehende Weidenzweige zu reichen. Durch ihr dauerndes Arbeiten am Nest und durch das Umbauen des Geleges mit Rindenstückchen sorgen die Weibchen für eine ständig feuchte Unterlage innerhalb des Kastens. Es ist bisher nicht bekannt geworden, daß dadurch eine Beeinträchtigung des Brutgeschäftes stattgefunden hat. Weiterhin sollte immer eine Badeschale für die Eltern vorhanden sein, denn dann können die Tiere durch ausgiebiges Baden eine zu niedrige Luftfeuchtigkeit im Kasten selbst regulieren, indem sie sich naß auf die Eier setzen. Natürlich muß eine Gewöhnung ans Baden schon lange vor dem Brutbeginn erfolgt sein; im allgemeinen baden die Tiere jedoch mit großer Leidenschaft. Eine dritte Möglichkeit ist, den Nistkasten und das Nistmaterial einmal täglich anzufeuchten. Allerdings ist hier Vorsicht geboten. Das Wasser darf nicht zu kalt sein, und die Weibchen müssen sich hinterher sofort wieder auf das Gelege setzen, da die Eier sonst zu schnell erkalten und schlimmstenfalls die Embryos absterben.

In sehr trockenen Innenräumen empfiehlt sich neben der Benutzung eines Luftbefeuchters die folgende Methode: Man fertigt Spezialnistkästen mit doppeltem Boden an (Abb. Seite 57). Etwa 3 cm über dem eigentlichen Boden bringt man eine durchlöcherte, nichtrostende, dünne Blechplatte an, die mittels zweier Leisten gehalten wird. Die Blechplatte muß Löcher von sehr feinem Durchmesser (ca. 1 mm) aufweisen. Außerdem eignet sich auch ein kleines Fliegendrahträhmchen für diesen Zweck. Sind die Löcher in der Blechplatte zu groß, kann es passieren, daß die Jungvögel mit ihren kleinen Füßen hineinrutschen und später nicht mehr herauskommen. Diese Gefahr besteht bei Fliegendrahträhmchen nicht. Hier kann es aber vorkommen,daß die sehr „knabberfreudigen" Eltern in kurzer Zeit ein Loch hineinbeißen.

Im Hohlraum zwischen den beiden Böden läßt sich nun eine Wasserschale unterbringen, die möglichst bis dicht unter den Draht reichen sollte. Auf den oberen Boden aus Fliegendraht streut man nun eine Lage feuchten Gartentorf und läßt dann die Vögel darauf ihr arteigenes Nest errichten. Wenn die Wasserschale nun ständig randvoll gehalten wird, verdunstet genügend Wasser durch den Boden ins Nest, so daß eine stete leichte Feuchtigkeit die Jungen recht problemlos schlüpfen läßt. Wir selbst wenden dieses Verfahren mit gutem Erfolg an.

Eine letzte und weitaus schwierigere Methode ist das Schwemmen der Eier. Sie erfordert viel Fingerspitzengefühl und wir selbst empfehlen sie nicht, nachdem wir auf diese Weise etliche Gelege verdorben haben. Man legt zu diesem Zweck die Eier während der zweiten Hälfte der Brutzeit mehrere Male in lauwarmes Wasser (ca. 2 min lang). Auch hier müssen die Weibchen sofort nach Aufhängen des Kastens wieder aufs Gelege!

Viele namhafte Züchter halten das künstliche Erzeugen von Luftfeuchtigkeit zur Begünstigung des Schlüpfens für vergebene „Liebesmühe". Wenn es mit dem Schlüpfen nicht recht klappen will, spricht man von mangelnder Fruchtbarkeit oder von minderwertigem Zuchtmaterial, und wenn dies nicht zutrifft, heißt es: unzureichende Ernährung, falsche Unterbringung, falsche Pflege. Die pauschale Meinung lautet, daß die Tiere in recht trockenen Gegenden vorkommen, also ist es unbegreiflich, daß sie zum Schlüpfen eine gewisse Feuchtigkeit brauchen. Endergebnis: Es muß am Ausgangsmaterial liegen.

Zweifelsohne gibt es minderwertige Zuchtpaare mit den genannten negativen Eigenschaften. In der Regel ist dies bei blutsfremden einjährigen Tieren jedoch nicht der Fall. In zu trockenen Kästen schlüpfen auch von einem einwandfreien Paar trotz Beigabe von Weidenzweigen die Jungtiere nicht.

Wenn wir von einer „gewissen Luftfeuchtigkeit" sprechen, so meinen wir keine triefende Nässe, sondern eine geringe, aber stetige Feuchtigkeit innerhalb des Kastens. Ein Zuviel an Luftfeuchtigkeit ist nicht nur unnütz, sondern kann auch,

wegen der möglichen Schimmelpilzbildung, eine Gefahr für die Jungtiere bedeuten.
Ein zweites schwerwiegendes Problem bei der Agapornidenzucht ist das „Rupfen" der Jungen. Hin und wieder kommt es vor, daß Elterntiere ihren Jungen die ersten sprießenden Federn ausrupfen. In vielen Fällen schafft dies beim Wachstum der Jungtiere keine wesentlichen Probleme, zuweilen aber rupfen die Eltern so stark (manchmal bis zur vollkommenen Nacktheit der Jungen), daß man hier eingreifen muß. Über die Ursachen kann nur recht allgemein gesprochen werden, zumal dieses Problem auch von Wissenschaftlern noch keineswegs befriedigend gelöst werden konnte.
Aller Wahrscheinlichkeit nach spielen beim Rupfen mehrere Faktoren, die gleichzeitig auf ein Paar einwirken müssen, eine Rolle. Gründe können sein: Langeweile bei den Elterntieren, große Lufttrockenheit in den Zuchträumen, möglicherweise neue Brutlust und sicherlich auch unzureichende Ernährung. Unseres Wissens sind Versuche gemacht worden, bei denen Unzertrennliche, die ihre Jungen rupften, an den Freiflug gewöhnt wurden und die man danach wieder Junge großziehen ließ. Es wurde abwechslungsreich gefüttert; mit Grünfutter, Obst und Mineralstoffen versorgten sich die Tiere selbst. Dennoch wurden auch hier bei der Jungenaufzucht erneut Anzeichen des Rupfens bemerkt.
Wie schon gesagt, wir können hier keine endgültigen Ratschläge geben, wie das Rupfen den Tieren abgewöhnt werden kann. Frische Luft, Sonne und Regen, abwechslungsreiche Ernährung, Geschlechtsreife, nicht durch Inzucht verdorbenes Zuchtmaterial und ständig vorhandene Beschäftigung (z. B. Zweige zum Beknabbern) dürften die wichtigsten Voraussetzungen gegen das Rupfen sein. In jedem Fall empfiehlt sich auch hier vorzubeugen, denn wenn die Tiere einmal diese Unart angenommen haben, legen sie sie schwerlich wieder ab.
Sollten in einem Bestand dennoch einmal Rupfer auftreten, gibt es mehrere Möglichkeiten, die Jungtiere vor einem Krüppeldasein oder gar vor dem Tod zu retten. Im allgemeinen empfiehlt es sich, in solchen Fällen schnell zu handeln, damit die Jungvögel von den Eltern nicht unnötig weiter „bearbeitet" werden. Bei minimalem Rupfen genügt es oft, den betroffenen Körperteil bei den Jungen hauchdünn mit Nivea-Creme zu bestreichen. Manchmal ist damit das Problem schon behoben.
In hartnäckigen Fällen gibt es eine recht brauchbare Methode zur Rettung der Jungen. Man ersetzt dann eine Seite des Nistkastens durch ein grobes Drahtgeflecht und verschließt das Eingangsloch. Gleichzeitig sollte man den Jungen einige wärmende Tücher in den Nistkasten geben und, wenn möglich, die Temperatur im Zuchtraum etwas erhöhen. Unzertrennliche haben einen recht starken Fütterungstrieb, und die Eltern werden, da sie nun nicht mehr zu den Jungen

gelangen können, versuchen, diese durch das grobe Maschengeflecht hindurch zu füttern. Nach einigen Stunden haben Eltern und Junge verstanden, wie sie auf diese Weise am besten füttern müssen bzw. gefüttert werden, und meistens gibt es relativ wenig Verluste. Voraussetzung ist, daß die Jungen schon 3–4 Wochen alt sind.

Zwar ist der Entwicklungsverlauf in der Regel ein wenig beeinträchtigt, aber nach ca. 6 Wochen sind die Tiere wieder voll befiedert und können dann aus ihrem „Gefängnis“ entlassen werden. Schon nach wenigen Tagen unternehmen die Jungtiere kurze Flüge durch den Käfig und werden dann von den Eltern nicht mehr behelligt. Auch hier füttert der Hahn weiter bis zum Selbständigwerden.

Die zweite Möglichkeit, gerupfte Jungtiere zu retten, ist die folgende: Man verordnet den Tieren „Tapetenwechsel“, d. h. die Jungen werden in einen zweiten Nistkasten umgesiedelt, der auf den Boden des Käfigs gestellt wird. In den meisten Fällen füttern die Eltern dann dort weiter, ohne sich nun an den sprießenden Federn zu vergreifen.

Hin und wieder kommt es vor, daß die Weibchen ihr Gelege oder die Jungtiere verlassen. Auch in diesem Fall gibt es einige Möglichkeiten, die dazu beitragen können, Junge oder Eier zu retten. Am besten ist es natürlich, die Eier oder Jungen anderen Unzertrennlichen unterzulegen (auch anderen Arten), wenn sich dies zeitlich ungefähr einrichten läßt. Im allgemeinen ist dies eine recht problemlose Lösung. Werden die Eier während der Brutzeit verlassen, kann man die verlassenen Gelege sogar Wellensittichen oder Singsittichen unterlegen. Besonders die letzteren haben sich als hervorragende Ammen erwiesen. Allerdings müssen die eigenen Eier etwa zum selben Zeitpunkt gelegt worden sein. Außerdem empfiehlt es sich dann, alle Eier der Pflegeeltern zu entfernen.

Während die Aufzucht durch Singsittiche ziemlich glatt vonstatten geht, ist das Problem mit Wellensittichen als Ammen etwas schwieriger zu lösen. Da die frischgeschlüpften Unzertrennlichen etwas größer sind als die Nestlinge der Wellensittiche, bekommen sie vom Wellensittichweibchen instinktiv vom ersten Tag an gröberes Futter anstelle des anfangs sonst sehr feinen Futterschleims. Die Jungen sind dann nicht in der Lage, das Futter zu verdauen und sterben in kurzer Zeit. Man muß also einige Zeit vor dem Schlupftermin die Wellensittiche auf gut

Abb. 30 (oben links): Rosenköpfchen Lutino (s. Seite 137). Abb. 31 (oben rechts): Rosenköpfchen Albino (s. Seite 140). Abb. 32 (unten links): Rosenköpfchen Amerik. Grün-Zimt (s. Seite 142). Abb. 33 (unten rechts): Rosenköpfchen Amerik. Grün-Zimt-Schecke (s. Seite 142).

verdauliches Weichfutter umstellen. Sind die Jungen erst mehrere Tage alt, kann man wieder eine Hirsemischung zufüttern. Daher ist es am besten, wenn sich dies ermöglichen läßt, die Agapornidenjungen bei den eigenen Eltern schlüpfen zu lassen und erst am 4. oder 5. Tag den Wellensittichen unterzulegen.
Hat man keine Möglichkeit, bei der Jungenaufzucht Ammen zu verwenden, kann man es mit der recht schwierigen Handaufzucht versuchen. Werden die Jungen in den ersten Lebenstagen nicht gefüttert, sind sie in den meisten Fällen nicht zu retten. Aber wenn die Tiere schon ein gewisses Alter haben, kann man versuchen, sie mit einem dünnflüssigen Weichfutter durchzubringen. Während Hampe und auch Schwichtenberg noch umständlich herzustellende Futtermischungen empfehlen, gibt es heute zahlreiche Arten von Babynahrung, die nur mit Wasser oder Milch angerührt werden müssen. Diesen Brei kann man mit Vitamintropfen, Mineralstoffbeigaben und gekochtem Eigelb zweckmäßig anreichern. Je älter die Tiere werden, um so weniger flüssig darf der Brei sein. Gefüttert wird mit einem kleinen Löffel. Nach einiger Zeit haben die Jungen begriffen, worauf es ankommt. Vom Pfleger jedoch erfordert die Methode ein Höchstmaß an Fingerspitzengefühl und Geduld, zumal in der ersten Zeit etwa alle 2 Stunden gefüttert werden muß. Bei jeder Fütterung muß frischer Brei angerührt werden, und nach der Mahlzeit sind die Tiere sorgfältig von allen Nahrungsresten zu säubern. Einfach ist dies nicht, aber ein handaufgezogener Unzertrennlicher eignet sich wie kein zweiter für die Einzelhaltung im Haus, denn er wird sehr zahm und zutraulich, weil er von Anfang gewohnt ist, den Menschen als Bezugsperson zu betrachten. Zur Zucht sind diese Tiere dann allerdings weniger geeignet.
Das Umpaaren von Agaporniden sollte, wenn nicht unbedingt erforderlich, möglichst vermieden werden. Wenn man sich dazu entschließt, ist es besser, der ursprüngliche Partner befindet sich nicht mehr in Hör- oder Sichtweite, da sonst zwischen den neuen Partnern nur eine recht lose Bindung zustande kommt. Dies kann sich dann unvorteilhaft auf das Brutgeschäft auswirken.

Abb. 34 (oben): Schwarzköpfchen Gelb und Weiß (s. Seite 159). Abb. 35 (unten links): Rosenköpfchen „Rotgesäumt" (s. Seite 156). Abb. 36 (unten rechts): Mischling aus Rosenköpfchen × Schwarzköpfchen.

Die Arten

Rosenköpfchen *(Agapornis roseicollis)*

Färbung: Männchen und Weibchen sind gleichgefärbt. Hauptgefiederfarbe grün, Kopf, Hals und Kehle rosarot, Stirnband leuchtend rot, Bürzel hellblau, Schnabel hornfarben (Bild Seite 17).
Jungtiere: In allen Farben blasser, Schnabel mit schwärzlichem Ansatz.
Größe und Gewicht: Ausgewachsene Tiere weisen eine Körperlänge von ca. 17 cm auf. Das Gewicht liegt bei Hähnen um 45 g, Weibchen sind in der Regel etwa 5 g schwerer.
Eier: Die Eier sind oval und reinweiß. Bei einer Durchschnittsgröße von 18 × 25 mm weisen sie ein Gewicht von ca. 3,5 g auf.
Unterarten: Neben der Nominatform *(A. r. roseicollis)* kommt noch die Unterart *A. r. catumbella* vor, die ein kleines Verbreitungsgebiet in Angola hat.
Als die Rosenköpfchen im Jahre 1860 durch Karl Hagenbeck erstmals eingeführt wurden, ahnte noch keiner etwas von dem sagenhaften Auftrieb, den die Papageienliebhaberei gerade durch diese Kleinpapageien erfahren hat. Schon 1869 schritten die Vögel im Berliner Aquarium erstmalig zur Brut, wobei vor allem die Art und Weise ihres Nestbaues Beachtung fand (s. u.). Heutzutage sind Rosenköpfchen bei einer großen Zahl von Liebhabern zu finden, und die Nachfrage kann aus innerdeutschen Zuchten ohne weiteres gedeckt werden. Da die Tiere recht leicht und zudem ergiebig züchten, sind die Preise speziell in den letzten Jahren sogar gesunken.
Die Bestimmung der Geschlechter bereitet bei *A. roseicollis* einige Schwierigkeiten. Die Weibchen haben eine etwas breitere Beinstellung und sind in der Regel größer. Auch können bei den Weibchen die Kopffarben blasser und gegenüber der grünen Körperfarbe unscharf abgegrenzt sein.
Auch hier ist der wichtigste Anhaltspunkt das Betasten der Beckenknochen (s. Zucht). In ihrer Heimat nisten sie in alten, morschen Baumhöhlungen oder übernehmen die verlassenen Nester der Siedlersperlinge oder der Mahaliweber. In der Gefangenschaft nehmen sie bereitwillig normale Holzkästen an. Die Weibchen tragen abgeschälte Rindenstücke im Bürzelgefieder als Nistmaterial in den Kasten und verarbeiten sie zu einem becherförmigen Nest. In Ausnahmefällen

beteiligen sich auch die Hähne am Nestbau. Ein Eintragen von Nistmaterial wird jedoch nur selten beim Hahn beobachtet.
Das Gelege umfaßt in der Regel 3–5 Eier und wird in ca. 21–22 Tagen (bei Bebrütung ab dem 1. Ei) gezeitigt. Die Jungen wiegen beim Schlüpfen etwa 3 g und haben eine fleischfarbene Haut mit orange-rotem Flaum. Nach etwa 10 Tagen beginnen sich die Augen zu öffnen, und die ersten Federn sprießen. Anfangs ist die Färbung eher dunkelgrau, schlägt aber kurze Zeit später in ein stumpfes Grün um. Die Schnabelwurzel ist braun bis schwärzlich, die Spitze gelbbraun. Die Krallen sind grau. Mit ca. 4 Wochen sind die Tiere fast voll befiedert und schauen schon aus dem Einschlupfloch des Nistkastens. Nach ca. 5 Wochen ist das Großgefieder vollständig ausgebildet, und die Jungen verlassen den Nistkasten. Sie unterscheiden sich jetzt deutlich durch die matten Gefiederfarben und die schwarzen Schnabelansätze von den Eltern. Übrigens lassen sich in vielen Fällen in diesem Stadium die Geschlechter am besten bestimmen, denn bei den Männchen sind oft die Stirnbänder stärker rot gefärbt als bei den Weibchen, oder sie zeigen einen schmalen, roten Streifen über den Augen. Zwei weitere Wochen, in denen die Jungtiere fast ausschließlich vom Hahn gefüttert werden, benötigen sie jetzt noch bis zum Selbständigwerden und können dann bedenkenlos von den Eltern getrennt werden. In den meisten Fällen ist die Trennung von den Eltern unerläßlich, da sonst die Jungen durch das aggressive Verhalten der Eltern zu Schaden kommen könnten, denn das Weibchen beginnt zu diesem Zeitpunkt bereits wieder mit einer Brut und bessert das Nest aus. Es ist jedoch zweckmäßig, kurz vorher den Nistkasten gründlich zu säubern und zu desinfizieren. Nach ca. 3 Monaten verliert sich bei den Jungvögeln die schwarze Färbung der Schnabelansätze und nach der ersten Mauser gleichen sie völlig den Eltern.
Rosenköpfchen gelten als die ärgsten Streithähne innerhalb ihrer Gattung. Sie beißen selbst größeren Vögeln wie Sing- und Nymphensittichen in die Beine; der Verlust einzelner Zehenglieder ist das Resultat. Bei den Verfassern wurde sogar ein Paar der überaus friedfertigen Schwarzohrpapageien *(Pionus menstruus)* angeriffen und aus dem eigenen Revier vertrieben. Ebenfalls wurde beim Hinzusetzen zweier Altvögel zu einem halbjährigen Jungpaar ein Altvogel getötet, während der andere erhebliche Beinverletzungen davontrug. Selbst Jungvögel zeigen also schon einen ausgeprägten Drang, ihr Revier zu verteidigen. Trotzdem ist eine Koloniebrut sehr gut möglich, wenn alle Tiere gleichzeitig in den Flugraum eingesetzt und auf jeden Fall mehr Nistkästen aufgehängt werden als Paare vorhanden sind. Wichtig ist ein ausreichend großer Flugraum. Vor allem aber müssen die Nistkästen weit voneinander entfernt angebracht werden.

Unzertrennliche mit weißen Augenringen
(Agapornis personata)

Die *personata*-Gruppe zerfällt in 4 Unterarten, die sowohl farblich wie auch größenmäßig ziemlich stark variieren, so daß alle 4 Formen gesondert behandelt werden, zumal sie auch entsprechende Bedeutung bei den Liebhabern und Züchtern haben. Trotzdem schließen wir uns einigen Autoren an, die diese 4 Unterarten einer Art zuordnen, denn Verhalten, Art des Nestbaues, Jungenaufzucht und -entwicklung und nicht zuletzt auch das Entstehen von fruchtbaren Mischlingen läßt für unsere Begriffe nicht die Möglichkeit zu, diese Gruppe in 4 unabhängige Arten aufzugliedern. Die Unzertrennlichen mit weißen Augenringen bauen ein Nest aus Zweigstücken. Nur tragen sie diese, im Gegensatz zu *A. roseicollis*, mit dem Schnabel in den Nistkasten.

Schwarzköpfchen *(A. p. personata)*

Färbung: Männchen und Weibchen sind gleichgefärbt. Hauptgefiederfarbe grün, Kopf bräunlich-schwarz bis schwarz, Nacken, Kehle und Brustpartie leuchtend gelb, Bürzel wäßrig-blau, Schnabel rot, weißer unbefiederter Augenring (Bild Seite 83).
Jungtiere: In allen Farben blasser, Schnabel mit schwärzlichem Ansatz, Kopf bräunlich, Brustpartie trüb-gelb.
Größe und Gewicht: Die Größe der Tiere liegt bei ca. 16 cm. Ausgewachsene Hähne wiegen ca. 48 g, Weibchen etwa 55 g.
Eier: Die Eier sind reinweiß und haben ein Gewicht von ca. 3,8 g (Durchschnittsgröße 18 × 24 mm).

Die Schwarzköpfchen gehören neben den vorher beschriebenen Rosenköpfchen und den Pfirsichköpfchen zu den beliebtesten und häufigsten Arten in Liebhabervolieren. Die Zucht gelingt hier nicht immer so leicht wie bei den Rosenköpfchen, und es gibt oft Komplikationen. Daher sind die Preise immer noch ziemlich konstant. Vergleicht man einmal die Anzeigenteile in Fachzeitschriften von 1980 mit denjenigen von 1960, so wird man feststellen, daß die Schwarzköpfchen immer noch auf dem gleichen Preisniveau liegen. Die Gründe hierfür sind sicherlich in den genannten Zuchtproblemen zu suchen.
Die Geschlechter sind bei ausgefärbten Schwarzköpfchen etwas leichter zu unterscheiden als bei der vorgenannten Art. Neben den allgemeinen Geschlechtsmerkmalen erkennt der Züchter hier die Geschlechter auch an äußeren Merkmalen. So ist z. B. der weiße Augenring bei den Weibchen etwas breiter und

hat eine ovale Form. Der Augenring der Männchen ist in den meisten Fällen mehr rundlich. Auch spielt bei erwachsenen (ausgefärbten) Tieren die Kopffarbe eine Rolle: Hähne haben eine sehr dunkle, fast schwarze Kopffarbe, die der Weibchen ist eher schwarzbraun. Oft ist bei den Weibchen die Farbe des Kopfes nur unscharf von der gelben Brustpartie abgesetzt, während viele Hähne eine deutlich scharfe Farbtrennung aufweisen. Und nicht zuletzt hatten wir oft den Eindruck, daß bei den Schwarzköpfchen auch in bezug auf die Körpergröße ziemliche Unterschiede zwischen den Geschlechtern festzustellen sind.
Auch Schwarzköpfchen sollten erst dann zur Zucht angesetzt werden, wenn sie etwa zehn Monate alt sind. Obwohl es bei vielen Papageienarten von großer Wichtigkeit ist, daß ein Zuchtpaar gut miteinander harmoniert, kommt es bei den domestizierten Arten der Unzertrennlichen jedoch oft vor, daß zwei willkürlich „zusammengewürfelte" Vögel eine Partnerschaft eingehen. Der Nestbau verläuft in den Grundzügen genauso wie bei den Rosenköpfchen. Die Tiere schälen ziemlich lange und breite Rindenstücke von den Zweigen und bauen damit einen groben, sperrigen Brutkobel. Der ganze Nistkasten wird mit Material ausgefüllt, nur in der Mitte bleibt eine Höhlung von der Größe einer Faust mit ganz feinem Baumaterial (feine Ästchen, kleine Rindenstücke, Federn) als künftige Kinderstube ausgepolstert. Auch der Hahn beteiligt sich eifrig am Nestbau, und hin und wieder ist er später auch beim Brutgeschäft behilflich.
Einige Zeit vor der ersten Eiablage werden die Entleerungen des Weibchens wäßriger und nehmen mengenmäßig zu. Auch zeichnet sich dann das Ei am Hinterleib des Weibchens ab, so daß man in etwa den Zeitpunkt des Legens abschätzen kann. In die beschriebene Nesthöhle legt das Weibchen dann zwischen drei und sechs, in der Regel jedoch fünf Eier, die in ca. 22 Tagen gezeitigt werden.
Während der Brutzeit verläßt das Weibchen nur zum Fressen und zum Absetzen des Kotes den Nistkasten. Oft füttert auch der Hahn sein Weibchen im Nistkasten oder am Einschlupfloch. In den meisten Fällen hält das Männchen vor dem Einschlupfloch Wache oder versteckt sich im Nistkasten zwischen Deckel und Nest. Bei Gefahr stößt der Hahn seinen eigenartigen, schnell aufeinanderfolgenden Warnruf aus und verschwindet im Nistkasten.
Befinden sich beide Tiere außerhalb des Kastens und wollen sie in diesen zurückkehren, halten sie dabei immer eine bestimmte Reihenfolge ein. Selbst wenn sie sehr erschreckt sind, bezieht immer zuerst das Weibchen den Kasten, erst dann folgt der Hahn. Das Verlassen des Nestes erfolgt in umgekehrter Reihenfolge.
Die frisch geschlüpften Jungtiere gleichen denen der Rosenköpfchen aufs Haar. Bald zeigen sich die ersten gelben und schwarzen Federn. Die Jungen sind im Alter von 3½–4 Wochen voll befiedert und verlassen nach ca. 35 Tagen den Kasten. Mit 7 Wochen können die Jungen bedenkenlos in separate Käfige umgesetzt werden.

Da während der Jungenentwicklung der vorbereitete Nistkobel restlos niedergedrückt wird, beginnt das Weibchen anschließend sofort mit neuem Material das Nest wiederherzustellen. Besser ist es jedoch, aus Hygienegründen das alte Material zu entfernen und den Kasten gründlich zu reinigen. Erst dann sollte man eine zweite Brut zulassen. Manchmal kommt es vor, daß schon wieder Eier im Kasten liegen, noch ehe das letzte Junge ausgeflogen ist. Dann kann es passieren, daß das Weibchen dieses Junge hinaustreibt und schlimmstenfalls verletzt oder sogar tötet.
Zuweilen zeigen junge Schwarzköpfchen tiefgelbe bis orangerote Halsansätze, die sich nach der ersten Mauser jedoch meistens verlieren. Es wird behauptet, daß Schwarzköpfchen, spalterbig in gelb, diese Brustfarbe hätten. Bei uns entstanden derartige Jungvögel jedoch aus reinerbig grünen Elterntieren. Möglich ist es auch, daß diese Erscheinung durch frühere Einkreuzungen von *A. p. fischeri* hervorgerufen wird, aber auch bei Importvögeln aus Afrika haben wir Derartiges beobachten können (vgl. Brockmann, AGA-Rundbriefe 42, 1984).
Mischlingszuchten mit Pfirsichköpfchen, Erdbeerköpfchen und Rußköpfchen sind nicht schwierig. Auch Kreuzungen Schwarzköpfchen × Rosenköpfchen sind schon vorgekommen, wobei die Nachzucht nach unseren Erfahrungen jedoch nicht fruchtbar ist.

Pfirsichköpfchen *(A. p. fischeri)*

Färbung: Männchen und Weibchen sind gleichgefärbt. Hauptgefiederfarbe grün, Stirn, Wangen und Kehle orangerot, Hinterkopf braungelb, Nacken gelb, Brustpartie orangegelb, Bürzelgefieder wäßrig-blau, Schnabel rot, Augenring unbefiedert und weiß (Bild Seite 101).
Jungtiere: In allen Farben blasser.
Größe und Gewicht: Die Körperlänge erwachsener Tiere beträgt ca. 15 cm. Ihr Gewicht liegt bei 43 g. Auch hier wiegen die Weibchen etwa 5 g mehr.
Eier: Die Eier sind oval und sind bei einer Größe von ca. 22 × 17 mm 3,3 g schwer.

Obwohl Pfirsichköpfchen zu den leichter züchtbaren Arten gehören, hat die Nachfrage nachgelassen, und sie kommen, wenn auch nicht gerade selten, so doch leider weniger häufig bei den Liebhabern vor. Sicherlich liegt das z. T. daran, daß es bei dieser Art kaum Mutationen gibt, wie etwa bei den Schwarzköpfchen und Rosenköpfchen. Preislich liegen die Tiere etwa mit *A. p. personata* auf einer Stufe.
Auch Fischers Unzertrennliche, wie die Pfirsichköpfchen ebenfalls genannt werden, lassen sich geschlechtlich recht schwer unterscheiden. Der Größenunter-

schied zwischen Männchen und Weibchen ist allerdings deutlicher als bei den anderen Arten. Dazu wirkt der Kopf des Hahnes von vorne gesehen klein und schmal. Sicherste Merkmale sind auch hier das Verhalten und der Abstand der Beckenknochen.

Die Tiere müssen, wie die Schwarzköpfchen, etwa 10 Monate alt sein, ehe man sie zur Zucht verwenden kann. Ein gut harmonierendes Paar ist die beste Voraussetzung zum Erfolg.

Ideale Zuchtzeit ist das Frühjahr oder der Frühsommer. Man sollte die Vögel jedoch nicht zu zeitig in die Freivolieren lassen.

Der Hahn beginnt die Balz mit dem Füttern des Weibchens, wobei er immer wieder mit den typischen nickenden Kopfbewegungen Futter hervorwürgt. Es folgt in unregelmäßigen Abständen das eigenartige Kopfkratzen („hintenherum"), das man besonders beim Hahn beobachten kann. Auch an diesem Merkmal erkennt man oft das Geschlecht, denn Weibchen kratzen sich in der Regel nicht so häufig. Begleitet wird der ganze Vorgang von einem permanenten Schnabelklappern (nur beim Hahn). Nach einigen Minuten versucht das Männchen dann schwerfällig, das Weibchen zu besteigen (statt zu befliegen). Es sind oft mehrere Versuche nötig, bis der Hahn geduldet wird. Der Begattungsakt geht oft sehr schnell vonstatten. Manchmal dauert er nur Sekunden. Andere Autoren sprechen von mehreren Minuten; wir konnten das bisher jedoch nicht beobachten.

Der Nestbau läuft in gleicher Weise ab, wie beim Schwarzköpfchen beschrieben. Auch Brutgeschäft und Jungenentwicklung sind nahezu identisch.

Erstaunlich ist, welche Menge an Nistmaterial den Tieren für eine einzige Brut angeboten werden muß, bis sie ein entsprechendes Nest gefertigt haben. Man sollte also immer frische Zweige vorrätig haben. Am besten stellt man sie in einen Wassereimer, damit sie nicht vertrocknen; hier treiben sie sogar Wurzeln. Bei großem Bedarf ist es ratsam, sich frühzeitig eigene Weiden zu pflanzen, um diese dann später „abzuernten".

Benötigt man nur wenig Zweige, so kann man sie sich von den wildwachsenden Weiden holen. Aber Vorsicht: Weiden stehen unter Naturschutz! Außerdem sind Sträucher, die dicht an den Straßenrändern wachsen, oft verunreinigt.

Pfirsichköpfchen sind in der Regel etwas verträglicher als die Schwarzköpfchen und somit auch wesentlich leichter in Gesellschaft ihrer eigenen Artgenossen zu halten und zu züchten.

Man sieht häufig Tiere mit verwaschenen Farben, die auf frühere Einkreuzungen anderer Arten zurückzuführen sind. Der Züchter sollte also Wert auf klare, saubere Farben legen, um einen reinen Stamm zu erlangen.

Kreuzungen mit Rußköpfchen, Schwarzköpfchen und Erdbeerköpfchen gelingen unschwer. Ansprechende Vögel sind Tiere aus der Verpaarung *A. p. perso-*

nata × *A. p. fischeri*. Allerdings empfehlen sich solche Kreuzungsversuche nicht, denn daraus entstehen auf die Dauer undefinierbare Mischlinge. Überdies ist es unverantwortlich, durch ständige Mischlingszuchten reinrassige *Agapornis*-Bestände zu gefährden oder sogar zu verderben.
Erstaunlicherweise neigen Pfirsichköpfchen stärker als andere *Agapornis*-Arten dazu, ihre Jungbrut zu rupfen.

Rußköpfchen *(A. p. nigrigenis)*

Färbung: Männchen und Weibchen sind gleichgefärbt. Grundfarbe des Gefieders grün, Kopf dunkelbraun, Nacken und Halsseiten gelbbraun, Kehle orangebraun, Schnabel rot, nackter, weißer Augenring (Bild Seite 101).
Jungtiere: In allen Farben matter.
Größe und Gewicht: Diese Tiere sind ca. 14–15 cm groß und wiegen zwischen 36 und 48 g. Auch bei den Rußköpfchen sind die Weibchen schwerer.
Eier: Die Eier sind 22 × 17 mm groß, ihr Gewicht liegt bei 3,3 g.

Vielfach werden die Rußköpfchen als gute Zuchtvögel unter den Unzertrennlichen bezeichnet. Die größte Schwierigkeit liegt auch hier darin, die Geschlechter zu unterscheiden. Meistens lassen sich die Tiere nur durch ihr Verhalten bestimmen.
Früher wurden Rußköpfchen häufig eingeführt, doch heutzutage ist es recht schwierig, reinrassige Tiere zu erwerben. Sie gehören neben den Erdbeerköpfchen *(A. p. lilianae)* und den Orangeköpfchen *(A. pullaria)* zu den teuersten Unzertrennlichen.
A. p. nigrigenis sind untereinander und gegenüber anderen Papageien recht verträglich. Ihre Stimme ist auch nicht so durchdringend wie die der Schwarzköpfchen.
Balz, Brutverhalten, Jungenaufzucht und -entwicklung sind völlig identisch mit denen der Schwarzköpfchen und brauchen deshalb nicht gesondert behandelt zu werden.
Es ist eigentlich erstaunlich, daß diese Art größtenteils aus deutschen Liebhabervolieren verschwunden ist, zumal sie, wie schon gesagt, in vergangenen Zeiten häufig eingeführt wurden. Leider hat man sie damals sehr oft mit Schwarzköpfchen verpaart.
Reinrassige Rußköpfchen dürfen weder schwarze Köpfe noch gelbe Brustfarben zeigen, und auch die Bürzelfedern dürfen nicht blau sein. Deshalb gebührt der besondere Dank den wenigen Liebhabern, die mühsam versuchen, reinrassige *nigrigenis*-Stämme aufzubauen. Es wäre schade, wenn diese Art bei uns nicht

erhalten werden könnte, denn mit Importen ist wegen der z. Zt. bestehenden Ausfuhrsperren kaum noch zu rechnen.

Erdbeerköpfchen *(A. p. lilianae)*

Färbung: Männchen und Weibchen sind gleichgefärbt. Grundfarbe des Gefieders grün, Vorderkopf und Kehle orangerot, Genick olivgrün, Bürzelfedern grün, Schnabel rot, nackter, weißer Augenring (Bild Seite 101).
Jungtiere: In allen Farben matter, dunkle Wangen.
Größe und Gewicht: Ausgewachsene Erdbeerköpfchen sind etwa 14 cm lang. Ihr Gewicht beträgt um 40 g, die Weibchen sind um ein Geringes schwerer.
Eier: Die reinweißen Eier haben eine durchschnittliche Größe von 17 × 21 mm und ein Gewicht von ca. 3,2 g.

Mat hat die Erdbeerköpfchen oft mit den zuvor beschriebenen Pfirsichköpfchen verwechselt, jedoch gibt es einige sichere Merkmale, um diese beiden Arten zu unterscheiden: Zum ersten sind Erdbeerköpfchen etwas kleiner als *A. p. fischeri*. Weiterhin dürfen bei reinrassigen Tieren keine blauen Bürzelfedern vorkommen. Schon eine minimal verwachsene Blaufärbung weist auf eine frühere Einkreuzung von Fischers Unzertrennlichen hin. Ziemlich deutlich unterscheidet sich die Gesichtsmaske der Erdbeerköpfchen von der der Pfirsichköpfchen. Bei den ersteren setzt sich die orangerote Kopffarbe deutlich vom Olivgrün der Nackenpartie ab, bei *A. p. fischeri* gehen die Farben stärker ineinander über. Außerdem ist der Stirnbereich bei den Pfirsichköpfchen nicht so leuchtend rot.
Auch diese Art gehört zu den Seltenheiten im Handel, ist allerdings etwas leichter zu bekommen als die Ruß- und Orangeköpfchen. Preislich liegen sie mit *A. p. nigrigenis* auf einer Stufe.
Die Zucht der Erdbeerköpfchen ist etwas schwieriger als die der anderen Agaporniden der *personata*-Gruppe. Diese kleinen Papageienzwerge zeigen sich zwar schnell brutbereit, aber auch die Sterblichkeitsrate junger und erwachsener Tiere ist hoch. Möglichst sollte man keine eben selbständig gewordenen Jungtiere erwerben, sondern solche, die schon vollständig durchgemausert sind.
Die Geschlechter lassen sich sehr schwer unterscheiden, am ehesten ihrem Verhalten nach. Die äußeren Unterscheidungsmerkmale, wie auch die Geschlechtsbestimmung anhand der Beckenknochen, ergeben nicht immer eine fehlerfreie Diagnose.
In den letzten zwei Jahren werden Erdbeerköpfchen hin und wieder zu hohen Preisen angeboten. Auch sollen 1978 mehrere neue Importe eingetroffen sein, obwohl einige afrikanische Staaten ein Ausfuhrverbot erlassen haben. Ein Groß-

teil dieser Tiere gelangte in den Münsterländer Raum zu bekannten Züchtern. Nur wenige der Vögel konnten jedoch am Leben erhalten werden und zur Brut gebracht werden.
Häufig wird diese Art bei uns wohl nie, obwohl damit zu rechnen ist, daß in naher Zukunft wenigstens die Zahl der Nachzuchten steigt und Erdbeerköpfchen dann für manche Liebhaber erschwinglicher werden.

Bergpapageien *(Agapornis taranta)*

Färbung: Männchen: Hauptgefiederfarbe grün, Vorderkopf und Schnabel rot, Unterflügeldecken schwarz (Bild Seite 102).
Weibchen: Färbung wie Männchen, jedoch kein Rot am Kopf, und Unterflügelfedern braun (Bild Seite 102).
Jungtiere: In allen Farben blasser; Schnabel gelbbraun. Die ersten roten Federn zeigen sich bei den Männchen erst mit 3–4 Monaten.
Größe und Gewicht: Die Durchschnittsgröße erwachsener Hähne liegt bei 16 cm (65 g Körpergewicht). Die Weibchen sind im allgemeinen wesentlich kleiner und wiegen ca. 8–10 g weniger.
Eier: Die ovalen, reinweißen Eier haben eine Größe von 25 × 19 mm und wiegen ca. 4,5 g.
Unterarten: Außer der Nominatform ist noch die Rasse *A. t. nana* bekannt, die 1934 von Neumann benannt wurde. Diese Unterart ist bedeutend kleiner.
Taranta-Unzertrennliche gehören zu den schwer züchtbaren *Agapornis*-Arten. Durch ihre recht eintönige Färbung bleiben sie auf der Beliebtheitsskala hinter anderen Arten zurück.

Bergpapageien fand man nie häufig auf dem Vogelmarkt; sie wurden immer nur in geringen Stückzahlen eingeführt. Auch in letzter Zeit hat es, bedingt durch die Kriegswirren in ihrer Heimat, keine neuen Importe in die Bundesrepublik gegeben, so daß man diese Tiere selten bei den Liebhabern antrifft.
Dennoch sind sie, wenn sie einmal im Angebot auftauchen, preislich immer erschwinglich. Ihr Preis liegt etwa doppelt so hoch wie der der Schwarzköpfchen.
Die Zucht gelingt bei *A. t. taranta* nicht so leicht wie bei den bisher beschriebenen Arten. Dafür sind die Geschlechter besser zu unterscheiden. Nichtausgefärbten Jungtieren kann man im Stirnbereich einige kleine Federchen ausrupfen. Wachsen sie rot nach, handelt es sich um Hähne.
In ihrer Heimat kommen Bergpapageien bis in Höhen von 3000 m vor. Deshalb macht ihnen auch stärkerer Frost wenig aus, und sie können in ungeheizten

(jedoch trockenen und zugfreien) Schutzräumen überwintert werden. Im Gegensatz zu den bisher behandelten Arten bauen sie kein überdachtes Nest, sondern stellen allenfalls eine Nistunterlage aus Blattstückchen (Efeu oder andere immergrüne Pflanzen) her. Oft brüten sie auch auf blankem Holzboden. Daher sollte im Nistkasten eine ausgefräste Bodenmulde vorhanden sein, damit das Gelege nicht auseinanderrollt.
Die Brut beginnt im zeitigen Frühjahr (Februar). Das Gelege umfaßt zwischen 2 und 5 Eier und wird in der Regel 24–25 Tage lang bebrütet. Mit ca. 30 Tagen sind die Jungen voll befiedert. Nach 6 Wochen verlassen sie das Nest, um dann noch längere Zeit von den Eltern versorgt zu werden. Die Jungtiere gleichen in etwa den Weibchen, nur sind die Schnäbel noch gelbbraun gefärbt. Nach ca. 3 Monaten beginnen sie zu mausern und sind mit etwa 10 Monaten ausgefärbt.
Während der Brutzeit sind Bergpapageien ziemlich unverträglich und sollten am besten paarweise gehalten werden. Obwohl auch schon Bruten in normalen Kistenkäfigen gelungen sind, ist es besser, sie in kleinen Außenvolieren unterzubringen.
Gegen Nistkastenkontrollen sind die Tiere im allgemeinen unempfindlich.
Die Stimme des Bergpapageien ist ein leises Zirpen und wird längst nicht als so unangenehm empfunden, wie oft bei anderen *Agapornis*-Arten.

Grauköpfchen *(Agapornis cana)*

Färbung: Männchen: grün, Kopf bis Brustansatz hellgrau (Bild Seite 120).
Weibchen: durchweg grün, Kopf etwas dunkler.
Jungtiere: In allen Farben matter.
Importierte Jungmännchen: einheitlich grün, bei nachgezüchteten Männchen sind Kopf und Brustpartie mittelgrau und gehen nach der Mauser in einen helleren Farbton über.
Größe und Gewicht: Mit einer Größe von 13 cm gehören die Grauköpfchen zu den kleinsten Unzertrennlichen. Sie wiegen durchschnittlich 25 g. Männchen und Weibchen sind etwa gleich groß und haben dasselbe Gewicht.
Eier: Die Eier sind rundlich und weisen bei einer Größe von 17 × 19 mm ein Gewicht von etwa 3 g auf.
Unterarten: Neben der Nominatform ist noch die von Bangs benannte Unterart *A. c. ablectanea* bekannt.

Die Haltung in einer großzügigen Freivoliere ist bei *A. cana* nicht zu empfehlen, da sie dort sehr scheu bleiben würden. Eine kleine Zimmervoliere oder ein großer, von drei Seiten geschlossener Kistenkäfig wäre eine ideale Unterbringungsmöglichkeit. Die Grauköpfchen und die Orangeköpfchen gehören zu den primitivsten Arten innerhalb ihrer Gattung (Dilger 1960). Ihnen fehlt die Fähigkeit, sich dem Menschen näher anzuschließen. Sie bleiben daher in der Gefangenschaft auch fast immer recht scheu und unzugänglich. Zahm werden letzten Endes nur Jungvögel.

Auch diese Art läßt sich im Gegensatz zu anderen Agaporniden-Arten nicht so leicht nachzüchten. Sicherlich liegt das auch zum Teil an der Scheu dieser Tiere. Seitdem auf Madagaskar ein Ausfuhrverbot besteht, kommen Grauköpfchen nur auf Umwegen und in kleinen Stückzahlen bei uns in den Handel. Die Nachfrage kann aus innerdeutschen Zuchten längst nicht gedeckt werden, allerdings waren auch die Grauköpfchen noch nie besonders begehrt. Dies hängt wohl mit ihrer schwierigen Vermehrung und dem unscheinbaren Äußeren dieser Art zusammen. Preislich liegen sie etwa mit den *taranta*-Unzertrennlichen auf einer Stufe.

Der Brutverlauf deckt sich im wesentlichen mit dem der Rosenköpfchen, nur muß man von vornherein mit vielen Schwierigkeiten rechnen, denn die Tiere sind empfindlich gegen Störungen aller Art (speziell auch gegen Nistkastenkontrollen). Bei Annäherung an den Käfig verschwinden sie mit großem Gezeter im Nistkasten.

Diese Art nimmt gerne einen gewöhnlichen Wellensittichkasten für die Brut. Da die Grauköpfchen im allgemeinen wenig oder gar kein Nistmaterial verwenden, muß der Nistkastenboden eine ausgefräste Bodenmulde besitzen. Es ist aber auch schon vorgekommen, daß die Vögel umfangreiche Nestbauten errichteten. Die verschiedenen Nistmaterialien (vor allem Blattstückchen von Rhododendren) werden im Rückengefieder ins Nest getragen (Brockmann, AGA-Rundbriefe 34, 1983). Das Gelege umfaßt meistens 4 Eier, die 21–22 Tage bebrütet werden. Nach dem Ausfliegen werden die Jungvögel in erster Linie vom Hahn versorgt, während das Weibchen das Nest für eine weitere Brut erneuert. De Grahl (1969) empfiehlt als Aufzuchtfutter gekeimte Kolbenhirse.

In Gefangenschaft wird die Jugendmauser bei Jungtieren übergangen, wie das von einigen anderen Vogelarten bekannt ist. So haben gezüchtete Hähne von Anfang an einen silbergrauen Kopf, während in freier Natur bis zur ersten Mauser beide Geschlechter den alten Weibchen gleichen. Alles in allem sollten Grauköpfchen nur von erfahrenen Papageienliebhabern erworben werden, denn sie sind doch bei weitem schwieriger zu halten und zu züchten als andere Arten. Anfänger sollten sich lieber auf häufig gezüchtete Agaporniden beschränken. Importe müssen bei +10 °C überwintert werden. Nachzuchten vertragen in trockenen, zugfreien Räumen auch Temperaturen um den Gefrierpunkt.

Grünköpfchen *(Agapornis swinderniana)*

Färbung: Männchen und Weibchen sind gleichgefärbt. Hauptgefiederfarbe grün, Brust olivgelb, Nackenring schwarz, Oberschwanzdecken blau, Schwanzwurzeln rot, Schnabel schwarz, Iris orangengelb (Bild Seite 119).
Jungtiere: In allen Farben blasser, kein schwarzes Nackenband, Schnabel heller.
Größe und Gewicht: Die Länge der Tiere beträgt etwa 13 cm. Das Gewicht liegt bei 35 g.
Eier: Über Form, Gewicht und Größe der Eier ist nichts Näheres bekannt.
Unterarten: Außer der Nominatform gibt es noch zwei Unterarten:
A. s. zenkeri zeigt ein braunrotes Band unter dem schwarzen Halsband; Vorkommen in Zentalafrika und in der Republik Kongo (Bild Seite 119).
A. s. emini ähnelt *A. s. zenkeri* sehr, hat aber eine weniger intensive Färbung des Halsbandes (Forshaw).

Bisher hat diese *Agapornis*-Art keine Bedeutung für uns Liebhaber, weil sie erst in letzter Zeit lebend nach Europa gelangt ist. Die eingeführten Vögel überstanden die Quarantänezeit jedoch nicht.
Nach den Aussagen verschiedener Ornithologen gibt es zwei Gründe, die dazu beitragen, daß diese Tiere bisher nur sehr selten nach Europa importiert wurden. Nach Forshaw gibt Prof. Stresemann an, daß sich Grünköpfchen als ausgesprochene Waldvögel nie auf den Erdboden begeben und somit nicht zu fangen sind. Im Gegensatz zu anderen Agaporniden-Arten sollen sie sich ständig in den Kronen hoher Urwaldbäume aufhalten. Der zweite und wahrscheinlich wichtigere Grund ist die schwierige Ernährung der Vögel, denn aufgrund der Aussagen verschiedener Forscher ernähren sich diese Vögel nur von einer speziellen Feigensorte. Demgegenüber berichtet Forshaw an anderer Stelle, daß sie sich auf den Boden begeben, um auf Farmgeländen Getreidesamen zu sich zu nehmen. Als weitere Nahrung nennt er Insekten und Mais (Milchreife). Beide Futtersorten wurden in den Kröpfen sezierter Grünköpfchen gefunden. Trotzdem gelang es Pater Hutsebout im Kongo (Forshaw) nicht, Grünköpfchen mit Ersatzfutter am Leben zu erhalten. Ohne spezielle Feigenfrüchte gingen sie nach drei bis vier Tagen ein.
Die Brutzeit dürfte im Juli sein (Forshaw 1973). Gebrütet wird, wie wir dies von Orangeköpfchen kennen, in den Bauten der Baumtermiten (Bouet 1961) oder in gewöhnlichen Baumhöhlen (Delpy & Bischoff 1982).

Orangeköpfchen *(Agapornis pullaria)*

Färbung: Männchen: Grundgefiederfarbe grün, Stirn, Kopfseiten und Kehlansatz orangerot, Bürzel blau, Unterflügelfedern schwarz, Schnabel rot (Bild Seite 120).
Weibchen: blasseres Rot am Kopf, Unterflügelfedern grün.
Jungtiere: In allen Farben matter.
Größe und Gewicht: Größe um 14 cm, Gewicht etwa 40 g.
Eier: Die Eigröße beträgt ca. 17 × 21 mm bei einem Gewicht von 4 g.
Unterarten: Von Neumann ist *Agapornis pullaria ugandae* als Unterart benannt worden.

Nach dem letzten Weltkrieg sind große Importe dieser Art in Deutschland eingetroffen, und die Tiere konnten günstig erworben werden.
Heute sind Orangeköpfchen nur ausnahmsweise zu bekommen, und man muß mit einem sehr hohen Preis rechnen.
In ihrer Heimat nisten diese Unzertrennlichen in Termitenhügeln und den Nestern baumbewohnender Ameisen (Dilger 1960). Die Weibchen graben ihre Nisthöhlen dort hinein und legen in der Regel zwischen 5 und 7 Eiern, die etwa 22 Tage lang bebrütet werden.
Da die Orangeköpfchen neben den Grauköpfchen und den Bergpapageien zu den primitiveren Arten der Agaporniden gehören (Dilger 1960), fällt es ihnen aufgrund mangelnder Anpassungsfähigkeit schwer, sich in Gefangenschaft auf gewöhnliche Nistgelegenheiten umzustellen. Deshalb ist ihre Zucht auch selten voll gelungen. Es sind zwar schon Bruten in normalen Holznistkästen vorgekommen, in der Regel muß der Züchter sich jedoch andere Möglichkeiten einfallen lassen, um diese Tiere zur Brut zu bewegen. Man hat versucht, feuchten Torf fest in kleine Holzfässer zu stampfen, um den Weibchen dann die Möglichkeit zu geben, Gänge und Höhlungen darin anzulegen. Aber es geschah häufig, daß Gänge oder Höhlungen einstürzten und die Weibchen mit ihrem Gelege oder den Jungtieren unter den Torfmassen begraben wurden.
Hampe hatte innerhalb einer Voliere einen größeren Lehmhaufen aufgeschüttet, in dem die Weibchen wiederum Gänge und faustgroße Höhlungen am Ende anlegten. Nach vielen Tagen, als er nicht mehr mit einem Bruterfolg rechnete, erschien ein vollbefiederter Jungvogel am Höhleneingang, der allerdings vor der großen Mauser infolge eines Temperarursturzes einging.
In einem weiteren Versuch wurden größere Korkstücke in den Bäumen befestigt, und nachdem an diesen eine Anflugstange angebracht worden war, begannen die Tiere mit dem Bau von Höhlungen. Aber auch mit dieser Methode wurde kein überzeugendes Ergebnis erzielt.

Ein voller Erfolg wurde Zürcher, Ostermunding, beschert. Nach mehreren entmutigenden Versuchen (unbefruchtete Eier, abgestorbene Embryonen, nicht gefütterte Jungtiere) gelang es ihm ab Herbst 1976 mehrere junge Orangeköpfchen aufzuziehen. Er hatte ebenfalls feuchten Torf in größere Holznistkästen eingestampft und die Weibchen darin eine Nisthöhle bauen lassen.
Wer wirklich das große Glück hat, Tiere dieser Art zu besitzen, sollte keinesfalls Risiken irgendwelcher Art eingehen. Importe wie auch Jungtiere müssen bei +15 °C in trockenen und zugfreien Räumen überwintert werden.
Bei Nachzuchten gelingt es leichter, die Tiere auf normale Holznistkästen umzustellen. Auch sind durchgemauserte Nachzuchten wesentlich unempfindlicher gegen die schlechte Witterung in unseren Breiten. Jedenfalls ist es an der Zeit, daß die Liebhaber dieser Art Möglichkeiten finden, um die Tiere problemloser zur Brut zu bringen. Ansonsten wären die Orangeköpfchen in wenigen Jahren aus Europa verschwunden, da mit Importen aus ihrer Heimat nicht mehr zu rechnen ist.

Farbmutationen und ihre Vererbung

Rosenköpfchen *(A. roseicollis)*

(zugleich eine Einführung in die Farbvererbung)

Wildfarbene (Grüne) Rosenköpfchen (Bild Seite 17)

Die Rosenköpfchen sind sicher die am häufigsten in Gefangenschaft anzutreffenden Agaporniden. Dies hängt mit ihrer relativ einfachen Züchtbarkeit zusammen, so daß der Liebhaber diese Vögel nicht nur „zum Anschauen“ hält, sondern auch das Erlebnis der gelungenen Zucht haben kann. Jeder, der eine Agapornidenzucht aufbauen möchte, sollte mit den Rosenköpfchen beginnen, um Erfahrungen mit dieser Vogelgattung zu sammeln, ohne große Enttäuschungen erfahren zu müssen.
Da uns die Rosenköpfchen bei richtiger Haltung in der Regel mit zahlreichen Nachkommen beglücken, lassen sich auch die ab und zu auftretenden Mutationen erkennen und erhalten.
Bevor wir die einzelnen bekannten Farbmutationen oder -kombinationen näher beschreiben, zunächst einiges Grundlegendes über die Färbung des wilden

Rosenköpfchens. Die Grundfarbe ist grün, wie natürlich jeder Züchter weiß. So einfach diese Feststellung ist, in Wirklichkeit ist es doch etwas komplizierter. Duncker hat 1929 in seiner „Kurzgefaßten Vererbungslehre für Kleinvogelzüchter" seine Resultate über die Erforschung der farbbestimmenden Erbeigenschaften beim Wellensittich dargelegt. Diese Ergebnisse werden auch heute noch von den Wellensittichzüchtern als gültig anerkannt und bei jeder gewissenhaften Farbzucht berücksichtigt. In den letzten Jahren hat es sich nun herausgestellt, daß die inzwischen beim Rosenköpfchen aufgetretenen Farbmutationen genauso oder ähnlich vererbt werden wie die Farben beim Wellensittich. Daher kann man sicher davon ausgehen, daß sich die Grundfarbe im Gefieder des Rosenköpfchens ebenso zusammensetzt wie in den Federn des Wellensittichs (dies gilt auch für die übrigen Arten der Unzertrennlichen). Duncker u. a. haben diese Federn genau untersucht, auch im mikroskopischen Bereich. Das für viele Züchter verblüffende Ergebnis lautete: Es gibt keine grünen Farbstoffe beim Wellensittich. Damit steht fest, daß auch im Gefieder des Rosenköpfchens die grünen Farbstoffe fehlen. Obwohl die Rosenköpfchen eindeutig grün sind, ist dieses Grün jedoch nicht als eigener Farbstoff vorhanden, sondern entsteht als eine Mischung aus Gelb und Blau. Verständlich wird dies, wenn man den Aufbau einer Feder unter dem Mikroskop betrachtet.

Im Makro-Bereich erkennen wir, daß eine nicht besonders spezialisierte Konturfeder aus Federfahne (Vexillum) und der härteren Längsachse, dem Federkiel (Scapus), aufgebaut ist. Beim Federkiel unterscheidet man die Federspule, die frei von der Fahne ist und z. T. in der Haut steckt. Den Teil des Federkieles, der die Fahne trägt, nennt man Federschaft (Rhachis). Die Fahne besteht aus Federästen (Rami), die im spitzen Winkel vom Federschaft abstehen. Diese Federäste tragen wiederum zweiseitig Federstrahlen (Radii), die verschieden gebaut sind. Die zur Spitze der Feder zeigenden Strahlen sind mit Haken (Hamuli oder Radioli) versehen (Hakenstrahlen) und können sich in den zur Spule zeigenden Bogenstrahlen des nächsten Federastes verankern, da die Bogenstrahlen eine Krempe bzw. Rinne aufweisen.

Fertigt man von einem Federast einer grünen Wellensittichfeder – oder auch einer Rosenköpfchenfeder – einen Querschnitt an und legt dieses Präparat unter das Mikroskop, so kann man deutlich verschiedene Schichten wahrnehmen.

Außen erkennt man eine mehr oder minder strukturlose, gelbgefärbte Schicht, die Rindenschicht genannt wird. Die Gelbfärbung dieser Hornschicht wird durch

Abb. 37: Schwarzköpfchen wildfarben (s. Seite 70).

eingelagerten Farbstoff, das Psittacin, hervorgerufen. Dieser Farbstoff kann nicht vom Vogel selbst aufgebaut werden, sondern wird mit der Nahrung zugeführt und durch das Blut in die sich bildenden Federn gebracht. Der Farbstoff wird beim Verhornungsprozeß in die Hornsubstanz der Feder eingesaugt. So ist die Einlagerung von Psittacin also nur während des Wachstums der Feder möglich, später kann kein Farbstoff mehr aufgenommen werden. Dies ist ein Vorgang, der z. B. allen Kanarienvogelzüchtern wohl bekannt ist.

Im mikroskopischen Bild erkennt man weiterhin, daß sich unter der Rindenschicht eine Zellschicht befindet. Die einzelnen Zellen sind mit radialen, sehr feinen Luftadern durchzogen, in der Mitte befindet sich ein großer Luftraum. Die Wände der Zellen sind verdickt. Diese farblosen Zellen werden als Kästchenzellen bezeichnet.

Im Innern des Federastes befindet sich die zentrale Markschicht, deren einzelne, unter dem Mikroskop kaum noch zu unterscheidenden Zellen mit großen Mengen von dunklen Farbkörnern (Melaninen) gefüllt sind. Diese Melanine entstehen aus körpereigenen Eiweißprodukten und werden bei der Bildung der Federn in Federästen, -strahlen und im Schaft abgelagert.

Der Leser wird sich jetzt fragen, wo denn nun die oben genannte blaue Farbe verborgen ist. Dieses Blau ist unter dem Mikroskop nicht zu finden; es gibt keinen weiteren Farbstoff in der Feder, außer Psittacin in der Rindenschicht. Es handelt sich hier also nicht um eine wirkliche Farbe, sondern um eine Strukturfarbe, die durch optische Vorgänge hervorgerufen wird.

Solch eine Strukturfarbe zeigt z. B. auch unser Himmel, der ja bekanntlich keine blauen Farbstoffe besitzt. Feinste Staubteilchen in der Luft streuen den blauen Anteil des Sonnenlichtes stärker als die übrigen Farben des Spektrums. Dies wird für uns jedoch erst vor einem schwarzen Hintergrund sichtbar, in diesem Fall ist es der dunkle Weltraum. Es gibt viele weitere Beispiele für derartige optische Vorgänge, so scheint ein Milchtröpfchen auf einer schwarzen Platte für unser Auge blau zu sein, da die kleinen Partikelchen in der Milch nur das blaue Licht zurückstrahlen. Eine ähnliche Erscheinung sehen wir, wenn wir Zigarettenrauch vor einem dunklen Hintergrund betrachten.

In der Feder des Rosenköpfchens wird dieser dunkle Hintergrund durch die in der Markschicht befindlichen Melanine gebildet, die „trübe Substanz" vor diesem Hintergrund bilden die Kästchenzellen mit ihren feinen, lufthaltigen Haarröhren.

Abb. 38: Schwarzköpfchen Blau (s. Seite 159).

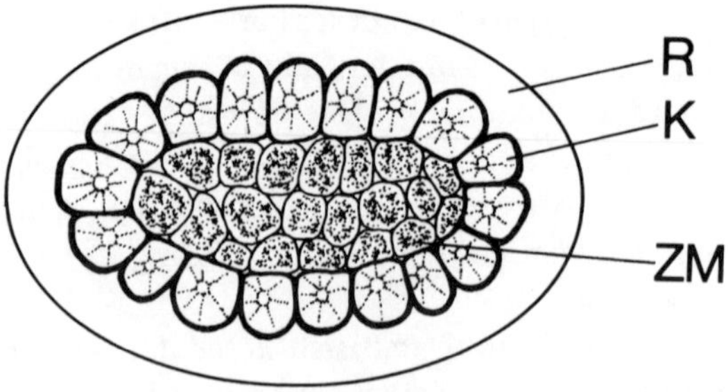

Schematisierter Querschnitt durch einen Federast
R = Rindenschicht (gelb),
K = Kästchenzellen,
ZM = Zentrale Markschicht

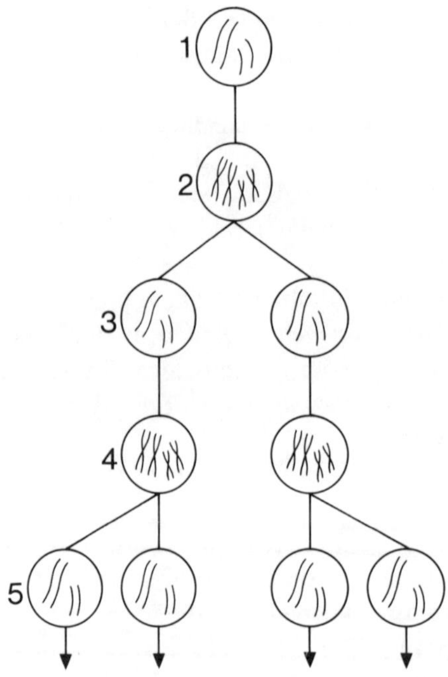

Stark vereinfachte Darstellung der Vorgänge bei der Teilung von Körperzellen (nur 2 Chromosomenpaare angenommen)
1. Körperzelle mit diploidem Chromosomensatz
2. Die Chromosomen teilen sich in Längsrichtung
3. Zwei neue Körperzellen mit dem gleichen Chromosomensatz sind entstanden (diploid)
4. Die Chromatiden verdoppeln sich identisch
5. Vier Körperzellen mit gleichem Chromosomensatz sind entstanden (diploid)

usw.

Zusammengefaßt muß man also sagen: In der Feder des Rosenköpfchens finden wir einen gelben Farbstoff und die Strukturfarbe Blau. Beide zusammen lassen die Feder grün erscheinen! Die Farbe Grün ist also nicht *ein* Merkmal, sondern setzt sich aus den Merkmalen Gelb und Blau zusammen. Dies muß bei der Analyse der Vererbung von Farben genauestens berücksichtigt werden.
Zuvor einige theoretische Grundlagen zum besseren Verständnis der genetischen Vorgänge. Jede Tierart hat in jeder ihrer lebenden Körperzellen eine für sie typische Anzahl von Kernschleifen oder Chromosomen, in denen Correns bereits im Jahre 1900 die Erbträger erkannte. 1903 begründeten dann der Deutsche Boveri und der Amerikaner Sutton die Chromosomentheorie, die aussagt, daß

die Chromosomen die Träger der Erbanlagen sind. In jeder Körperzelle der Vögel kommen die Chromosomen paarweise vor (Autosomenpaare) und bilden in ihrer Gesamtheit einen doppelten Satz (diploider Chromosomensatz). Eine Ausnahme bilden die für die Ausbildung des Geschlechts zuständigen Chromosomen, die Geschlechtschromosomen (Gonosomen oder Heterosomen), auf die später eingegangen werden soll.
Teilt sich nun eine Körperzelle, so spalten sich die Chromosomen in Längsrichtung auf und jede neue Körperzelle erhält einen Teil (Chromatid). Die Chromatiden verdoppeln sich anschließend wieder identisch. Dieser Vorgang (Mitose) findet bei jeder weiteren Zellteilung statt; so ist gewährleistet, daß jede Körperzelle die gleichen Erbanlagen erhält, da ja die Chromosomen die Träger dieser Anlagen sind (Schema s. Seite 82).
Anders ist es bei den männlichen und weiblichen Geschlechtszellen (Samen- und Eizellen). Es ergibt sich logischerweise, daß sie nicht den diploiden Chromosomensatz haben dürfen. Würden nämlich solche diploiden Zellen bei der Befruchtung miteinander verschmelzen, so hätte die neue Zelle (Zygote), damit also auch der Nachkomme, die doppelte Chromosomenzahl in bezug auf die Eltern. Bei jeder folgenden Generation würde sich der Chromosomensatz weiter verdoppeln – bis ins Unendliche.
Die diploiden Geschlechtsmutterzellen (auch Keimzellmutterzellen), die im Hoden bzw. im Eierstock in großer Zahl vorhanden sind, machen also andere Teilungen durch, ehe die Geschlechtszellen gebildet werden. Sehr stark vereinfacht läßt sich dies folgendermaßen beschreiben:

1. Die Geschlechtsmutterzelle hat einen diploiden Chromosomensatz. Die einzelnen Chromosomen bestehen aus zwei Chromatiden.
2. Bei der ersten Reifeteilung (Meiose) entstehen zwei neue Zellen, die von jedem Chromosomenpaar nur einen Paarling enthalten, also haploid sind.
3. Es findet eine zweite Reifeteilung statt, bei der sich die einzelnen Chromosomen in der Längsrichtung teilen (Chromatiden). Jetzt sind vier befruchtungsfähige Geschlechtszellen entstanden, die haploid sind. Die Chromatiden verdoppeln sich anschließend wieder identisch (Reduplikation), so daß die Chromosomen vollständig ausgebildet sind.

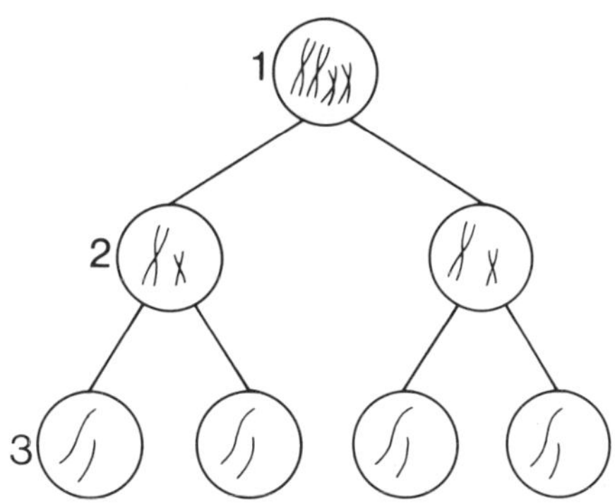

Aus einer Geschlechtsmutterzelle sind also vier Geschlechtszellen entstanden, die nur noch einen haploiden Chromosomensatz aufweisen. Im Prinzip läuft dieser Vorgang bei der Bildung von Samen- bzw. Eizellen gleich ab. Beim männlichen Tier bilden sich damit vier Samenzellen. Die Geschlechtsmutterzelle beim Weibchen schnürt bei der ersten Reifeteilung jedoch nur eine kleine Zelle (Richtungskörperchen) mit haploidem Chromosomensatz ab. Bei der zweiten Teilung wiederholt sich dieser Vorgang, wobei sich gleichzeitig auch das erste Richtungskörperchen teilt. So entstehen beim Weibchen aus einer Geschlechtsmutterzelle ebenfalls vier Zellen, von denen aber nur eine Zelle zu einer befruchtungsfähigen Eizelle wird, die übrigen sterben ab.
Durch die Reifeteilungen erhält also jede Geschlechtszelle, die sich gebildet hat, einen einfachen, aber vollständigen Chromosomensatz (n). Bei der Befruchtung treffen nun eine Samen- und eine Eizelle zusammen, damit erhält die befruchtete Eizelle wieder den doppelten Chromosomensatz (2n), also den Satz, der für diese Tierart charakteristisch ist. Von jedem Chromosomenpaar hat sie einen Paarling von der Mutter und einen vom Vater erhalten. Durch wiederholte Teilung der befruchteten Eizelle (siehe oben) wächst jetzt das neue Lebewesen heran.

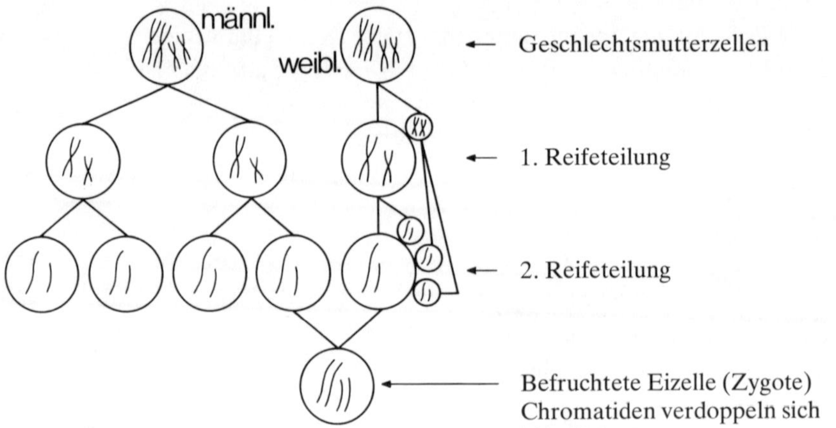

Bei der ersten Reifeteilung werden die Paarlinge unabhängig voneinander in freier Kombination auf die Geschlechtszellen verteilt. Dies soll an einer weiteren Skizze verdeutlicht werden:

Geschlechtsmutterzelle (mit drei Chromosomenpaaren).
Die einzelnen Paare sind mit A-a, B-b und C-c bezeichnet.

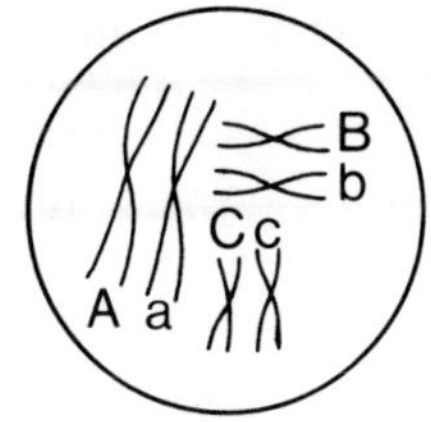

Bei diesem Beispiel, einem Tier mit drei Chromosomenpaaren, hätten alle Geschlechtsmutterzellen den gleichen Chromosomensatz. So würden sich bei der Geschlechtszellenbildung folgende Kombinationsmöglichkeiten ergeben:

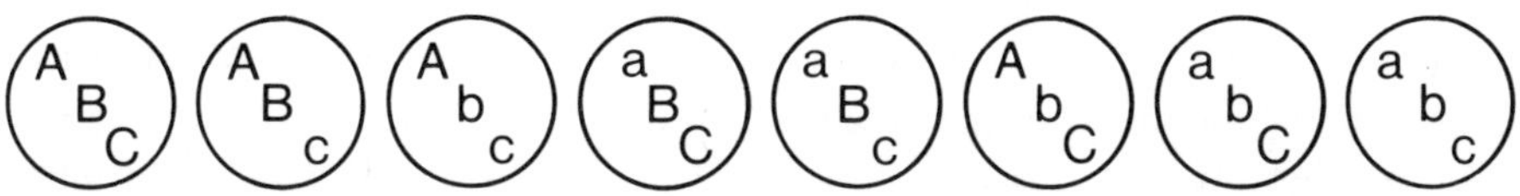

Je mehr Chromosomen eine bestimmte Tierart besitzt, um so mehr Kombinationsmöglichkeiten gibt es also. So hat z. B. der Mensch einen diploiden Chromosomensatz von 46, die Taube 16, der Regenwurm 32, die Hauskatze 38, der Gorilla 48, das Rind 60, das Haushuhn 78, *Eupagurus ochotensis* (Krebsart) 254 und *Ophioglossum vulgatum* (Farnart) 500. Obwohl in den letzten Jahren bei vielen Lebewesen der Chromosomenbestand in den Körperzellen untersucht worden ist, konnten wir dennoch leider keine Angaben über die Chromosomenzahl der diversen Agapornidenarten finden.
Wenden wir uns nun der Vererbung der grünen Grundfarbe beim Rosenköpfchen zu. Es sei daran erinnert, daß sich das Grün aus einem gelben Farbstoff und der Strukturfarbe Blau zusammensetzt. Ganz vereinfacht darf man sich das so vorstellen:

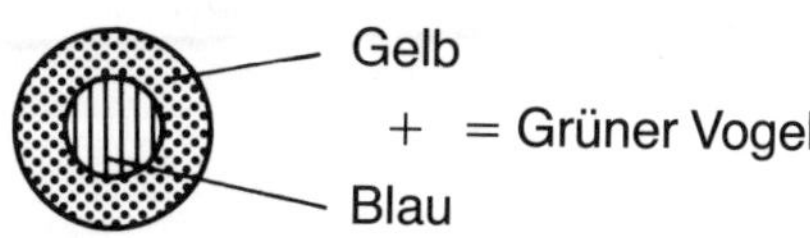

Diese beiden Farben werden zumindest durch je eine Anlage vererbt (Ausnahmen sollen bei Vererbung des Ino-Faktors, des Dunkelfaktors usw. noch beschrieben werden). Da auf jedem Paarling eines Chromosomenpaares die Anlagen für die gleichen Merkmale des Lebewesens liegen und da in den Körperzellen und auch in den Geschlechtsmutterzellen doppelte Chromosomensätze vorhanden sind, müssen also auch die Anlagen für Gelb und Blau zweimal in diesen Zellen vorkommen.

Wir wollen für diese Anlagen folgende Symbole einführen:

G = Anlage für Gelb
B = Anlage für Blau

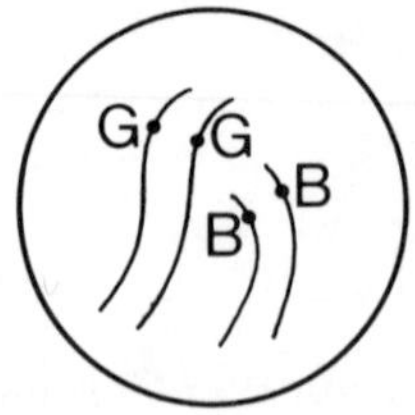

Wir müssen davon ausgehen, daß beide Anlagen (G und B) auf verschiedenen Chromosomen liegen; dies haben alle Ergebnisse der Farbzucht bei den Rosenköpfchen ergeben. Der Einfachheit halber sind in der Skizze nur die zwei Chromosomenpaare eingezeichnet, auf denen G und B liegen sollen. Wenn sich die Chromosomen identisch verdoppeln, so liegen natürlich auch auf den einzelnen Chromatiden die Anlagen für Gelb oder Blau. Kreuzen wir also ein erbreines grünes Männchen (der Züchter gebraucht dafür das Zeichen 1,0, das wir in Zukunft auch benutzen wollen) mit einem erbreinen grünen Weibchen (0,1), so ergibt sich folgendes Bild:

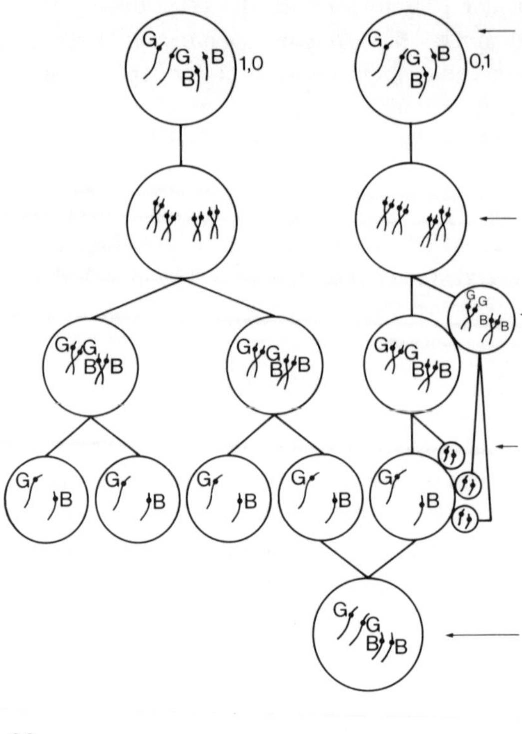

Aus der befruchteten Eizelle entsteht durch Teilung der Zelle wieder ein neues Rosenköpfchen, das von seinen Eltern die Anlagen für eine gelbe Rindenschicht und für die blaue Strukturfarbe ererbt hat. Da jeweils bei der 1. Reifeteilung die Chromosomenpaarlinge getrennt werden, die entweder die Anlagen G oder B beinhalten, muß jede Geschlechtszelle diese Anlagen je einmal enthalten.
Wir wollen in den Darstellungen der einzelnen Vererbungsgänge möglichst auf die Darstellung der Chromosomen verzichten, da wir aus Erfahrung wissen, daß viele Züchter sonst leider dieses Kapitel überschlagen, weil sie meinen, daß dies alles viel zu kompliziert sei. Wer sich jedoch ernsthaft mit der Farbzucht der Rosenköpfchen (oder anderer Agaporniden) beschäftigen will, der muß sich wenigstens mit den einfachsten Grundlagen der Vererbung vertraut machen, und zwar aus zwei Gründen:

1. Der Züchter kann dann durch genaue Aufzeichnungen die Vererbung der einzelnen Farben kontrollieren und die richtigen Paare zusammensetzen, um das gewünschte Ergebnis zu erhalten.
2. Der Agapornidenliebhaber kann nicht so schnell von gewissenlosen Züchtern betrogen werden, wenn er selbst etwas von der Vererbung der Farben versteht.

Vereinfacht läßt sich also für die Vererbung der grünen Farbe folgendes Schema aufstellen:

G = Anlage für Gelb
B = Anlage für Blau

1,0 Grün × 0,1 Grün →

Geschlechtszellen mit den Anlagen G und B →

Alle Jungtiere müssen grün sein, es gibt keine andere Möglichkeit →

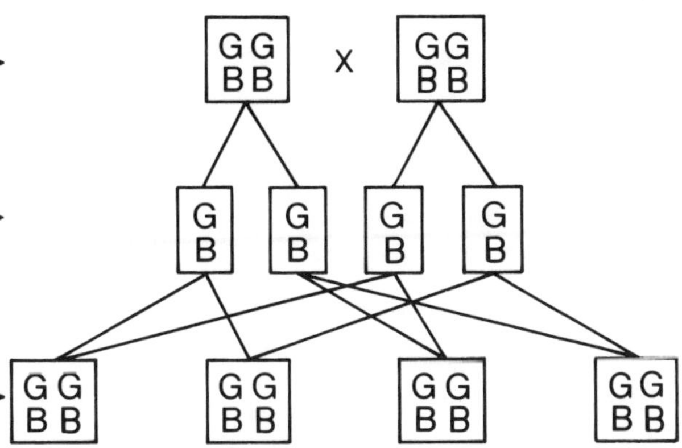

Blaue (Pastellblaue) Rosenköpfchen (Bild Seite 18)

Blaue Rosenköpfchen sind heute wohl neben den grünen die bekanntesten Rosenköpfchen überhaupt. Sie sollen zuerst 1963 in den Niederlanden bei

P. Habets aus einem normalen, grünen Paar gefallen sein (manche Autoren geben auch Weber, Schweiz, und das Jahr 1967 an).
Die blauen Rosenköpfchen zeigen im eigentlichen Sinne kein richtiges Blau, sondern eine Mischfarbe zwischen Grün und Blau, die von vielen Züchtern als Pastellblau oder Resedablau bezeichnet wird. Die Stirn ist rosarot, die Wangen und die Kehle sind hellgrau mit einem leichten Rosa-Hauch. Die Farben des Bürzels, der Beine, der Zehen und Krallen sind mit denen des Wildvogels identisch.
Wie kann ein solch blaues Rosenköpfchen entstehen? Erinnern wir uns daran, daß die grüne Farbe beim Wildvogel durch das Vorhandensein von Gelb und Blau zustandekommt. Wenn also die Feder blau werden soll, muß das Gelb aus der Federrinde verschwinden. Untersuchungen der Wellensittichfeder haben ergeben, daß dies tatsächlich der Fall ist. Erhalten bleiben jedoch die Struktur der Kästchenzellen und die Einlagerung von Melaninen in der zentralen Markschicht. So erscheint der Vogel für unser Auge blau, obwohl die Feder keinerlei Farbstoff enthält.
Erklärbar ist dies nur, wenn wir davon ausgehen, daß sich die Anlagen für Gelb in Anlagen für fehlendes Gelb umgewandelt haben. Man nennt dies eine Mutation. Da nur die Anlage (= Gen) für die Farbe mutiert ist, spricht man von einer Genmutation. (Es kann sich auch die Struktur einzelner Chromosomen = Chromosomenmutation oder die Anzahl der Chromosomen verändern = Genommutation.) Solche Mutationen erfolgen zufällig und richtungslos. Man kann nicht voraussagen, welche der Anlagen und wann sie mutieren. Mutationen sind aber vererbbar, wenn sie in den Geschlechtszellen (oder auch in den Geschlechtsmutterzellen) auftreten. An einer Kreuzung zwischen einem reinerbigen grünen und einem reinerbigen blauen Rosenköpfchen soll nun der Erbgang dargelegt werden.

Es werden zwei Vögel verpaart, deren Federn im Querschnitt vereinfacht so aussehen:

Der grüne Vogel hat also zwei Anlagen für Gelb und zwei für Blau, der blaue Vogel zwei für fehlendes Gelb und zwei für Blau.

Wie wählen wieder Buchstaben als Symbole für die Anlagen:

G = Anlage für Gelb g = Anlage für fehlendes Gelb
B = Anlage für Blau

Das Erbbild, der Genotyp, der Vögel sieht dann so aus:

Bei Benutzung des schon bekannten Schemas ergibt sich nun folgendes Bild:

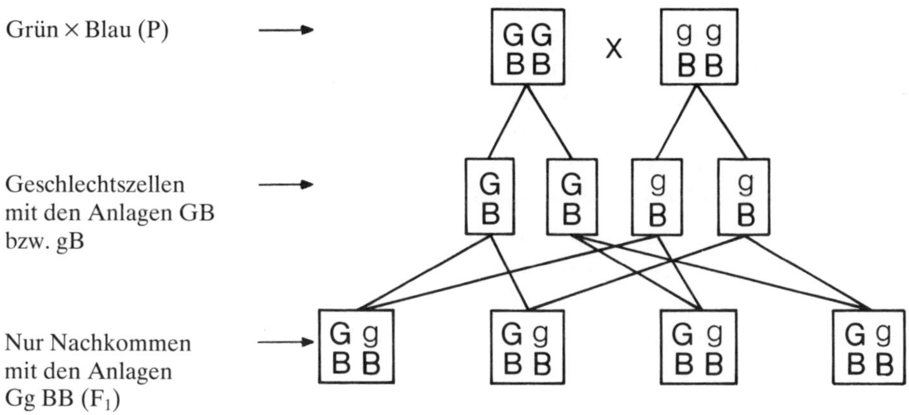

Aus der Kreuzung Grün × Blau können also Vögel entstehen, die eine Anlage für Gelb, eine für fehlendes Gelb und zwei für Blau haben.
Die Elterngeneration (Parentalgeneration, abgekürzt P) hatte je ein Paar Anlagen für Gelb und Blau bzw. für fehlendes Gelb und Blau, man bezeichnet sie daher als reinerbig oder homozygot. Die Tochtergeneration (1. Filialgeneration, F_1), hat je eine Anlage für Gelb und fehlendes Gelb, dazu noch zwei Anlagen für Blau. Man nennt diese Nachkommen Mischlinge oder Hybriden, sie sind mischerbig oder heterozygot (in Bezug auf die Farbe – nicht zu verwechseln mit Mischlingen zwischen verschiedenen Arten!).
Wie sehen diese Vögel aus? Sie sind grün und sind vom grünen Elternteil nicht zu unterscheiden.
Die meisten der Genmutationen sind rezessiv (werden überdeckt), d. h. hier: Eine Anlage für fehlendes Gelb tritt beim Rosenköpfchen nicht in Erscheinung,

wenn der Vogel auch eine Anlage für Gelb hat, die dann dominant ist (überdeckt). Wir müssen also unterscheiden zwischen dem Erscheinungsbild des Vogels (= Phänotyp) und dem Erbbild (= Genotyp). Im Genotyp haben die Nachkommen zwar eine Anlage für fehlendes Gelb, aber auch eine Anlage für Gelb, so daß im Phänotyp das Merkmal gelbe Rindenschicht ausgeprägt wird (rezessive Anlagen werden immer mit kleinen Buchstaben gekennzeichnet, wie wir es auch in unserem Erbschema getan haben).

Dies Ergebnis deckt sich vollkommen mit den Erkenntnissen, die Johann Gregor Mendel bereits 1865 in seiner Arbeit „Versuche über Pflanzenhybriden" veröffentlichte. Mendel experimentierte hauptsächlich mit verschiedenen Erbsensorten. Die erste Regel, die er aufgestellt hat, lautet: Kreuzt man zwei reinerbige Individuen einer Art, die sich in einem einzigen Merkmal unterscheiden, so sind alle entstehenden Mischlinge unter sich gleich. Diese Regel wird Uniformitäts- oder Reziprozitätsregel genannt, da das gleiche Ergebnis auftritt, wenn man bei der Kreuzung das Geschlecht der Eltern vertauscht (reziproke Kreuzung). Es spielt in unserem Fall also keine Rolle, ob das 1,0 oder das 0,1 blau ist.

Unter Züchtern wird ein Vogel aus der F_1-Generation als Grün/blau (sprich: Grün spalt blau) bezeichnet. Der Phänotyp wird vor dem Schrägstrich angegeben, die Farbe beginnt mit einem großen Buchstaben. Hinter dem Schrägstrich werden, beginnend mit einem kleinen Buchstaben, die Anlagen angegeben, die beim Vogel noch verdeckt vorliegen.

Eigentlich ist, wie wir darzustellen versucht haben, die Bezeichnung Grün/blau nicht korrekt. Es müßte besser heißen: Grün/fehlendes gelb. Der obengenannte Ausdruck hat sich aber wohl schon so eingebürgert, daß er nicht mehr auszulöschen ist.

Wie kann man jetzt aus den mischerbigen Vögeln der F_1-Generation wieder blaue Rosenköpfchen ziehen? Es gibt da zwei Möglichkeiten. Mendel hat bei seinen Erbsenkreuzungen zwei Individuen der F_1-Generation miteinander gekreuzt, das können wir natürlich auch beim Rosenköpfchen tun.

Das Ergebnis ist auf der gegenüberliegenden Seite veranschaulicht.

Die Tiere der F_1-Generation können Geschlechtszellen bilden, die entweder die Anlagen G und B oder die Anlagen g und B enthalten, diese Geschlechtszellen treten im Verhältnis 1:1 auf. Bei der Befruchtung ergeben sich nun vier Möglichkeiten des Zusammentretens der Anlagen: 25 % der Nachkommen weisen die Anlagen GGBB, 50 % die Anlagen GgBB und 25 % die Anlagen ggBB auf. Wir erhalten also im Genotyp drei verschiedene Varianten im Verhältnis 1:2:1. Im Phänotyp hingegen erhalten wir 75 % grüne und nur 25 % blaue Vögel, da ja die mischerbigen Rosenköpfchen mit dem Genotyp GgBB nicht von denen mit dem Genotyp GGBB zu unterscheiden sind, alle sind grün. Für den Züchter ist dieser

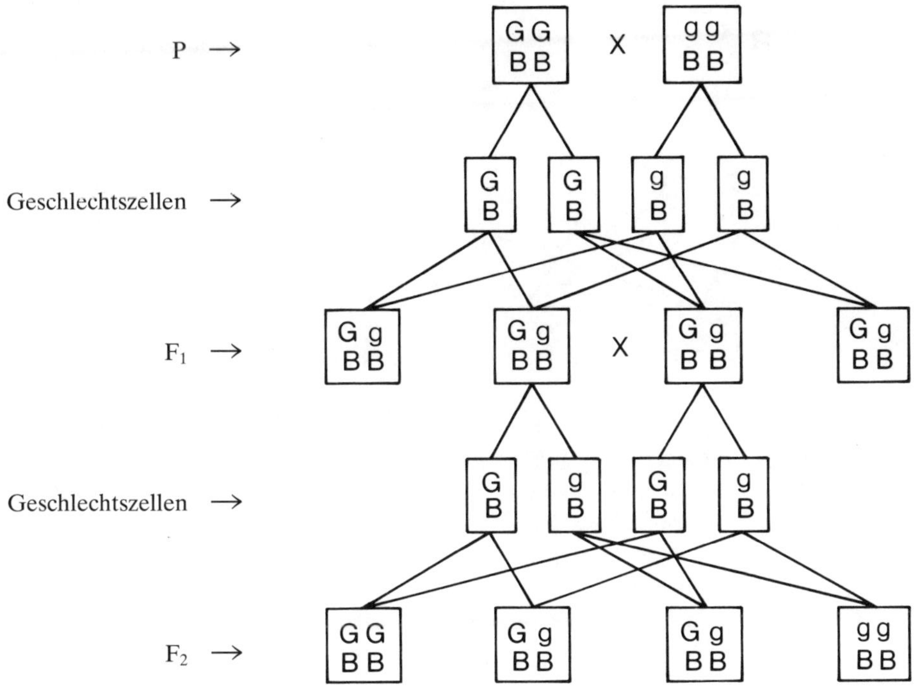

Weg also nur in Ausnahmefällen zu empfehlen, da er nicht mit Sicherheit sagen kann, ob die grünen Vögel spalterbig in Blau sind. Er hat nur mit der Wahrscheinlichkeit zu rechnen, daß zwei Drittel der grünen Vögel aus dieser Verpaarung spalterbig in Blau sein können.

Auch dieses Kreuzungsergebnis stimmt mit den Erkenntnissen Mendels überein, der in seiner zweiten Regel sagt: Kreuzt man diese Mischlinge (F_1) unter sich, so spalten in der Enkelgeneration (F_2) die Merkmale bei einem dominant-rezessiven Erbgang im Zahlenverhältnis 3:1 (Genotyp 1:2:1) wieder auf. Diese Regel wird als Spaltungsregel bezeichnet.

Eine bessere Möglichkeit der Verpaarung, um wieder blaue Rosenköpfchen zu bekommen, liegt in der sogenannten Rückkreuzung (R). Dazu verpaart man ein mischerbiges Tier aus der F_1-Generation mit einem reinerbigen blauen Rosenköpfchen (siehe Seite 94 oben).

Der Mischling aus der F_1-Generation kann sowohl Geschlechtszellen bilden, die die Anlagen G und B enthalten, als auch solche, die g und B weitergeben können. Der reinerbige blaue Vogel kann nur g und B vererben. Es treten unter den Nachkommen also 50 % grüne Tiere auf, die garantiert spalterbig in Blau (fehlendes

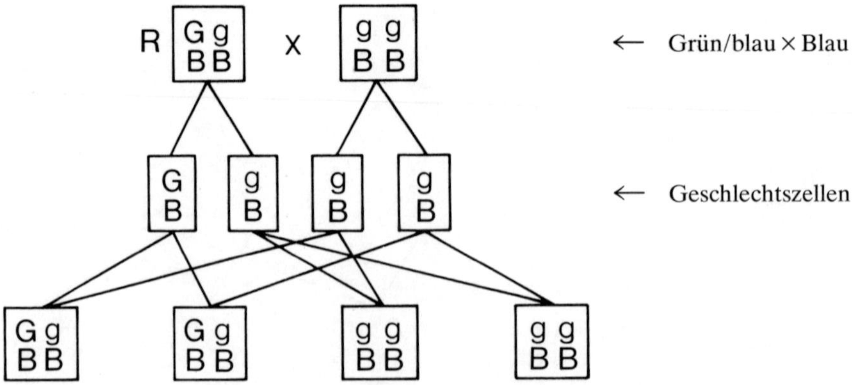

Gelb) sind und 50 % reinerbig blaue Tiere. Diese Rückkreuzung kann natürlich auch als Testkreuzung für die grünen Tiere der F_2-Generation dienen. Verpaart man solch ein Tier mit einem blauen Vogel, und alle Nachkommen sind grün, dann hat es sich bei dem Rosenköpfchen aus der F_2-Generation um ein reinerbig grünes Tier gehandelt. Alle Nachkommen sind dann natürlich spalt in Blau. Fällt aus dieser Verpaarung aber nur ein blauer Vogel, so muß der grüne Elternteil aus der F_2-Generation spalt in Blau gewesen sein. Alle Geschwister des blauen Jungvogels sind dann sicher spalt in Blau. Man sollte hierbei aber bedenken, daß von dem Paar eine genügend große Anzahl von Nachkommen gezüchtet werden muß, denn nicht in jeder Brut stimmt das theoretische Zahlenverhältnis. Wenn aber unter zehn Jungvögeln kein Blauer ist, kann man schon fast sicher davon ausgehen, daß der grüne Elternteil nicht spalt in Blau ist.

Der Vollständigkeit halber soll noch erwähnt werden, daß natürlich aus der Verpaarung Blau × Blau auch nur blaue Rosenköpfchen entstehen können, vorausgesetzt, daß die Eltern reinerbig sind.

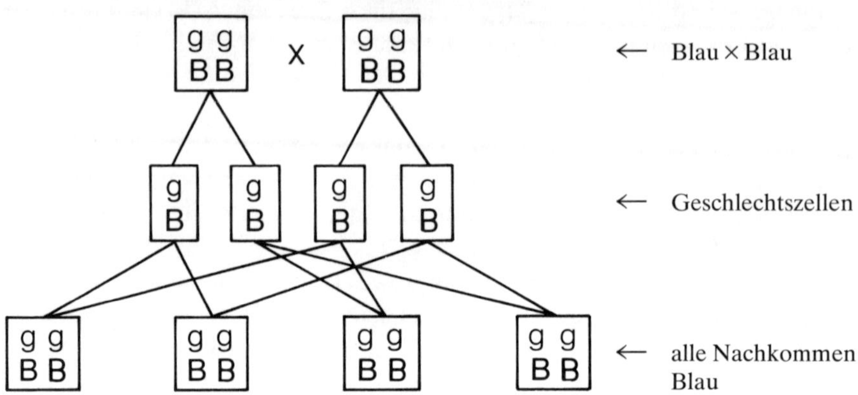

Zu bemerken ist weiterhin, daß man die blauen Jungvögel schon sofort nach dem Schlüpfen sehr gut von den grünen unterscheiden kann. Im Gegensatz zu den grünen Rosenköpfchen, die ein leicht rosa gefärbtes Dunenkleid besitzen, zeigen die blauen fast weiße Dunen.

Wenn, wie am Anfang dieses Kapitels angegeben, aus zwei grünen Rosenköpfchen die ersten blauen gefallen sein sollten, so müssen also beide Elternteile spalt in Blau gewesen sein. War dies reiner Zufall? Es sei hier noch einmal daran erinnert, daß an gleichen Stellen der beiden Chromosomenpaarlinge (homologe Chromosomen) Anlagen (Gene) liegen, die das gleiche Merkmal bestimmen, z.B. gelbe Rindenschicht oder weiße Rindenschicht. Solche Gene bezeichnet man als Allele. Allele Gene mutieren unabhängig voneinander, dadurch wird der Vogel in Bezug auf die betreffende Erbanlage mischerbig oder heterozygot.

Solche Mutationen treten sicher auch in der freien Natur auf, man sieht dies den Tieren aber nicht an. Nur wenn solch ein Vogel sich mit einem Vogel paart, der die gleiche rezessive Mutation als Anlage hat, entsteht ein blaues Rosenköpfchen. Die Wahrscheinlichkeit dafür ist natürlich sehr gering, und der Fall tritt wohl nur ein, wenn sich Nestgeschwister miteinander verpaaren. Sollte nun aber wirklich ein blauer Vogel in Freiheit entstehen, so hat dies anders gefärbte Tier viel geringere Lebenschancen, da ihm die Tarnfarbe fehlt und ein Raubvogel es im Schwarm besser fixieren und damit erjagen kann. Überlebt der blaue Vogel aber dennoch bis zur Geschlechtsreife und verpaart sich mit einem normalfarbenen Vogel, so entstehen wiederum nur phänotypisch grüne Vögel, die alle spalterbig in Blau sind. Also verschwinden die andersartig gefärbten Tiere schnell wieder.

In der Gefangenschaft können solche Mutationen aber in Erscheinung treten, wenn man Inzucht betreibt, d. h., wenn man verwandte Vögel miteinander verpaart. Dann ist die Wahrscheinlichkeit ziemlich hoch, daß irgendwann einmal solche rezessiven Anlagen im Genotyp doppelt auftreten und also auch phänotypisch sichtbar werden.

Wir müssen mit großer Sicherheit annehmen, daß auch die ersten blauen Rosenköpfchen aus miteinander verwandten Tieren, die beide die rezessive Anlage hatten, entstanden sind.

Seit Jahren gibt es unter den Agapornidenzüchtern rege Diskussionen, wie diese Mutation nun eigentlich zu benennen sei. In Deutschland hat sich die Bezeich-

nung „Blau“ weitgehend eingebürgert. Dennoch möchten wir anregen, diese Farbe als „Pastellblau“ anzusprechen, dies aus zwei Gründen:
1. Es gibt bis heute beim Rosenköpfchen keine echte blaue Mutation. Sollte einmal (und das ist nicht unmöglich) eine echte blaue Mutation auftreten, so ist diese Bezeichnung „Blau“ hierfür zu verwenden.
2. Auch international wird dieser Farbschlag als pastel blue bezeichnet.
Eine Frage bleibt nun zumindest noch offen. Warum sind die blauen Rosenköpfchen nicht wirklich blau, sondern pastell- oder resedablau? Wir wollen versuchen, dies im übernächsten Kapitel zu beantworten.

Grüngelbgescheckte Rosenköpfchen (Bild Seite 18)

In der Mitte der 60er Jahre entstand in den USA (Kalifornien) eine neue Mutation, die Schecken. Jim Hayward (1973) gibt zwar an, daß diese bereits um 1930 aufgetreten seien, dies halten wir jedoch für einen Irrtum.
Die Vögel dieser Mutation zeigen eine gelbe Scheckung im Gefieder. Diese Scheckung kann sehr verschieden ausfallen; es gibt heute bereits fast 100 % aufgehellte Tiere, die aber genetisch als Schecken zu bezeichnen sind. Bürzel und Maske bleiben wie beim wildfarbenen Tier erhalten, wenn die Scheckung auch gelegentlich in die Maske eingreift. Die grünen Gefiederteile können auch aufgehellt (hellgrün) sein, die Schwungfedern sind zum Teil weiß. Einige Krallen, manchmal auch alle, sind hell. Junge Schecken erkennt man im Nest daran, daß sie statt einer schwarzen Schnabelwurzel einen ganz hellen Schnabel aufweisen (in einigen Fällen konnten wir bei wenig gescheckten Jungtieren eine geringe Schwarzfärbung feststellen).
Wenn wir nun den Erbgang der Schecken genauer untersuchen wollen, müssen wir zuerst feststellen: Alle Kreuzungsversuche ergaben, daß diese Mutation dominant vererbt wird. Dies heißt, daß eine Anlage für Scheckung immer die Anlage für Nichtscheckung überdeckt (eine eventuelle Ausnahme wird weiter unten erläutert). Der wildfarbene Vogel hat keine Anlage für Scheckung, aber natürlich Anlagen für Nichtscheckung. Dies muß man bei der Aufstellung eines Erbschemas unbedingt berücksichtigen. Wir wollen für die Anlage Scheckung das Symbol S (dominant) und für die Anlage Nichtscheckung s (rezessiv) einführen.

Ein grünes Rosenköpfchen hätte dann folgenden Genotyp:

G	G
B	B
s	s

G = Anlage für Gelb
B = Anlage für Blau
s = Anlage für Nichtscheckung

Ein reinerbiger Schecke hätte den Genotyp:

G	G
B	B
S	S

G = Anlage für Gelb
B = Anlage für Blau
S = Anlage für Scheckung

Der Scheckfaktor bewirkt, daß in einigen Teilen des Gefieders die Einlagerung von Melaninen unterbleibt. Somit fällt in diesen Teilen die Strukturfarbe Blau aus, die Feder ist dann gelb. Die Schwungfedern, die beim Wildvogel fast schwarz sind, also kein Gelb beinhalten, müssen natürlich beim Fehlen von Melaninen weiß aussehen.

Verpaaren wir nun einen reinerbigen Schecken mit einem reinerbig grünen Rosenköpfchen, so ergibt sich folgendes Erbschema:

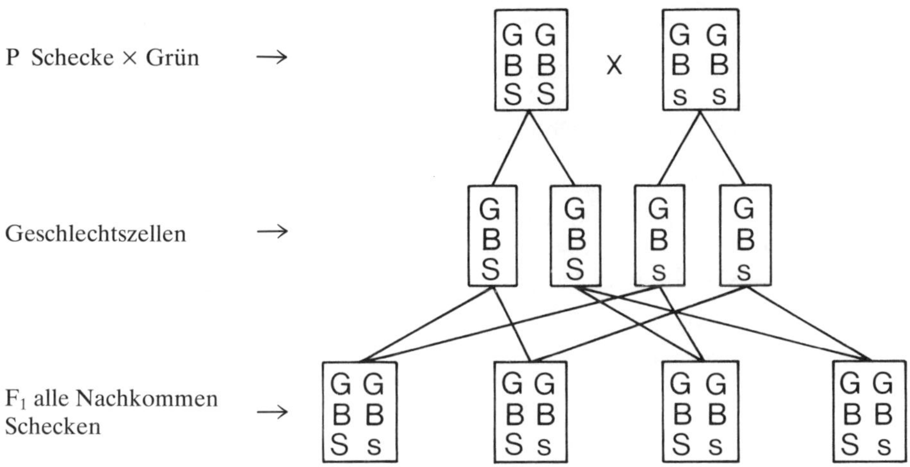

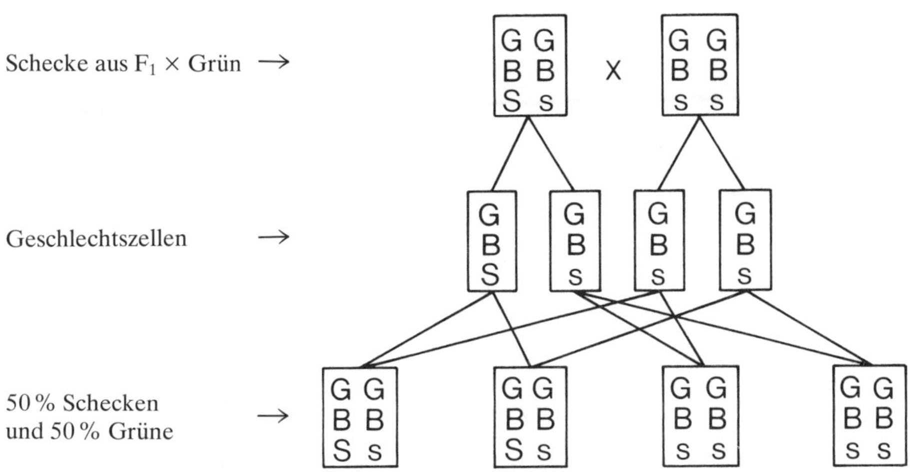

Da der Schecke nur Geschlechtszellen bilden kann, die die Anlagen GBS enthalten, und der wildfarbene Vogel nur solche mit den Anlagen GBs, erhalten alle Jungtiere eine Anlage für Scheckung und eine für Nichtscheckung. Sie sind aus diesem Grunde alle gescheckt, da diese Anlage ja dominant ist, somit kommt die rezessive Anlage für Nichtscheckung nicht zur Ausbildung. Die Jungtiere sind jedoch vom gescheckten Elterntier nicht zu unterscheiden.
Kreuzt man nun die Jungtiere aus der F_1-Generation mit grünen Rosenköpfchen, so kommen wir zu dem auf Seite 97 im unteren Schema gezeigten Ergebnis.
Der Schecke aus der F_1-Generation kann Geschlechtszellen bilden, in denen entweder die Anlagen GBS oder GBs liegen, der grüne Vogel nur solche mit den Anlagen GBs. Es entstehen also je zur Hälfte gescheckte und grüne Jungvögel.
Auch hier gibt es noch einige andere Möglichkeiten der Verpaarung, die wir aber nur kurz im Ergebnis darstellen wollen, denn jeder Züchter kann sich die Erbschemata selbst schnell aufzeichnen.

SS = Schecke mit doppelter Anlage für Scheckung
Ss = Schecke mit einer Anlage für Scheckung und einer für Nichtscheckung
ss = Grünes Rosenköpfchen mit zwei Anlagen für Nichtscheckung

Schecke (SS)	×	Schecke (SS)	=	100 %	Schecken (SS)	
Schecke (SS)	×	Schecke (Ss)	=	50 %	Schecken (SS)	und
				50 %	Schecken (Ss)	
Schecke (SS)	×	Grün (ss)	=	100 %	Schecken (Ss)	
Schecke (Ss)	×	Schecke (Ss)	=	50 %	Schecken (Ss)	und
				25 %	Schecken (SS)	und
				25 %	Grüne (ss)	
Schecke (Ss)	×	Grün (ss)	=	50 %	Schecken (Ss)	und
				50 %	Grüne (ss)	

Abb. 39 (oben links): Pfirsichköpfchen wildfarben (s. Seite 72). Abb. 40 (oben rechts): Pfirsichköpfchen Gelb (s. Seite 164). Abb. 41 (unten links): Rußköpfchen wildfarben (s. Seite 74). Abb. 42 (unten rechts): Erdbeerköpfchen wildfarben (s. Seite 75).

Wir dürfen an dieser Stelle noch einmal darauf aufmerksam machen, daß der Scheckfaktor dominant vererbt wird. Dies hat zur Folge, daß es keine heterozygoten oder – wie der Züchter sagt – spalterbigen Tiere in gescheckt gibt (s. jedoch weiter unten). Leider gibt es immer noch Züchter, die solche Spalttiere an unwissende Liebhaber verkaufen. Oder sollten diese Züchter es selbst nicht besser wissen?
Wir haben auch schon darauf hingewiesen, daß die Scheckung sehr verschieden ausfallen kann. Die ersten Schecken in Kalifornien sollen nur eine gelbe Kopfplatte besessen haben. Im Laufe der Zeit wurden durch Auslese immer hellere Schecken herausgezüchtet, so daß es jetzt bereits fast vollständig gelb gefärbte Vögel gibt, die oft auch als solche angeboten werden. Diese Vögel sind jedoch Schecken und vererben natürlich die Scheckanlage auch dominant. Die Verteilung der Scheckung auf dem Gefieder kann man allerdings nicht voraussagen, so fallen z. B. in unserer Zucht aus Tieren mit wenig gelber Scheckung oft sehr helle Schecken und umgekehrt. Die meisten Züchter gehen den Weg: aufgehellter Schecke × Tier mit wenig Scheckung.
Beim Liebhaber sind stark aufgehellte Schecken heute sehr begehrt. Im Ausstellungswesen werden jedoch Schecken gefordert, deren Scheckzeichnung klar abgegrenzt, nicht verwaschen und möglichst symmetrisch ist, sie sollen eine ideale Farbverteilung von 50 % : 50 % aufweisen (vergl. AZ-DKB-Einheitsstandard).
Da es blaue und grüngelbgescheckte Rosenköpfchen gab, versuchten natürlich viele Züchter, diese beiden Mutationen in einer neuen Farbkombination zu vereinigen.

Blaugelbgescheckte (Pastellblaugelbgescheckte) Rosenköpfchen (Bild Seite 27)

Die Kombination der Farbe Blau und der Scheckanlage ist, wenn man sich mit den Vererbungsregeln etwas befaßt hat, eigentlich nicht sehr schwierig. Als Ausgangsmaterial dienen ein blauer und ein grüngelbgescheckter Vogel. Erinnern wir uns daran, daß das blaue Rosenköpfchen zwei Anlagen für fehlendes Gelb und zwei Anlagen für Blau hat, außerdem muß es zwei Anlagen für Nichtscheckung besitzen, also ggBBss. Der reinerbige, grüngelbe Schecke hat zwei Anlagen für Gelb, zwei für Blau und zwei für Scheckung = GGBBSS. Unser Erbschema sähe dann so aus:

Abb. 43: 1,1 Bergpapagei wildfarben (s. Seite 76).

P Grüngelber Schecke
(2 Scheckfaktoren) →
× Blau

Geschlechtszellen →

F_1-Generation →

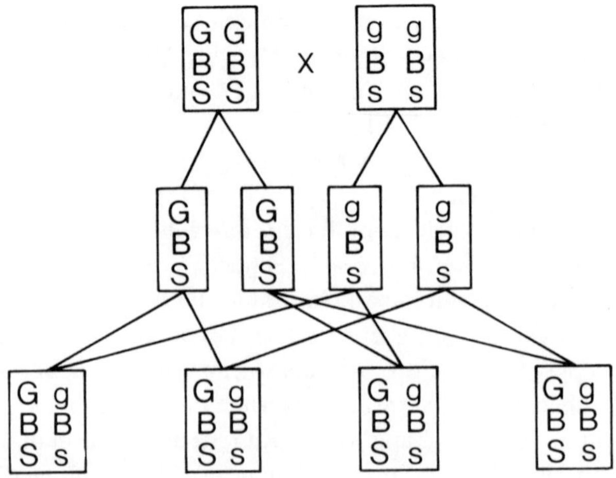

Der Schecke kann nur die Anlagen G, B und S vererben, der blaue Vogel nur die Anlagen g, B und s. Alle direkten Nachkommen dieser beiden Vögel (F_1) haben also die Anlagen GgBBSs. G ist dominant über g, so haben die Vögel in ihren Federn eine gelbe Rindenschicht. Die Strukturfarbe Blau wird durch die Anlage B hervorgerufen. Die Grundfarbe dieser Rosenköpfchen ist folglich Grün. S ist dominant über s, also zeigt sich der Scheckfaktor natürlich im Phänotyp. Die Vögel der F_1-Generation sind somit grüngelbe Schecken, aber sie haben eine Anlage für fehlendes Gelb (g), sind also spalt in Blau. Ganz genau müßten wir eigentlich sagen, sie sind nicht nur spalt in Blau, sondern auch in Nichtgescheckt, denn sie weisen im Genotyp ja auch die Anlage s auf. Der Züchter bezeichnet sie als Schecken mit einem Scheckfaktor.

Der nächste Schritt wäre die Rückkreuzung eines Vogels aus der F_1-Generation (Grüngelber Schecke/blau) mit einem blauen Vogel (s. Seite 105 oben).

Der grüngelbe Schecke/blau aus der F_1-Generation kann Geschlechtszellen bilden, die die Anlagen GBS, GBs, gBS oder gBs enthalten. Es gibt also, darauf möchten wir noch einmal besonders hinweisen, vier verschiedene Kombinationsmöglichkeiten der Anlagen in den Geschlechtszellen dieses Tieres. Das gilt natürlich nur, wenn alle drei Allele auf verschiedenen Chromosomen liegen. Diese Voraussetzung trifft hier aber zu, wie alle Kreuzungsversuche ergaben.

Der blaue Vogel kann nur Geschlechtszellen bilden, die die Anlagen gBs enthalten. Aus diesem Grunde haben wir in dem Erbschema auch nur eine Geschlechtszelle des blauen Rosenköpfchens berücksichtigt.

Wir erhalten aus dieser Verpaarung also Jungvögel mit den Genotypen GgBBSs,

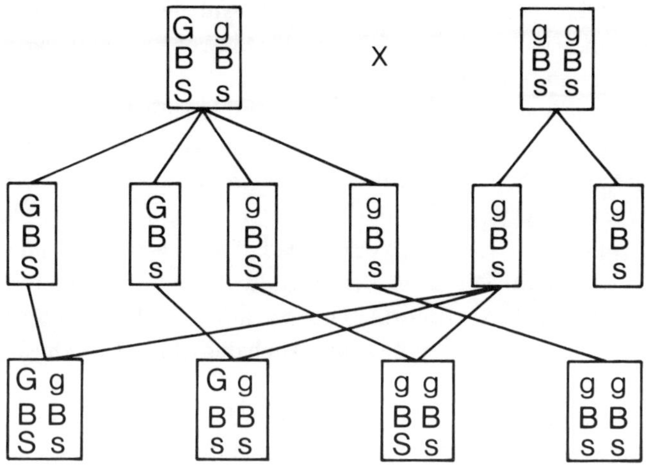

Rückkreuzung Grüngelber Schecke (1 Scheckfaktor) × Blau

Geschlechtszellen

Nachkommen

GgBBss, ggBBSs und ggBBss im Verhältnis 1:1:1:1 oder je 25%. Wie sehen diese Vögel nun aus (Phänotyp)?

Die Rosenköpfchen mit dem Genotyp GgBBSs sind uns schon bekannt. Sie haben eine Anlage für gelbe Federrinde (dominant), Anlagen für die blaue Strukturfarbe und eine Anlage für Scheckung, es sind also grüngelbe Schecken/blau mit einem Scheckfaktor.

Die Vögel mit dem Genotyp GgBBss kennen wir auch bereits. Sie haben wiederum eine gelbe Rindenschicht, die blaue Strukturfarbe, aber keine Scheckanlage (oder zwei Anlagen für Nichtscheckung), es sind also Grüne/blau.

Der Genotyp ggBBSs ist noch nicht vorgekommen, aber wir können ihn nun leicht als Phänotyp bestimmen. Zwei Anlagen für fehlendes Gelb in der Rindenschicht, zwei Anlagen für blaue Strukturfarbe und eine Anlage für Scheckung (dominant), also muß hier ein Schecke in Blau entstanden sein.

Die vierte Möglichkeit ist schnell zu erkennen: kein Gelb in der Rindenschicht, Strukturfarbe Blau vorhanden, keine Anlage für Scheckung, also sind dies blaue Rosenköpfchen.

Zusammengefaßt bedeutet das: Verpaaren wir einen Grüngelbgescheckten/blau (mit einem Scheckfaktor) mit einem blauen Rosenköpfchen, so erhalten wir je 25% Jungtiere in den Farben Grün/blau, Grüngelbgescheckt/blau (mit einem Scheckfaktor), Blaugelbgescheckt (mit einem Scheckfaktor) und Blau.

Dies entspricht der dritten Mendelschen Regel, die besagt, daß die Erbanlagen unabhängig voneinander vererbt und bei der Geschlechtszellenbildung neu kombiniert werden (Regel von der Unabhängigkeit der Erbanlagen oder der Neukombination der Gene). Die Regel gilt aber nur, wenn die Anlagen auf verschiedenen Chromosomen liegen, wie wir oben bereits erwähnt haben. Mendel waren die Chromosomen aber noch unbekannt.

Der aufmerksame Leser wird bemerkt haben, daß wir von blaugelben Schecken sprechen. Müßten nicht eigentlich blauweiße Schecken entstanden sein, denn wir haben doch dargelegt, daß durch den Scheckfaktor im Gefieder die Strukturfarbe Blau teilweise ausfällt. Der blaue Vogel hat, so haben wir gesagt, kein Gelb im Gefieder. Wenn in Federn, die kein Gelb aufweisen, auch noch das Blau ausfällt, müßten diese doch weiß aussehen! Die Schecken in Blau sehen aber blaugelbgescheckt aus, wobei das Gelb nicht kräftig wie bei den grüngelben Schecken ist, sondern mehr eine helle, cremige Gelbfärbung zeigt. Auch das Blau ist bei diesen Schecken oft sehr aufgehellt.

Es sei hier daran erinnert, daß wir schon bei der Beschreibung des blauen Rosenköpfchens darauf aufmerksam gemacht haben, daß es sich dabei nicht um eine klare, kräftig blaue, sondern um eine pastell- oder resedablaue Färbung handelt. Wie ist dies zu erklären?

Da wir beim blaugelbgescheckten Rosenköpfchen keine weißen Federn finden, wie theoretisch anzunehmen ist, ergeben sich zwei Möglichkeiten. Es ist denkbar, daß das Gen, welches die gelbe Farbe in der Rindenschicht der Federn bewirkt, nicht so mutiert ist, daß die Einlagerung von gelben Farbstoffen in der Feder ganz unterbleibt, sondern daß ein Rest von Psittacin, wenn auch stark verdünnt, doch noch vorhanden ist. Dies würde sowohl die pastellblaue Färbung der blauen Rosenköpfchen, als auch die hellgelben Federn beim Blaugelbgescheckten erklären. Wenn dies der Fall sein sollte, so können wir heute noch keine richtig blauen Rosenköpfchen und natürlich auch keine blauweißen Schecken ziehen. Wir müssen dann auf eine weitere Mutation dieser Anlage warten.

Eine andere Möglichkeit wäre die, daß noch eine zweite Anlage für die helle Gelbfärbung der Rindenschicht verantwortlich ist. Auch diese Möglichkeit wird von manchen Züchtern angenommen, siehe Ochs (1980). Uns scheint es jedoch sehr bedenklich zu sein, diese Anlage einfach als „Gelbgesichtsfaktor" (in Anlehnung an die Wellensittichvererbung) zu bezeichnen. Für vollkommen verfehlt halten wir die Annahme, daß dieser „Gelbgesichtsfaktor" als dominante Anlage vom gelbgrünen Schecken auf die blaugelben Schecken übertragen worden ist, wie es im AZ-DKB-Einheitsstandard beschrieben wurde. Wenn das der Fall wäre, müßte dieser „Gelbgesichtsfaktor" sehr schnell durch eine planmäßige Zucht verdrängt werden können, denn die Nicht-Schecken dürften dann diese Anlage ja nicht aufweisen. Wenn es solch eine zweite Anlage gibt, muß sie auch beim wildfarbenen, beim blauen Vogel und bei allen anderen Farbmutationen vorhanden sein (siehe z. B. Albino). Wir müssen auch dann darauf warten, daß diese

Anlage einmal mutiert, um wirklich blaue oder blauweißgescheckte *Roseicollis* zu bekommen. Auf dieses Problem soll aber noch einmal im Abschnitt „Zukunftsperspektiven“ eingegangen werden.
Welche von beiden Annahmen nun stimmt, können wir nicht eindeutig sagen, da dieses Problem in keiner Weise geklärt ist. Wir vermuten aber, daß es sich um eine zweite Anlage handelt, die die verdünnte Einlagerung von gelben Farbstoff bewirkt, dies natürlich im ganzen Gefieder (bei allen bekannten Farbmutationen).
Es ist u.E. sehr richtig, wenn Ochs schreibt, daß es bei den Rosenköpfchen heute eigentlich kein Problem mehr ist, neue Mutationen oder Farbkombinationen fortpflanzungsfähig am Leben zu erhalten, sondern daß die großen Probleme bei der korrekten Bezeichnung der Farbschläge auftreten. Wenn wir auch in unseren Darlegungen kurz gefaßt immer von blauen bzw. von blaugelbgescheckten Rosenköpfchen schreiben, so sind wir doch auch der Auffassung, daß diese korrekt als Pastellblau bzw. Pastellblaugelbgescheckt zu bezeichnen wären (siehe die jeweiligen Überschriften).
Wenden wir uns nun aber wieder der Vererbung des Scheckfaktors bei den blauen Vögeln zu. Dem Leser ist es sicher klar, daß im Rahmen dieses Buches nicht alle Verpaarungsmöglichkeiten aufgezeichnet werden können. Mit etwas Übung kann dies aber jeder Liebhaber für seine Zuchtpaare selbst tun. Zwei Beispiele sollen die Erbgänge noch einmal verdeutlichen:
Aus der Verpaarung Grüngelber Schecke (2 Scheckfaktoren) × Blau hatten wir in F_1 Grüngelbe Schecken/blau (1 Scheckfaktor) erhalten. Diese Vögel hatten den Genotyp GgBBSs. Wie sieht der Erbgang aus, wenn wir zwei derartige Vögel aus der F_1-Generation miteinander verpaaren? (s. Seite 108)
Da beide Vögel Geschlechtszellen bilden können, die entweder die Anlagen GBS, GBs, gBS oder gBs enthalten, ergeben sich nun 16 Möglichkeiten des Zusammentreffens dieser Geschlechtszellen bei der Befruchtung. In der F_2-Generation können folgende Jungtiere schlüpfen:

Anteil	Genotyp	Phänotyp/spalt in
$^1/_{16}$ = 6,25 %	GGBBSS	Grüngelbe Schecken (2 Scheckfaktoren)
$^2/_{16}$ = 12,50 %	GGBBSs	Grüngelbe Schecken (1 Scheckfaktor)
$^2/_{16}$ = 12,50 %	GgBBSS	Grüngelbe Schecken/blau (2 Scheckfaktoren)
$^4/_{16}$ = 25,00 %	GgBBSs	Grüngelbe Schecken/blau (1 Scheckfaktor)
$^1/_{16}$ = 6,25 %	GGBBss	Grün
$^2/_{16}$ = 12,50 %	GgBBss	Grün/blau
$^1/_{16}$ = 6,25 %	ggBBSS	Blaugelbe Schecken (2 Scheckfaktoren)
$^2/_{16}$ = 12,50 %	ggBBSs	Blaugelbe Schecken (1 Scheckfaktor)
$^1/_{16}$ = 6,25 %	ggBBss	Blau

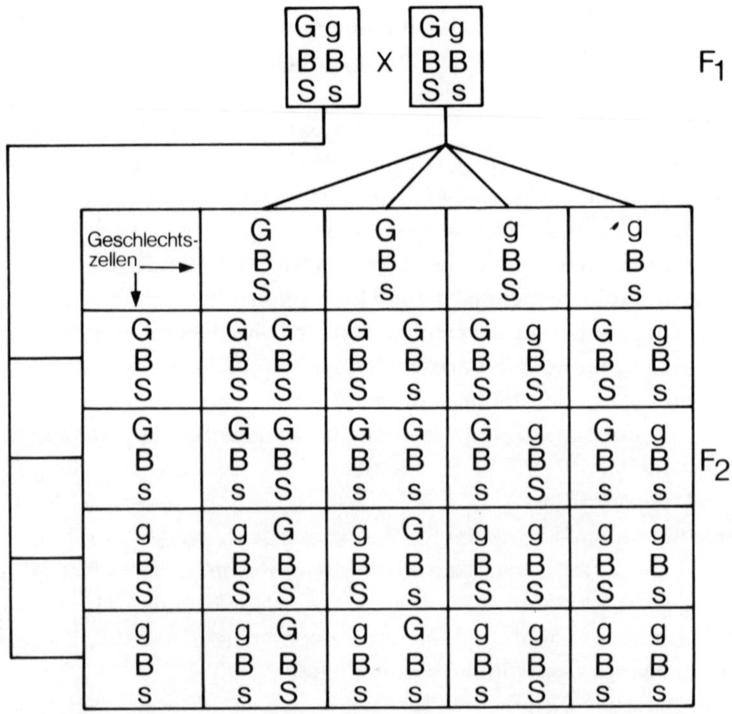

Wir erhalten somit vier verschiedene Farben (Phänotyp), wenn auch in einem sehr unterschiedlichen Verhältnis. Es muß dem Züchter aber klar sein, daß er z. B. die grüngelben Schecken, die phänotypisch alle gleich sind, im Genotyp aber sehr verschieden sein können, nicht zu unterscheiden vermag. Das gilt natürlich auch für die blaugelben Schecken bzw. für die grünen Vögel. Die Genotypen der F_2-Generation können nur durch gezielte Rückkreuzungen (Testkreuzungen) aufgedeckt werden. Für die ernsthafte Farbzucht wäre diese Verpaarung also ungeeignet. Interessanter wäre da sicher eine Kreuzung zwischen Rosenköpfchen in den Farben Grüngelbgescheckt/blau (1 Scheckfaktor) = GgBBSs und Blaugelbgescheckt (1 Scheckfaktor) = ggBBSs (Schema s. Seite 109).

Grüngelbgescheckt/blau (1 Scheckfaktor) ×
Blaugelbgescheckt (1 Scheckfaktor)

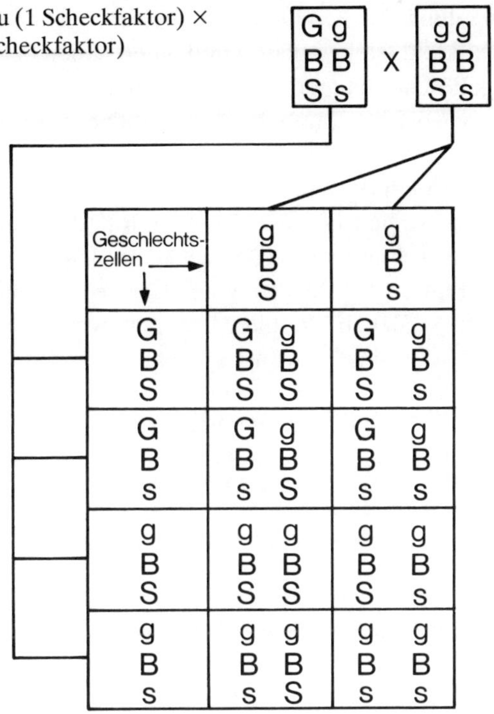

Es könnten folgende Jungtiere entstehen:

Anteil	Genotyp	Phänotyp / spalt in
1/8 = 12,5 %	GgBBSS	Grüngelbe Schecken/blau (2 Scheckfaktoren)
2/8 = 25,0 %	GgBBSs	Grüngelbe Schecken/blau (1 Scheckfaktor)
1/8 = 12,5 %	ggBBSS	Blaugelbe Schecken (2 Scheckfaktoren)
2/8 = 25,0 %	ggBBSs	Blaugelbe Schecken (1 Scheckfaktor)
1/8 = 12,5 %	GgBBss	Grün/blau
1/8 = 12,5 %	ggBBss	Blau

Diese Verpaarung hat den großen Vorteil, daß man bei allen Jungtieren, die grüngelbgescheckt oder grün sind, dafür garantieren kann, daß sie spalt in Blau sind. Ob die Schecken nur eine Anlage für Scheckung oder zwei haben, kann wieder nur durch eine Kontrollverpaarung festgestellt werden.
Für die Verpaarung von blauen Vögeln mit blaugelben Schecken, oder von blaugelben Schecken unter sich, gelten die gleichen Ergebnisse, wie sie im Abschnitt für grüngelbe Schecken dargestellt wurden.

Auch junge blaugelbe Schecken kann man im Nest leicht erkennen, sie haben ein fast weißes Dunenkleid (siehe „blau“) und einen hellen Schnabel.
Gelegentlich angebotene Blaugelbgescheckte mit rotem Schnabel sind Jungvögel, die einen karottenfarbigen Schnabel aufweisen. Diese Färbung verliert sich nach der Jugendmauser.
Wir haben schon darauf hingewiesen, daß auch bei den blaugelben Schecken sehr aufgehellte Tiere entstehen können. In einigen Fällen können diese Schecken sogar das rötliche Stirnband verlieren, sie sehen dann wirklich cremig aus und werden manchmal unter der Bezeichnung „Creme“ angeboten. Es handelt sich hier aber um echte Schecken, die natürlich auch so vererben. Im Ausstellungswesen sind diese Tiere nicht erwünscht, denn der schon erwähnte AZ-DKB-Einheitsstandard verlangt, daß die Vögel eine möglichst klar abgegrenzte Scheckenzeichnung zeigen und eine ideale Farbverteilung von 50 % : 50 % aufweisen. Der Hobbyzüchter hingegen bevorzugt stark aufgehellte Schecken.

Rezessive Schecken (amerikanischen Ursprungs)

Jedem Leser der beiden letzten Abschnitte ist es sicher klar, daß es keine Rosenköpfchen gibt, die spalt in Scheck sein können, da ja die Anlage für Scheckung dominant vererbt wird. Wir haben aber sehr oft von niederländischen Zuchtfreunden gehört, daß es dort eventuell rezessive Schecken gab oder noch gibt. Rezessive Schecken, das bedeutet, daß es eine zweite Mutation geben könnte, bei der die Scheckung durch rezessive Anlagen vererbt wird. Diese Mutation hat natürlich mit der dominant vererbbaren Scheckung nichts zu tun. Sie tritt beim Vogel auch nur dann auf, wenn er zwei Anlagen für die rezessive Scheckung hat. Daß es solche Vögel gibt, können wir zur Zeit nicht bestätigen, aber auch nicht verneinen.
So erhielten wir (Brockmann) von unserem Zuchtfreund Enting (Emsdetten) ein Paar grüne Rosenköpfchen, das bei ihm in einer Brut neben zwei grünen auch ein grüngelbgeschecktes Jungtier ausgebrütet hatte. Die beiden Elterntiere waren absolut grün, nicht einmal eine Kralle war hell. In einer zweiten Brut bei uns zog dieses Paar vier grüne Junge groß. Leider ist die Henne an einer Eierstockentzündung gestorben, so daß eine erneute Zucht mit diesem Paar nicht mehr möglich war. Aber da wir auch im Besitz des grüngelbgescheckten Jungtieres waren, haben wir Kontrollpaarungen vorgenommen. Alle Verpaarungen zwischen den grünen Nachkommen, auch solche mit dem Vater, brachten nur grüne Junge. Mit dem Schecken gelang keine Zucht, da er durch einen Unfall ums Leben kam. Die Existenz von rezessiven Schecken war also nicht zu beweisen. Falls irgendwo noch ähnliche Fälle bekannt sind, wären wir sehr dankbar, wenn man sie uns mitteilen

könnte. Vielleicht können wir dann in Zukunft einmal mit Sicherheit sagen, ob es rezessiv vererbende Schecken gibt (siehe auch: Australisch Gelb).
Vielleicht entstehen fast ganz aufgehellte Schecken auch aus der Kombination von dominanten und rezessiven Schecken, wie es in der Wellensittichzucht bekannt ist (Gelbe und Weiße Schwarzaugen).

Gelbe Rosenköpfchen [Jap. Golden Cherry] (Bild Seite 28)

Diese Mutation, bei uns auch als Japanisch Golden Cherry bezeichnet, hat ein fast reines gelbgefärbtes Gefieder, das aber mit einem ganz leichten Grün überhaucht ist. Die Schwingen sind weißlich-hellgrau, die Maske rot, der Bürzel hellblau, die Augen sind schwarz. Diese Vögel sind 1954 bei dem Japaner Masaru Iwata zuerst gefallen, die Farbe der Elterntiere ist uns nicht bekannt.
Das Zustandekommen dieser gelben Mutation ist leicht erklärbar. Es sei noch einmal an die Federstruktur erinnert, die vereinfacht so aussah:

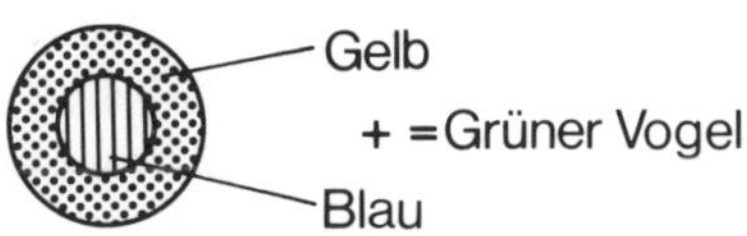

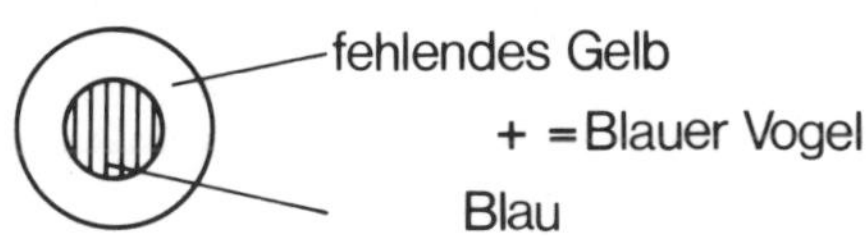

Durch eine neue Mutation hat sich die Anlage für die Strukturfarbe Blau verändert, sie fällt jetzt aus. Genauer gesagt, die Melanine werden nicht mehr in der zentralen Markschicht eingelagert, der dunkle Hintergrund fehlt also, das Licht wird vollkommen zurückgeworfen. Da aber beim gelben Rosenköpfchen die Rindenschicht gelb bleibt, ist auch der Vogel gelb.

In unserem vereinfachten Federquerschnitt sähe das dann so aus:

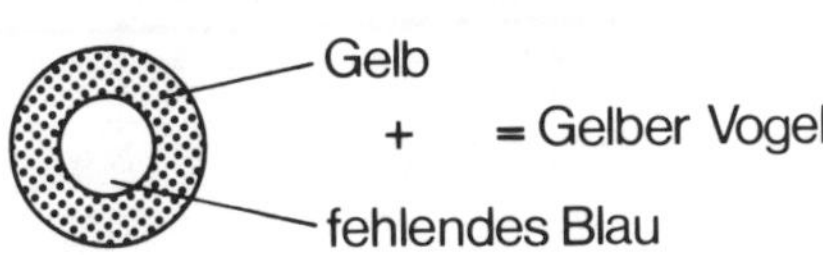

Wenn wir nun den Genotyp wieder mit Symbolen darstellen wollen, so müssen wir G = Gelb und b = fehlendes Blau einsetzen, da die Anlage für fehlendes Blau = b rezessiv gegenüber der Anlage für Blau = B ist.
Das gelbe Rosenköpfchen hätte also den Genotyp GGbb.
Kreuzen wir ein gelbes Tier mit einem grünen Vogel, so ergibt sich folgendes Erbschema:

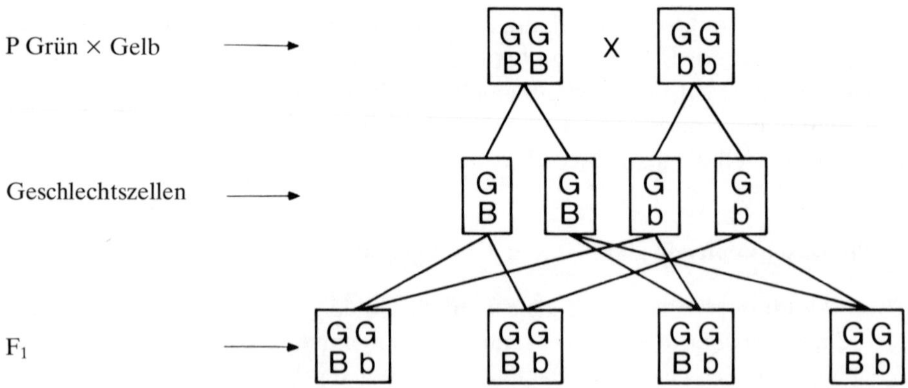

Alle Nachkommen dieser beiden reinerbigen Tiere hätten also die Anlage GGBb. Die Anlage G bewirkt die Ausbildung der gelben Rindenschicht. Die Anlage B steht für das Merkmal Strukturfarbe Blau, denn B = Blau ist dominant über b = fehlendes Blau. Also sind alle Vögel der F_1-Generation grün, aber spalt in Gelb, wie der Züchter sagt.
Kreuzt man diese Vögel der F_1-Generation wieder miteinander, so ergibt sich:

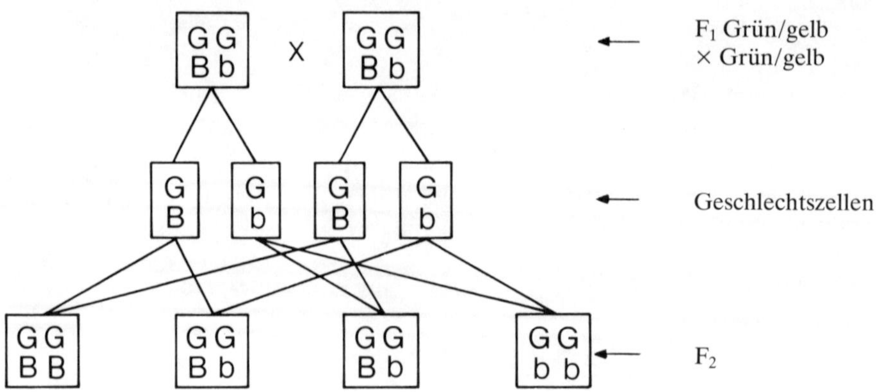

Die Nachkommen in der F_2-Generation mit dem Genotyp GGBB sind natürlich grüne Vögel, die mit GGBb sind auch grüne Rosenköpfchen, aber sie sind spalt in Gelb, nur die Tiere mit dem Genotyp GGbb sind gelb. Bei den grünen Vögeln können wir nicht unterscheiden, welche spalt in Gelb sind, da sie sich alle phänotypisch gleichen. Nur Kontrollpaarungen (Rückkreuzung) können uns über den Genotyp dieser Tiere Aufschluß geben. Die Ergebnisse der ersten und der zweiten Kreuzung entsprechen wiederum den Mendelschen Regeln.
Eine Rückkreuzung sieht im Schema dann so aus:

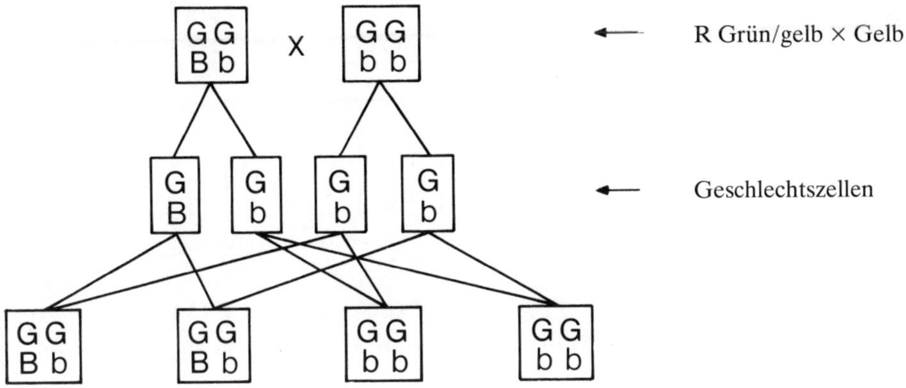

Unter den Nachkommen befinden sich je zur Hälfte Grüne/gelb und Gelbe. Kreuzt man zwei gelbe Rosenköpfchen miteinander, so müssen natürlich alle direkten Nachkommen auch gelb sein, vorausgesetzt, die Eltern waren reinerbig.
Wenn nun blaue und auch gelbe Rosenköpfchen vorhanden sind, ist es eigentlich sehr einfach, auch an eine Kombination dieser beiden Farben zu denken.

Weiße Rosenköpfchen [Jap. Silber Cherry] (Bild Seite 28)

Bevor wir diese weißen Rosenköpfchen (auch Japanischer Silber Cherry genannt) genauer beschreiben, wollen wir zuerst ihre Entstehung darlegen.
Wenn es eine Mutation gibt, bei der die gelbe Rindenschicht nicht mehr ausgebildet wird (blaue Rosenköpfchen) und wenn eine weitere Mutation vorhanden ist, bei der die blaue Strukturfarbe ausfällt (gelbe Rosenköpfchen), so drängt es den erfahrenen Züchter natürlich zu dem Versuch, diese beiden Mutationen in einem Vogel zu vereinigen.
Erinnern wir uns noch einmal daran, daß der blaue Vogel die Anlagen ggBB (g = Anlage für fehlendes Gelb, B = Anlage für Blau), der gelbe die Anlagen GGbb (G = Anlage für Gelb, b = Anlage für fehlendes Blau) haben. Es bietet sich also der Weg an, diese beiden Vögel miteinander zu verpaaren:

P Blau× Gelb →

Geschlechtszellen →

F_1 →

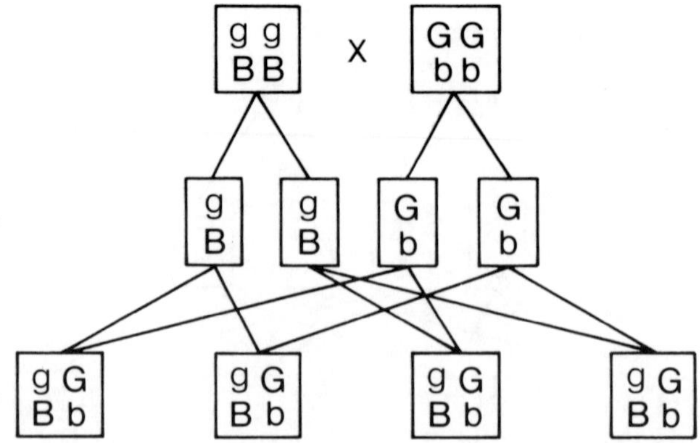

Alle direkten Nachkommen aus der Verpaarung eines blauen mit einem gelben Rosenköpfchen haben den Genotyp GgBb, da der blaue Vogel nur gB und der gelbe nur Gb vererben kann. G = Anlage für Gelb in der Federrinde dominiert über g = fehlendes Gelb, B = Anlage für Blau dominiert über b = Anlage für fehlendes Blau, also sind alle Vögel der F_1-Generation grün! Aber diese Rosenköpfchen haben ja alle die Anlagen g und b, sie sind also auch spalterbig in Gelb und Blau, aber auch in Weiß, wie wir gleich beweisen wollen.

Kreuzt man diese Vögel der F_1-Generation jetzt wieder miteinander, so ergibt sich folgendes Erbschema:

Grün/gelb, blau und weiß
× Grün/gelb, blau und weiß

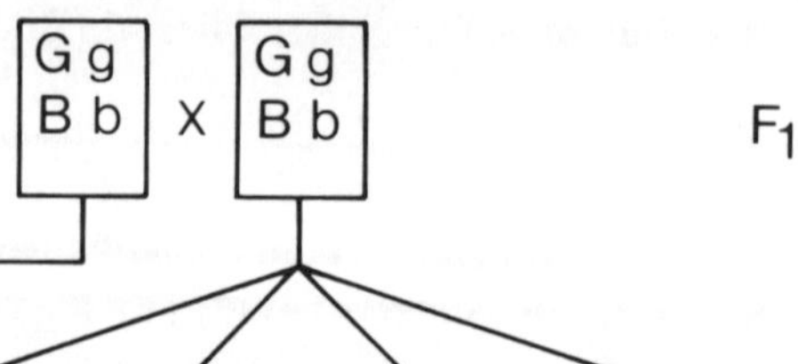

Geschlechtszellen → ↓	G B	G b	g B	g b
G B	G G B B	G G B b	G g B B	G g B b
G b	G G b B	G G b b	G g b B	G g b b
g B	g G B B	g G B b	g g B B	g g B b
g b	g G b B	g G b b	g g b B	g g b b

F_2

Anteil	Genotyp	Phänotyp/spalt in
1/16 = 6,25 %	GGBB	Grün
2/16 = 12,50 %	GGBb	Grün/gelb
2/16 = 12,50 %	GgBB	Grün/blau
4/16 = 25,00 %	GgBb	Grün/gelb + blau + weiß
1/16 = 6,25 %	GGbb	Gelb
2/16 = 12,50 %	Ggbb	Gelb/weiß
1/16 = 6,25 %	ggBB	Blau
2/16 = 12,50 %	ggBb	Blau/weiß
1/16 = 6,25 %	ggbb	Weiß

Da die Vögel aus der F_1-Generation Geschlechtszellen bilden können, die entweder die Anlagen GB, Gb, gB oder gb enthalten, so ergeben sich wieder 16 Möglichkeiten bei einer eventuellen Befruchtung.
Diese 16 Möglichkeiten sind vom Genotyp her in der Tabelle sehr leicht abzulesen, die Phänotypen sind ebenfalls einfach zu deuten, wenn wir uns daran erinnern, was die Symbole (Buchstaben) bedeuten.
Der weiße Vogel ist also aus der Kreuzung der F_1-Generation untereinander gefallen. 6,25 % heißt natürlich, daß nur ein geringer Anteil der Jungvögel in der F_2-Generation weiß ist, nämlich ungefähr 6 von 100. Aber dies war sicher der Weg, wie diese Vögel entstanden sind.
Im weißen Rosenköpfchen sind also beide Mutationen vereinigt worden, das heißt, daß dieser Vogel keine gelbe Rindenschicht in seinen Federn hat und keine blaue Strukturfarbe mehr aufweist. Der Querschnitt durch eine Feder muß also vereinfacht so aussehen:

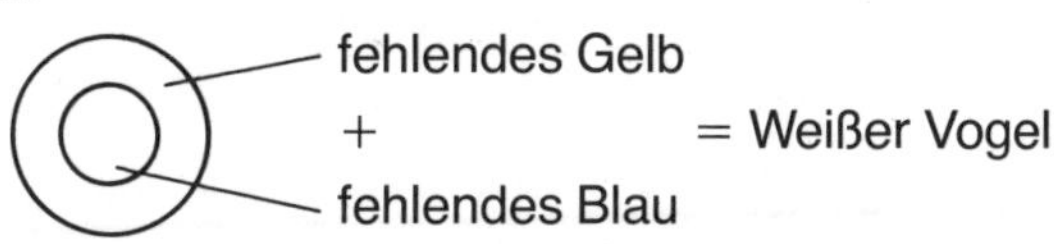

Dieser Vogel sieht aber leider nicht weiß aus, das bleibt zunächst noch ein Wunschtraum aller Züchter. Die Erklärung liegt darin, daß die Farbe dieses Rosenköpfchens eine Kombination der Farben des pastellblauen und des gelben Vogels ist. Das pastellblaue Tier zeigt ja leider, wie wir schon zuvor und in unseren Ausführungen über den pastellblaugelben Schecken beschrieben haben, keine wirklich blaue Färbung. Das restliche Gelb bleibt also auch bei unserem weißen Rosenköpfchen erhalten, so daß es ein ganz hellgelbes Federkleid mit einem leicht grünen Hauch aufweist. Eine genaue Bezeichnung für diese Farbe ist leider noch nicht allgemein gebräuchlich, so daß sie sicher weiter unter dem Namen „Japanischer Silber Cherry“ vom Züchter angeboten wird.

Gelbe und weiße Rosenköpfchen sind gewiß sehr ansprechende Vögel, denn sie haben schon auf vielen Ausstellungen hohe Preise errungen. Sie sind auch dementsprechend teuer in der Anschaffung. Wir möchten an dieser Stelle aber auf ein Problem bei der Zucht dieser Mutationen aufmerksam machen, das dem Liebhaber, der sich ernsthaft mit diesen Farben beschäftigt, sicher kein Geheimnis mehr ist. Obwohl wir mit sehr vielen Züchtern Kontakt aufgenommen haben, um möglichst viel Material für diese Arbeit zu sammeln, haben wir fast keine Züchter dieser Mutationen getroffen, die schon einmal Nachkommen von einem gelben oder von einem weißen Rosenköpfchen-Weibchen gezogen haben. Um es noch deutlicher zu sagen, die gelben und weißen Weibchen (japanischer Herkunft) legen Eier, aus denen – soweit wir wissen – fast nie Jungvögel schlüpfen. In manchen Fällen ist das Eiweiß dünn wie Wasser oder mit vielen Luftbläschen durchsetzt, manchmal fehlt sogar der Dotter. Sehr selten, so haben wir festgestellt, entwickelt sich ein Embryo im Ei, dieser stirbt aber fast immer nach kurzer Zeit ab. Ob diesem Vorgang ein Letalfaktor (tödlich) zu Grunde liegt, können wir zur Zeit nicht beurteilen. Solche Letalfaktoren sind den Vogelzüchtern beim Haubenwellensittich und auch beim Haubenkanarienvogel bestens bekannt. In einem Fall ist uns berichtet worden, daß ein belgischer Züchter aus einer gelben Henne ein grünes Jungtier gezüchtet habe; wir konnten dies aber nicht nachprüfen.
Christ (1983) berichtete, daß in seinen Zuchtanlagen ein Rosenköpfchenpaar 1,0 Grüngelber Schecke/gelbgesäumt × 0,1 Gelb aus fünf Eiern zwei Junge erbrütet hatte, von denen aber eins starb.
Für den Liebhaber dieser Mutation bieten sich also eigentlich nur folgende Kreuzungsmöglichkeiten an:

1,0 Gelb × 0,1 Grün/gelb = 50 % Gelb und 50 % Grün/gelb
1,0 Grün/gelb × 0,1 Grün/gelb = 25 % Grün, 50 % Grün/gelb und 25 % Gelb

Man kann natürlich auch 1,0 in den Farben Blau/weiß, Weiß, Gelb/weiß oder Grün/blau + gelb + weiß verwenden, desgleichen 0,1 in den Farben Blau/weiß oder Grün/blau + gelb + weiß.
Die Ergebnisse dieser Kreuzungen können in den Tabellen für die Farbvererbung bei *Agapornis personata* entnommen werden.
Zu bemerken ist noch, daß gelbe Rosenköpfchen, die auch spalt in Weiß sind, im Gefieder fast gar nicht den grünen Hauch zeigen.

Gescheckte Gelbe und Weiße Rosenköpfchen

(Jap. Golden und Silber Cherries mit Scheckfaktoren)

Manche Züchter versuchen nun, Schecken in die gelben oder auch in die weißen Rosenköpfchen einzukreuzen. Sie hoffen, daß dann die weiblichen Tiere vielleicht fruchtbar werden. Bis jetzt ist uns nur bekannt, daß ein solches Weibchen mehrmals befruchtete Eier hatte, ein Junges aber nicht geschlüpft ist (Ochs, brieflich).

Wir können auf diesem Weg also **Gelbe Schecken** (eigentlich: Gelb-gelbe Schekken) züchten. Diese sind bereits vorhanden. Die Vögel zeigen den Scheckfaktor fast gar nicht, was natürlich leicht zu erklären ist. Bei starker Verbreitung der Scheckung verschwindet aber der grüne Überhauch, eventuell sogar die rote Maske. Auch **Weiß-gescheckte Rosenköpfchen** (oder: weiß-gelbe Schecken) kann man herauszüchten, wenn man Schecken in die weißen Rosenköpfchen einkreuzt. Es ist uns nicht bekannt, ob es diese Tiere bereits gibt. Wir nehmen aber an, daß auch bei diesen Vögeln der leicht grüne Hauch im Gefieder verloren geht, wenn die Scheckung sehr ausgeprägt ist.

An einem Beispiel wollen wir die Einkreuzung der Schecken in die gelben oder weißen Rosenköpfchen verdeutlichen:

Wir verpaaren ein 1,0 Gelb (ohne Scheckfaktor) mit einem 0,1 Blaugelbgescheckt (mit zwei Scheckfaktoren), also 1,0 GGbbss × ggBBSS. Das Schema sähe dann so aus:

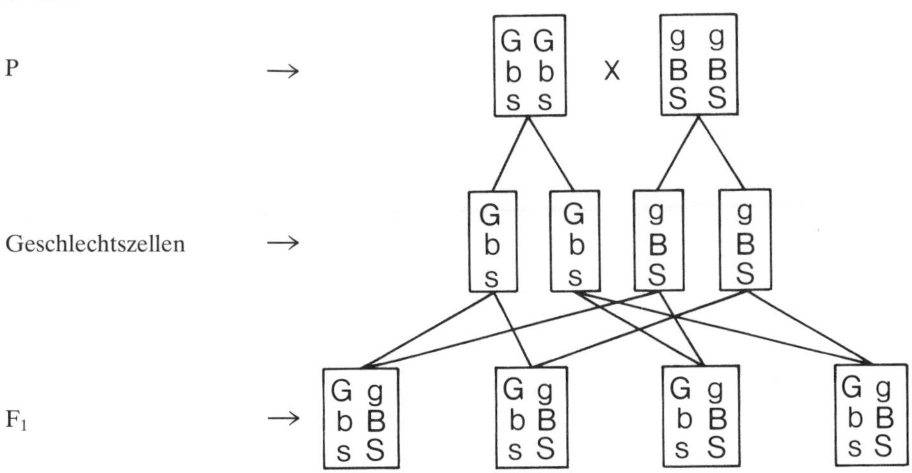

Aus dieser Verpaarung können nur Vögel fallen, die die Anlagen GgBbSs aufweisen. Diese Vögel sind grüngelbe Schecken, denn die Anlagen G, B und S sind

dominant über g, b und s. Alle Jungtiere der F_1-Generation sind aber spalterbig in Blau, Gelb und Weiß, aber auch in Nichtgescheckt.
Die Rosenköpfchen aus der F_1-Generation bilden Geschlechtszellen, in denen folgende Anlagen enthalten sein können: GBS, GBs, GbS, Gbs, gBS, gBs, gbS und gbs, also acht verschiedene. Wenn wir zwei Jungtiere aus der F_1-Generation verpaaren, würden sich 64 Möglichkeiten des Zusammentreffens der Geschlechtszellen dieser Tiere ergeben. Ein solches Schema würde den Rahmen dieses Buches jedoch sprengen, wir müssen in diesem Falle also darauf verzichten. Dem Leser dürfte dennoch deutlich werden, daß aus dieser Kreuzung auch Tiere mit dem Genotyp GGbbSs oder GGbbSS fallen müssen, also unsere oben erwähnten Gelben Schecken, oder auch ggbbSS oder ggbbSs, also die weißen Schecken.
Es gibt sicher noch viele andere Wege, um solche Tiere zu erhalten. Zum Beispiel kann man die Jungen aus F_1 mit blauen, gelben oder auch weißen Tieren kreuzen. Letzterer Weg wäre bestimmt der einfachste. Das Ergebnis sähe dann so aus:

1,0 Weiß = ggbbss × 0,1 Grüngelber Schecke/blau, gelb, weiß (1 Scheckfaktor) = GgBbSs

Jungtiere je zu einem Achtel:
GgBbSs = Grüngelber Schecke/blau, gelb, weiß (1 Scheckfaktor)
GgBbss = Grün/blau, gelb, weiß
GgbbSs = Gelber Schecke/weiß (1 Scheckfaktor)
Ggbbss = Gelb/weiß
ggBbSs = Blaugelber Schecke/weiß (1 Scheckfaktor)
ggBbss = Blau/weiß
ggbbSs = Weißer Schecke (1 Scheckfaktor)
ggbbss = Weiß

Diese Verpaarung bietet den großen Vorteil, daß man von allen Jungvögeln sagen kann, daß sie sicher spalt in Weiß sind, es sei denn, sie wären phänotypisch weiß.

Abb. 44 (oben): Grünköpfchen (A. s. swinderniana) wildfarben (Präparat aus dem Senckenberg Museum Frankfurt) (s. Seite 79). Abb. 45 (unten links): Grünköpfchen (A. s. swinderniana) wildfarben (s. Seite 79). Abb. 46 (unten rechts): Grünköpfchen (A. s. zenkeri) wildfarben (s. Seite 79).

Gelb-gesäumte Rosenköpfchen [Amerik. Golden Cherry] (Bild Seite 28)

Diese Mutation wird auch von vielen Züchtern als „Amerikanisch Golden Cherry" bezeichnet, da sie in Amerika entstanden sein soll.

Die Federn dieses Mutationsvogels zeigen ein grünliches Gelb, wobei die Flügel- und auch die Rückenfedern eine deutlich dunklere Säumung aufweisen, daher auch die Bezeichnung „gelb-gesäumt". Die Augen sind dunkel, der Bürzel verwaschen blau, die rote Maske gleicht der des Wildvogels, die Krallen sind heller als beim grünen Tier.

Lange Zeit gab es große Verwirrung um diese Mutation, da man nicht genau wußte, ob es sich um eine eigenständige Mutation handelte oder um eine Form des gelben Rosenköpfchens. Wir wissen heute, daß es wirklich eine neue Mutation ist, und wollen das kurz erklären.

Kontrollverpaarungen mit gelben Rosenköpfchen (japanischen Ursprungs) ergaben ein klares Bild: alle Nachkommen waren grün! Mancher Leser wird sich jetzt sicher fragen, ob dieses Ergebnis auch tatsächlich eindeutig ist. Im Grunde ist es sehr einfach. Wenn man ein gelb-gesäumtes Rosenköpfchen mit einem Gelben (japanischer Herkunft) kreuzt, und beide würden zur gleichen Mutation gehören, hätten also auch die gleichen Anlagen (also GGbb), dann müßten die Nachkommen alle gelb sein. Dies war jedoch nicht der Fall. Und einen weiteren Schluß kann man aus dem oben genannten Ergebnis ziehen. Da der gelbe Vogel keine Anlage für die Strukturfarbe Blau hat, wie alle bisherigen Erbschemata zeigten, die Jungvögel aus der Kontrollverpaarung aber grün sind, so muß der gelb-gesäumte Vogel noch die Anlagen für das Blau aufweisen, und zwar so, wie sie beim wildfarbenen Vogel vorhanden sind, also nicht in irgendeiner Form mutiert. Nur so läßt sich die grüne Farbe der Nachkommen erklären. Wir

Abb. 47 (oben): Grauköpfchen 0,1 wildfarben (s. Seite 77). Abb. 48 (unten links): Grauköpfchen 1,0 wildfarben (s. Seite 77). Abb. 49 (unten rechts): Orangeköpfchen wildfarben (s. Seite 80).

wollen im weiteren Verlauf unserer Darstellungen diese Anlage als a bezeichnen, in Anlehnung an Amerikanisch Golden Cherry. Wenn wir diese Bezeichnung einführen, dann dürfen wir natürlich nicht vergessen, daß der wildfarbene Vogel eine Anlage für Nicht-gelb-gesäumt hat, die wir ebenfalls bezeichnen müssen, um entsprechend deutlich unser Erbschema aufstellen zu können; wir wollen diese Anlage mit A kennzeichnen.
Ein normal grünes Rosenköpfchen hat dann die Anlagen GGBBAA, ein gelbgesäumtes GGBBaa. Kreuzen wir zwei solche Tiere, dann kommen wir zu folgendem Ergebnis:

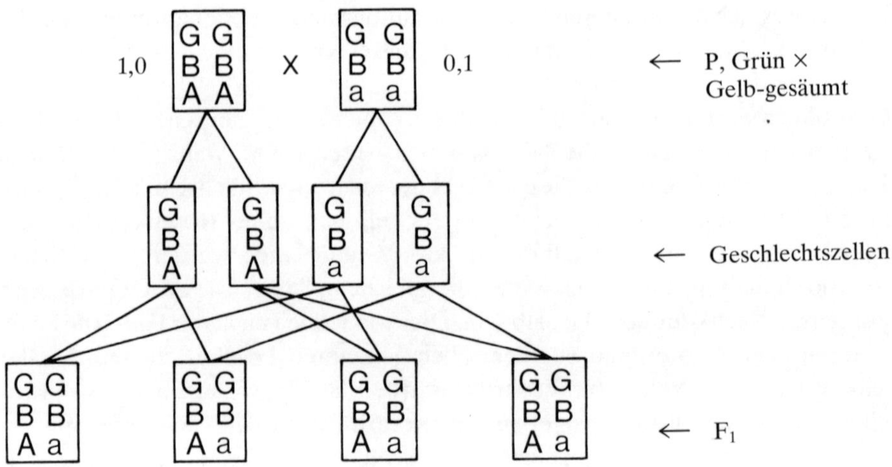

Alle direkten Nachkommen dieses Paares hätten den Genotyp GGBBAa. Die Anlage A für Nichtgelb-gesäumt ist dominant zur Anlage a (gesäumt), also sind die Vögel grün, aber spalterbig in Gesäumt.

Verpaart man diese Vögel der F_1-Generation wieder unter sich, so erhält man:

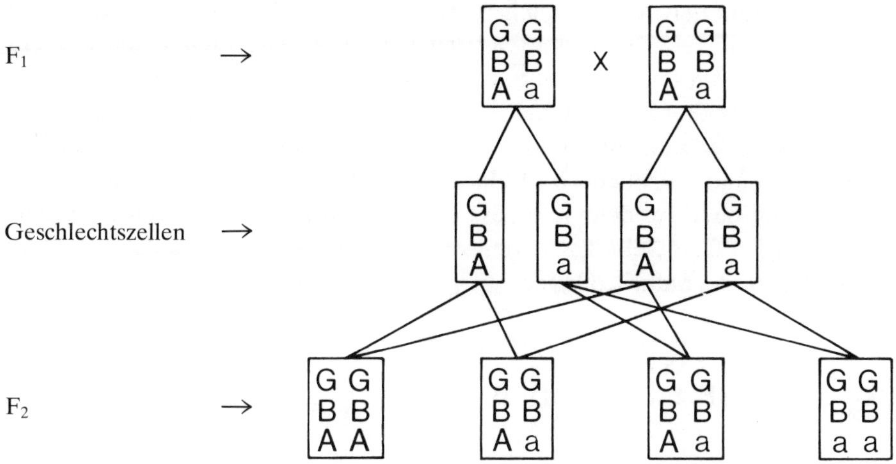

In der F_2-Generation ergibt sich wieder ein Verhältnis von 25% Grün : 50% Grün/gelb-gesäumt : 25% Gelb-gesäumt, da nur das Zusammenkommen der beiden rezessiven Anlagen aa die gelb-gesäumten Federn bewirkt. Was sich im Federaufbau durch diese Anlagen verändert, ist noch nicht geklärt. Wir nehmen aber an, daß sich die Strukturfarbe Blau abschwächt, entweder durch veränderte Melanineinlagerung oder durch Veränderung der Kästchenzellen. Die Anlagen für die Strukturfarbe Blau sind aber nach wie vor vorhanden.
Weitere Paarungsergebnisse, auch ohne schematische Darstellung, in Kurzform:

Gelb-gesäumt × Grün/gelb-gesäumt	=	50% Grün/gelb-gesäumt und 50% Gelb-gesäumt
Grün/gelb-gesäumt × Grün/gelb-gesäumt	=	25% Grün und 50% Grün/gelb-gesäumt und 25% Gelb-gesäumt
Grün/gelb-gesäumt × Grün	=	50% Grün und 50% Grün/gelb-gesäumt

Weiß-gesäumte Rosenköpfchen [Amerik. Silber Cherry] (Bild Seite 37)

Die weiß-gesäumten Rosenköpfchen, auch Amerikanische Silber Cherries genannt, sind wieder ein Ergebnis aus Kreuzungen zwischen pastellblauen und gelbgesäumten Vögeln (s. auch weiße Rosenköpfchen). Sie zeigen im Gefieder ein fahles Grau, das aber grünlich überhaucht ist. Die Stirn ist rosa, die Wangen und die Kehle sind hellgrau mit einem leichten rosa Schimmer. Eine dunkle Säumung der Rücken- und Flügelfedern ist klar erkennbar. Weiß-gesäumte kann man in zwei Generationen aus den Gelb-gesäumten herauszüchten, für den erfahrenen Züchter ist das kein Geheimnis. Man verpaart einen gelb-gesäumten Vogel mit einem blauen, der natürlich keine Anlage für die Gelb-säumung hat.

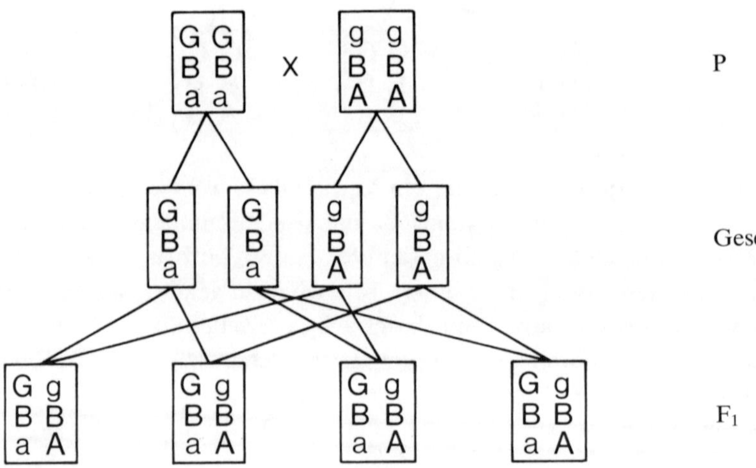

In der F_1-Generation erhalten wir nur Vögel, die die Anlagen GgBBaA haben, es sind also Grüne/blau + gelb-gesäumt + weiß-gesäumt, da sie ja auch die Anlagen gBa haben. Der nächste Schritt wäre der, diese Jungvögel untereinander zu verpaaren.

An dieser Stelle sei einmal kurz eingefügt, daß in den Fällen, in denen wir von der Verpaarung der Jungtiere aus der F_1-Generation sprechen, nicht die Meinung vertreten wird, daß der Züchter Inzucht betreiben solle. Dieser Weg sollte wirklich nur in Ausnahmefällen gewählt werden. Besser wäre es, zwei Paare anzusetzen und dann die Jungen dieser Paare miteinander zu kreuzen.

Wenn man also die Vögel aus der F_1-Generation mit den Anlagen GgBBaA miteinander verpaart, dann können Tiere entstehen, die die Anlagen ggBBaa haben. Dies wären dann die weiß-gesäumten Rosenköpfchen, wie oben beschrieben. Ihnen fehlt das Gelb in der Rindenschicht, bis auf den Teil, der durch die

Anlagen der pastellblauen Vögel in der Feder weiter vorhanden ist, außerdem ist die Strukturfarbe Blau bei ihnen stark aufgehellt.

Gelb-gesäumte-gelbgescheckte Rosenköpfchen (Bild Seite 37)

Als die gelb-gesäumten Rosenköpfchen von den USA nach Europa kamen, gab es nicht nur um diese Mutation ein Rätselraten, noch größer war die Verwirrung, als diese Tiere in vielen Variationen angeboten wurden. Sie liefen unter der Bezeichnung „Amerikanisch Golden Cherry Grün" oder „Amerikanisch Golden Cherry Hell". Heute wissen wir, daß man in die Gelbgesäumten Schecken eingekreuzt hat. Da bei diesen Vögeln (Gelb-gesäumte mit Scheckanlage) in einigen Federn, oder, wenn die Scheckung sehr ausgeprägt ist, fast im ganzen Gefieder, die Strukturfarbe Blau ausfällt, sind diese Vögel in vielen Fällen wirklich extrem gelb, behalten aber natürlich ihre dunklen Augen. Solche ganz hellen gelb-gesäumte-gelbgescheckte Vögel, die bei den Liebhabern sehr begehrt sind, kann man manchmal schon im Nest erkennen, da ihre Augen unter den noch geschlossenen Lidern in den ersten Lebenstagen dunkelrot durchschimmern, später verliert sich diese Erscheinung.
Auf ein weiteres Erbschema kann gewiß verzichtet werden, da der Leser jetzt sicher in der Lage ist, es sich selbst aufzuzeichnen.
Als kleine Hilfe mögen diese Angaben dienen:
Gelb-gesäumt (= GGBBssaa) × Grüngelber Schecke GGBBSSAA ergibt in der F_1-Generation GGBBSsaA, also Grüngelbe Schecken/gelb-gesäumt (1 Scheckfaktor). Diese wieder mit Gelb-gesäumt verpaart, ergeben unter anderen auch Vögel mit dem Genotyp GGBBSsaa, also Gelb-gesäumt-gelbgescheckte Rosenköpfchen.

Weiß-gesäumte-gelbgescheckte Rosenköpfchen (Bild Seite 37)

Der Gedanke liegt nahe, auch in die Weiß-gesäumten die dominante Scheckanlage einzukreuzen. Diese Vögel gibt es bereits schon seit einigen Jahren. Am besten wählt man natürlich zur Einkreuzung Blaugelbe Schecken, da diese die Anlage G = gelbe Rindenschicht nicht mehr besitzen, z. B. ggBBSSAA. Kreuzt man solch einen Vogel mit einem Weiß-gesäumten ggBBssaa, so erhält man in der F_1-Generation Vögel mit dem Genotyp ggBBSsAa. Diese wieder mit einem Weiß-gesäumten rückgekreuzt, ergeben unter anderen auch Rosenköpfchen mit den Anlagen ggBBSsaa, also weiß-gesäumte-gelbgescheckte Rosenköpfchen.
Für diese Vögel gilt das gleiche wie für die Schecken der Gelbgesäumten, ihre Farbe wird aufgehellt, je nachdem, wie ausgeprägt die Scheckung ist.

Es ist natürlich auch möglich, die gelb-gesäumten oder weiß-gesäumten Rosenköpfchen mit den Gelben oder Weißen (japanischen Ursprungs) zu verpaaren und Vögel zu züchten, die beide Merkmale in sich vereinigen. Unseres Wissens ist dies bis jetzt noch nicht geschehen, so können wir auch nicht beschreiben, wie diese Vögel aussehen. Außerdem könnte man auch in diese Tiere wieder die Anlage für Scheck einkreuzen, so daß wir folgende Farbkombinationen erhalten könnten:

Gelbe-Gelb-gesäumte Rosenköpfchen und diese in Schecken

Weiße-Weiß-gesäumte Rosenköpfchen und diese in Schecken

Ob diese Kombinationsfarben ein anzustrebendes Zuchtziel sind, soll dabei außer Betracht bleiben. Sicher besteht aber die Gefahr, daß man diese Vögel phänotypisch kaum noch einordnen kann.

Falbe Rosenköpfchen

Falbe Rosenköpfchen sind recht neue Mutationen, die 1977 in der DDR (Lehmann/Seidel 1980) und wohl auch zur gleichen Zeit in der Bundesrepublik Deutschland entstanden (Grau: mündl.). Es gibt davon noch sehr wenig Exemplare. Auch in den Niederlanden und in Belgien sind vereinzelt Falben oder Spaltvögel anzutreffen.

Die Falben, welche in der Bundesrepublik Deutschland gefallen sind, werden wie folgt beschrieben.

Als Jungtiere haben diese Vögel ein schmutzig gelblich-grünes Federkleid, sind aber sofort nach dem Schlüpfen an ihren leuchtend roten Augen zu erkennen, die ihre Farbe auch mit zunehmendem Alter behalten.

Ausgefärbt zeigen die Falben ein gelbes Gefieder, das leicht grün überhaucht ist, Füße und Schnabel sind fleischfarben, die Maske ist kräftig rot, der Bürzel ist blau, aber im Vergleich mit den grünen Rosenköpfchen aufgehellt. Die Augen bleiben leuchtend rot. Man kann diese roten Augen schon aus einiger Entfernung erkennen, im Gegensatz zu den Augen der Lutinos (s. Seite 137).

Falbe vererben, das haben die Kreuzungsergebnisse gezeigt, rezessiv.

Die Anlage für Falb bewirkt, daß die Melaninkörnchen im Innern des Federastes, also in der zentralen Markschicht, sehr klein sind, und dichtgedrängt nur in der Mitte der Zellen liegen. Es gibt zwei verschiedene Typen von Melaninen, die schwarzen Melanine oder Eumelanine und die braunen Melanine oder Phaeomelanine. Beide Melanintypen unterscheiden sich in ihrer chemischen Struktur, sind aber nahe verwandt, da sie manchmal ineinander übergehen. Man muß also annehmen, daß beim Falben nur noch braune Melanine oder Phaeomelanine vorhanden sind, die nicht so viel Licht absorbieren, wie die Melanine beim grünen

Vogel. Aus diesem Grunde erscheint die Strukturfarbe Blau hier nur noch ganz schwach, der Vogel wirkt in seiner Gesamtheit gelb mit grünem Hauch. Die schwarzen Melanine im Bereich der Augen sind vollkommen verschwunden, daher sind sie rot.

Wir wollen für die Anlage Falb den Buchstaben f einführen, dürfen dabei aber wieder nicht vergessen, daß der grüne Vogel Anlagen für „Nichtfalb" besitzt, die wir mit F bezeichnen wollen, da diese ja dominant sind. Ein Erbschema ist dann schnell aufzustellen (Grüner Vogel = GGBBFF; Falber Vogel = GGBBff).

Eine Kreuzung dieser Vögel ergibt:

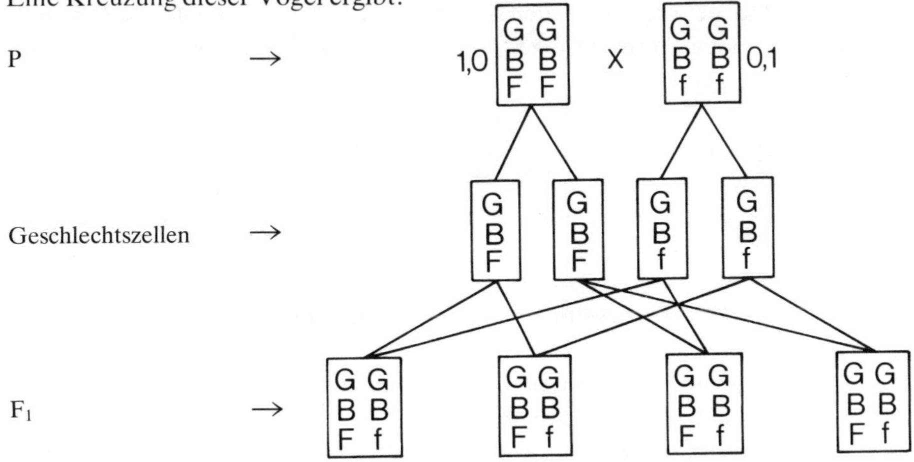

Rückkreuzung mit einem falben Tier:

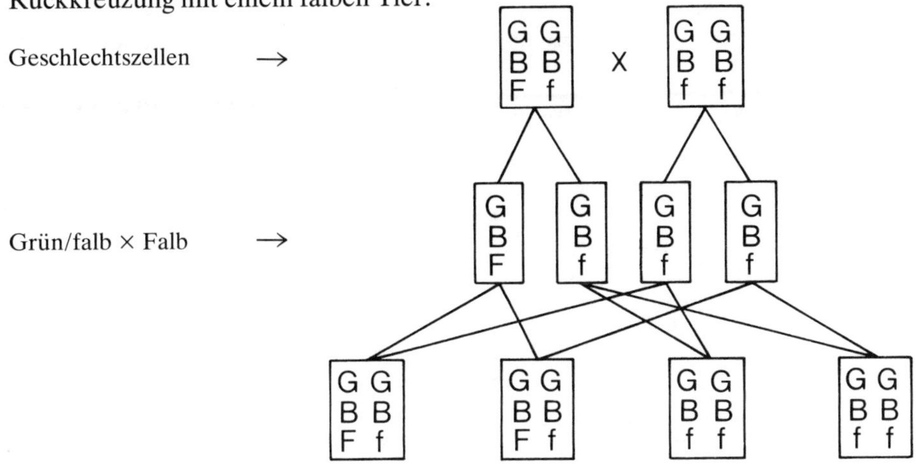

In der F_1-Generation treten nur Vögel auf, die eine Anlage für „Nichtfalb“ und eine Anlage für Falb aufweisen. Diese Vögel sind also Grün/falb. Die Rückkreuzung mit einem falben Tier zeigt das weitere Schema auf Seite 127.
Alle grünen Vögel aus dieser Verpaarung sind spalt in Falb, alle anderen natürlich Falbe.
Die weiteren Kreuzungsergebnisse kann sich ein interessierter Züchter sehr schnell selbst ausrechnen, wenn er das oben angeführte Schema benutzt.
Den wenigen Züchtern, die zur Zeit diese Farbmutation in ihren Beständen haben, ist natürlich in erster Linie daran gelegen, sie zu erhalten bzw. zu vermehren. Dies sollte mit äußerster Sorgfalt geschehen, möglichst viele blutsfremde grüne Rosenköpfchen, die allen Anforderungen in bezug auf Größe und Konstitution entsprechen, sollten eingekreuzt werden.
Durch Verpaarungen mit anderen Farbmutationen werden wir in Zukunft sicher auch neue Farbkombinationen erhalten, z. B. **Blaue (pastellblaue) Falben.**
Verpaart man einen Falben mit einem Blauen (also GGBBff × ggBBFF), so erhält man in der F_1-Generation nur Jungvögel mit dem Genotyp GgBBfF. Diese Jungtiere sind alle Grün, aber spalterbig in blau und falb. Aus der Kreuzung dieser F_1-Generation untereinander fallen dann u. a. 6,25 % Blaue Falben (ggBBff). Weitere Ergebnisse lassen sich mit den eingeführten Buchstabensymbolen leicht errechnen.
Wenn wir nur die bis jetzt behandelten Mutationen berücksichtigen, können wir außerdem noch folgende Vögel erwarten:
Grüngelbgescheckte Falben, Blaugelbgescheckte Falben, Gelbe Falben, Gelbe-Schecken Falben, Weiße Falben, Weiße-Schecken Falben, Gelbgesäumte Falben, Gelbgesäumte-Schecken-Falben, Weiße Falben, Weißgescheckte Falben, ja selbst die Kombination von Gelben + gelb-gesäumten und Falben, sowie von Weißen + Weißgesäumten und Falben ist denkbar, dies auch wieder kombiniert mit Schecken.
Dies ist ein Blick in die Zukunft. Mancher Züchter (s. auch Ochs 1980) mag mit großer Sorge diesem Trend entgegensehen, da damit auch bei den Rosenköpfchen eine Entwicklung zu erwarten ist, wie man sie schon beim Wellensittich erlebt hat: viele Vögel werden phänotypisch nicht mehr klar einzuordnen sein. Mag die Sorge noch so groß sein, es ist damit zu rechnen, daß diese Vögel eines Tages existieren werden, denn die Neugier, wie solche Tiere aussehen könnten, wird viele Züchter veranlassen, derartige Verpaarungen vorzunehmen.
Die Falben, die in der Bundesrepublik Deutschland entstanden sind, haben wir auf Bildern und auch lebend gesehen. Die Falben, die in der DDR aufgetreten sind, kennen wir nur aus Beschreibungen und von Fotos.
Die Vögel aus der DDR sind viel heller als die hiesigen Falben. Sie sind dem

Lutino Rosenköpfchen sehr ähnlich, haben aber im Gegensatz zu dieser Mutation auch im Alter leuchtend rote Augen und einen hellblauen Bürzel. Wir sind der Ansicht, daß es sich bei diesen Vögeln um eine der schönsten Mutationen des Rosenköpfchens handelt.
Es scheint uns zum heutigen Zeitpunkt sicher zu sein, daß es sich bei den Falben aus der DDR und denen aus der Bundesrepublik Deutschland um zwei verschiedene Mutationen handelt.
Die Falben aus der DDR vererben auch rezessiv, wie die hiesigen Falben. Unser angeführtes Kreuzungsschema kann also auch für diese Mutation benutzt werden.
Dem interessierten Züchter wird sich natürlich die Frage aufdrängen, was eine Kreuzung der beiden Falb-Mutationen untereinander ergibt. Dies könnte erst durch Kreuzungen zwischen diesen beiden Typen geklärt werden.
Es gibt die Möglichkeit, daß es sich um Allele des gleichen Gens handelt (ein Gen oder eine Anlage ist dann zweimal mutiert). Es könnte auch sein, daß zwei ganz verschiedene Anlagen für die Eigenschaft „Falb“ verantwortlich sind.
Leider stehen dem Austausch von Mutationen viele Hindernisse im Wege, so daß die Klärung dieser Frage in absehbarer Zeit nicht möglich sein wird, wenn es auch schon einige Falbe aus der DDR bei uns geben soll.

Dunkelfaktorige Rosenköpfchen

Olive und Dunkelgrüne Rosenköpfchen (Bild Seite 37 und 38). Die Entstehung dieser Mutation ist sowohl zeitlich als auch örtlich nicht mehr genau zu rekonstruieren. Dies liegt daran, daß es vielleicht schon vor längerer Zeit dunkelgrüne Rosenköpfchen gegeben hat, die aber nicht erkannt worden sind (was dunkelgrüne Rosenköpfchen mit dieser Mutation gemeinsam haben, wird anschließend noch erläutert). Aus den dunkelgrünen Vögeln sind auf jeden Fall die Oliven entstanden, die zum ersten Mal in der Zucht von Allan Hollingsworth (Australien) gefallen sein sollen (Hayward 1979).
Olive Rosenköpfchen zeigen als Jungvögel im Nest einen sehr dunklen, fast schwarzen Schnabel. Ausgefärbt sehen die Vögel, wie schon der Name sagt, oliv aus. Die Schwungfedern sind schwarz, der Bürzel auch (vielleicht etwas ins mauve-graue übergehend), in den Schwanzfedern sind die Flecken karminrot gefärbt. Die rote Maske bleibt erhalten, Füße und Krallen sind dunkel.
Aus Kreuzungsergebnissen weiß man heute, daß das olive Rosenköpfchen zwei Anlagen für Dunkelfärbung oder, wie der Züchter sagt, zwei Dunkelfaktoren hat. Diese Anlagen bewirken wahrscheinlich, daß die Schicht der Kästchenzellen sehr dünn ist, und so eine große Menge Licht von den Melaninen in der zentralen Mark-

schicht absorbiert wird, wodurch die Feder dunkler erscheint. Oliv ist also keine Farbe, sondern setzt sich wieder aus dem Gelb der Rindenschicht und der Strukturfarbe des Innern der Federn zusammen.
Wir müssen davon ausgehen, daß die Vögel die Anlagen GGBB aufweisen, dazu kommen jetzt Anlagen für Dunkelfärbung, die wir mit dem Buchstaben D bezeichnen wollen. Auch hier dürfen wir nicht vergessen, daß der grüne Vogel Anlagen für „Nichtdunkelfärbung" hat, die wir d nennen wollen.
Ein olives Rosenköpfchen hat dann also die Anlagen GGBBDD, ein grünes die Anlagen GGBBdd. Kreuzen wir zwei solche Vögel miteinander, so kommen wir zu dem Erbschema auf Seite 128.
Die Vögel in der F_1-Generation haben alle den Genotyp GGBBDd. Wie sehen diese Vögel nun aus? Es sind die schon genannten dunkelgrünen Rosenköpfchen. Wie ist das zu erklären? Man hat in diesem Fall nicht mehr einen rezessiven-dominanten (Ochs 1984), sondern einen sogenannten intermediären Erbgang. Die Mischlinge oder Hybriden (in bezug auf die Farbe) zeigen eine Mittelstellung zwischen den Merkmalen der beiden reinerbigen Ausgangsvögel, sie sind dunkelgrün.
Die Farbe dieser Tiere ist also dunkler getönt, als die der grünen Rosenköpfchen, von denen sie aber sehr deutlich durch den fast ultramarinblauen Bürzel zu unterscheiden sind. Auch erscheint das Gefieder im ganzen etwas stumpfer.
Wenn man solche Vögel miteinander verpaart, also die F_2-Generation heranzüchtet, bekommt man 25 % Olive, 50 % Dunkelgrüne und 25 % Grüne (s. S. 131).
Dunkelgrün × Grün ergibt 50 % Dunkelgrün und 50 % Grün, Oliv × Dunkelgrün ergibt 50 % Oliv und 50 % Dunkelgrün. Ob ein Rosenköpfchen einen oder zwei Dunkelfaktoren ererbt hat, sieht man also im Phänotyp immer eindeutig.

Mauve und Dunkelblaue oder Kobalt-Rosenköpfchen [Pastellblaue mit Dunkelfaktoren] (Bild Seite 38 und 48). Der Gedanke, diese Dunkelfaktoren auf die Blauen zu übertragen, lag natürlich sehr nahe.
Wir wollen an dieser Stelle eine Ausnahme machen, indem wir einmal nicht von reinrassigen Tieren ausgehen, sondern das Problem von einer anderen Seite betrachten.
Dunkelgrüne/blau kann man sehr einfach bekommen, wenn man Olive mit Blauen kreuzt (100 %), oder wenn man Dunkelgrüne mit Blauen verpaart (50 %). Rein theoretisch müßte man aus einer Verpaarung von Dunkelgrün/blau × Blau je 25 % Dunkelgrün/blau, Dunkelblau, Grün/blau und Blau bekommen. Dies scheint nach unseren Erfahrungen jedoch nicht zuzutreffen, viele Züchter haben uns das auch bestätigt.

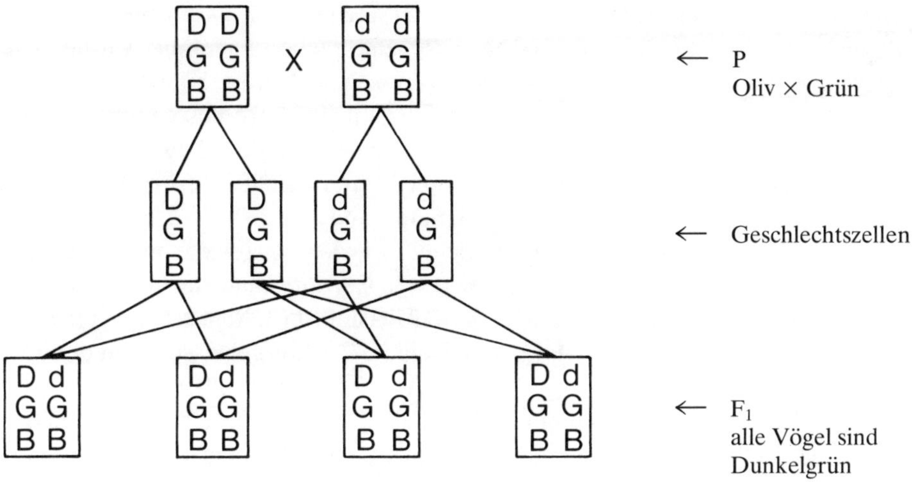

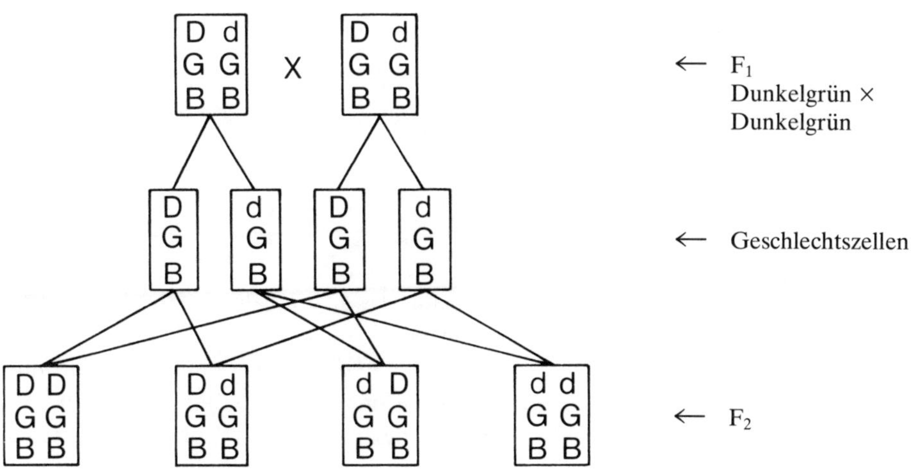

So erbrachten bei uns drei Paare 1,0 Blau × 0,1 Dunkelgrün/blau in insgesamt 17 Bruten zusammen 70 Jungtiere. Von diesen Jungvögeln waren 34 Blau, 33 Dunkelgrün/blau und 3 Dunkelblau, Grüne sind nicht gefallen. Ähnliche Resultate wurden uns von anderen Züchtern mitgeteilt.

Um dieses Ergebnis erklären zu können, sei nochmals an das erinnert, was zu Beginn im Abschnitt über wildfarbene Rosenköpfchen angeführt wurde: Die Chromosomen sind die Träger der Erbanlagen. Jede Tierart, natürlich auch das Rosenköpfchen, hat eine ganz bestimmte Anzahl von Chromosomenpaaren. Es ist klar, daß auf einem Chromosom nicht nur eine Erbanlage liegen kann, denn zur Ausbildung eines Tieres bedarf es sehr, sehr vieler Erbinformationen, auf jeden Fall mehr, als Chromosomen vorhanden sind.
Alle Erbschemata, die bis jetzt aufgezeichnet wurden, gingen davon aus, daß die Anlagen (z. B. G, B, S usw.) auf verschiedenen Chromosomen lagen, so daß eine freie Kombination all dieser Anlagen gewährleistet ist (3. Mendelsche Regel).
In diesem Falle müssen wir – dafür sprechen die Zuchtergebnisse – von der Tatsache ausgehen, daß die Anlage G für die Ausbildung der gelben Rindenschicht und die Anlage D für die Dunkelfärbung auf ein und demselben Chromosom liegen. Man spricht dann von einer Kopplungsgruppe. Beim grünen Rosenköpfchen liegen dann die Anlagen für die gelbe Rindenschicht G und „Nichtdunkelfärbung" d ebenfalls auf dem gleichen Chromosom. In einer vereinfachten Zeichnung sähe dies so aus:

Grüner ohne Dunkelfaktor

Grüner mit Dunkelfaktor

Ein blaues Rosenköpfchen hat auch eine Anlage für „Nichtdunkelfärbung" d, aber auch eine für fehlendes Gelb in der Rindenschicht = g. Hier müßte das Chromosom also so aussehen:

Die Anlagen G und d, oder G und D und auch g und d werden bei der Bildung der Geschlechtszellen nicht voneinander getrennt. Sie werden zusammen, also gekoppelt, auf die Nachkommen übertragen, da in der Regel ja auch das Chromosom als Ganzes weitergegeben wird. Aus diesem Grunde haben wir in den Erbschemata für die oliven bzw. für die dunkelgrünen Rosenköpfchen bereits die Buchstaben d und D über das G gesetzt (wir wollen das beibehalten!). Zum besseren Verständnis soll aber durch einen kleinen Strich die Kopplungsgruppe genau gekennzeichnet werden.
Es zeigt sich, daß aus der Verpaarung Dunkelgrün/blau × Blau nur Vögel fallen können, die wieder Dunkelgrün/blau und Blau sind. Warum doch ab und zu Dunkelblaue oder auch Grüne entstehen, soll anschließend erläutert werden.

Unsere Ausgangsverpaarung soll Oliv × Blau sein.

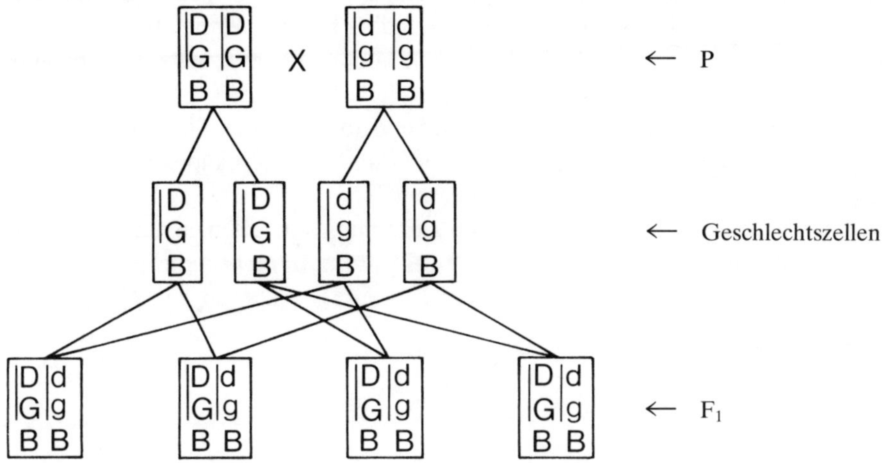

In der F_1-Generation haben alle Jungvögel eine Anlage für gelbe Rindenschicht (G), Anlagen für blaue Strukturfarbe (B) und eine Anlage für Dunkelfärbung (D), sie sind also Dunkelgrün/blau. Als nächsten Schritt wollen wir das Ergebnis einer Kreuzung zwischen Vögeln in Dunkelgrün/blau und Blau betrachten. Erinnern wir uns daran, daß DG und dg eine Kopplungsgruppe bilden.

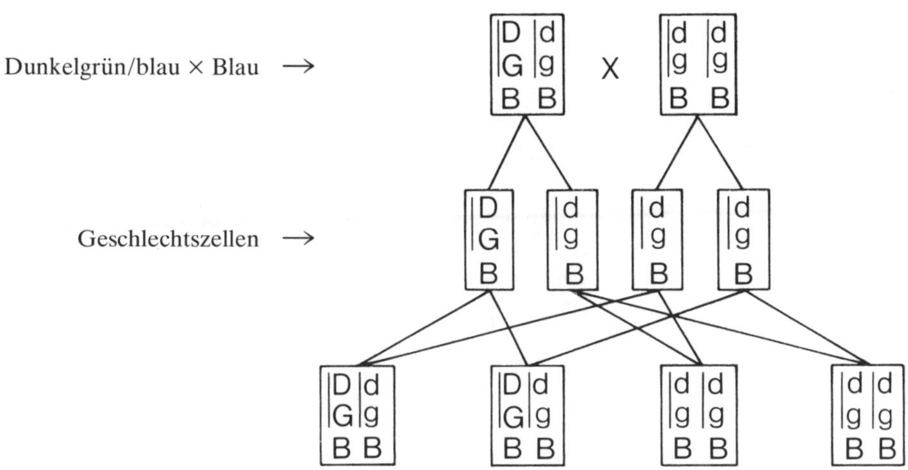

Aus dieser Verpaarung bekommt man also nur Vögel in den Farben Dunkelgrün/blau und Blau, da das Elterntier in Dunkelgrün/blau keine Geschlechtszellen mit den Anlagen DgB oder dGb bilden kann.

In einem geringen Prozentsatz treten aber auch Dunkelblaue oder Grüne auf. Dies ist nur möglich, wenn die Kopplungsgruppe DG aufgebrochen wird. Wir wissen heute, daß sich bei den Reifeteilungen die Paarlinge eines Chromosomenpaares eng umschlingen. In Ausnahmefällen können dabei Stücke der Chromosomenpaare abbrechen und sich kreuzweise wieder vereinigen. Durch eine solche Überkreuzung werden alle Anlagen, die auf den abgetrennten Teilstücken liegen, aus ihrer bisherigen Kopplungsgruppe gelöst und gegeneinander ausgetauscht. Dieser Vorgang wird Crossing-over genannt.
Auch dies läßt sich in einer vereinfachten Zeichnung darstellen, in der darauf verzichtet wird, daß jedes Chromosom aus zwei Chromatiden besteht.

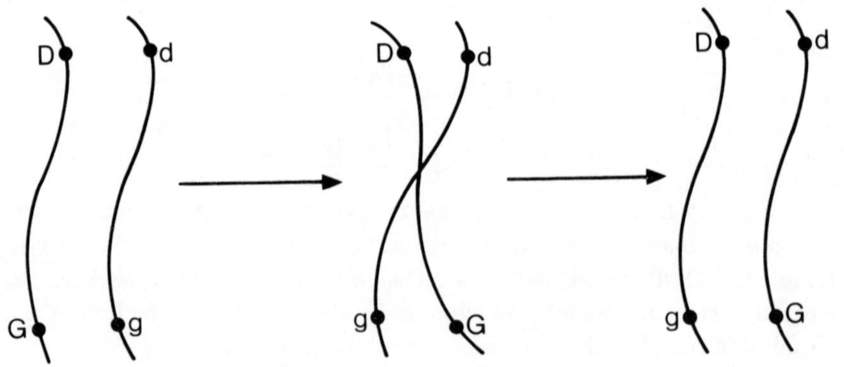

Beim Dunkelgrünen/blau haben wir auf dem Chromosom, das es von einem Elternteil bekommen hat, die Kopplungsgruppe DG, auf dem vom anderen Elterntier die Kopplungsgruppe dg liegen. Bei der Geschlechtszellenbildung können nun diese Kopplungsgruppen gelöst und eine neue gebildet werden, hier Dg und dG. Solche Brüche ereignen sich nicht oft und sind auch nicht vorhersehbar.
Wenn sich bei dem Elterntier in Dunkelgrün/blau also Geschlechtszellen gebildet haben, die die neuen Kopplungsgruppen Dg oder dG auf einem Chromosom vorweisen, dann können aus der oben genannten Verpaarung gelegentlich auch Junge in Grün/blau oder in Dunkelblau fallen. Dies sind dann Vögel mit dem Genotyp:

d	d
G	g
B	B

= Grün/blau

D	d
g	g
B	B

= Dunkelblau

Dunkelgrüne/blau, bei denen der Dunkelfaktor mit G gekoppelt ist, werden bei den Wellensittichen als Dunkelgrün/blau Typ I bezeichnet, da man auch einen

Dunkelgrün/blau Typ II bekommen oder herauszüchten kann, indem man einen Vogel in Dunkelblau mit einem Rosenköpfchen in Grün verpaart.

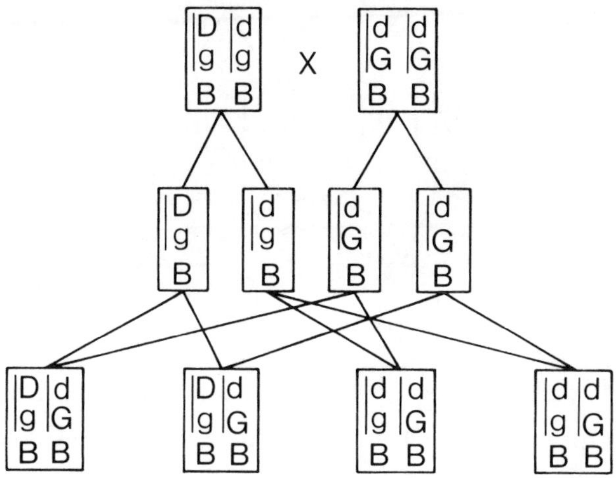

Aus dieser Kreuzung können also auch Jungtiere in Dunkelgrün/blau entstehen, die jetzt die Kopplungsgruppen Dg und dG aufweisen, also anders vererben, als die Vögel des Typs I. Kreuzt man nämlich solche Tiere mit Blauen, so ergeben sich fast nur Dunkelblaue und Grüne, es sei denn, es tritt wieder ein Crossing-over auf.

Dunkelgrüne/blau Typ II können aber z. B. auch aus der Verpaarung Dunkelgrün/blau Typ I × Dunkelgrün/blau Typ I entstehen, wenn sich dort bei einem Vogel ein Kopplungsbruch ereignet hat.

Der Züchter muß also immer daran denken, daß er zwei verschiedene Typen der Dunkelgrünen/blau haben kann, die er aber vom Aussehen her nicht zu unterscheiden vermag. Eine Unterscheidung ist nur anhand der Farben der Nachzucht möglich.

Die Dunkelblauen, von manchem Liebhaber auch im Vergleich zu den Wellensittichen Kobalt genannt, sind dunkler im Gefieder als die wohlbekannten blauen (pastellblauen) Rosenköpfchen. Sie sind aber von diesen am ultramarinblauen Bürzel klar zu unterscheiden. Aus solchen Dunkelblauen lassen sich nun verhältnismäßig einfach auch Mauve ziehen. Man kreuzt zu diesem Zweck zwei Dunkelblaue miteinander:

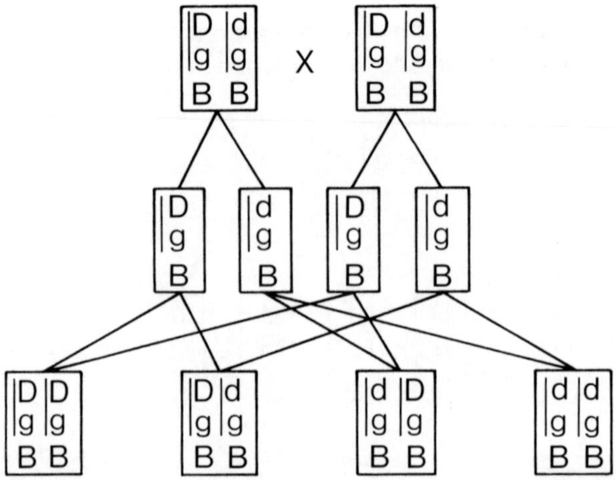

Aus dieser Verpaarung entstehen 25% Mauve, 50% Dunkelblaue und 25% Blaue.
Mauve sind also Blaue (Pastellblaue) mit zwei Dunkelfaktoren, die sich deutlich von anderen Vögeln unterscheiden. Die Farbbeschreibung ist sehr schwierig. Ochs (1980) beschreibt sie als Vögel, die auf der Oberseite bleigrau, auf der Unterseite hellgrau sind, wobei das Grau einen rötlichen Schimmer hat. Andere Züchter beschreiben sie als purpurn, was sicher übertrieben ist. Auch dieser Vogel zeigt, wie die oliven Rosenköpfchen, einen mauvefarbenen Bürzel, die Maske ist leicht rötlich.
Natürlich kann man Mauve auch aus anderen Verpaarungen züchten, was aber oft einem Zufall zu verdanken ist, da an die Anlagekopplung gedacht werden muß.
Bei der Zucht von Rosenköpfchen mit Dunkelfaktoren ist besonders darauf zu achten, daß diese Vögel nicht zu klein werden. Eine Einkreuzung von Grünen oder Blauen empfiehlt sich daher in den meisten Fällen.

Weitere Farbkombinationen mit Dunkelfaktoren. Wenn der Leser nachzählt, so sind in diesem Abschnitt inzwischen 28 verschiedene Mutationen bzw. mögliche Farbkombinationen beschrieben (ohne die Falben aus der DDR und ohne die Vögel mit Dunkelfaktoren). Es ist natürlich möglich, all diese Farbschläge auch mit einem oder mit zwei Dunkelfaktoren herauszuzüchten, es ergeben sich dann einschließlich der schon beschriebenen dunkelfaktorigen Vögel 88 mögliche Farbzusammenstellungen. Die Darstellung aller Möglichkeiten würde den Rahmen des Buches sicher sprengen. Man könnte beispielsweise Oliv-Gelbe-Schekken, Dunkelblau-Schecken-Falben, Mauve-Weiße-Schecken oder andere Kom-

binationen züchten; diese Vögel gibt es fast alle noch nicht, sie werden jedoch in den nächsten Jahren gewiß auftreten. An dieser Stelle möchten wir auf eine Bewertung dieser züchterischen Bemühungen verzichten, statt dessen aber erneut auf die Bedenken verweisen, die im Abschnitt über die Falben vorgebracht wurden. Manche dieser möglichen Farben oder besser Mischfarben werden zweifellos sehr ansprechend sein, ähnlich wie manche Farbkombinationen bei den Wellensittichen.
Auf Erbschemata für diese Kombinationen muß hier leider verzichtet werden, da es hunderte von Möglichkeiten gibt. Der aufmerksame Leser kann sie sich anhand der vorangegangenen Beispiele auch sicher selbst aufzeichnen.
Einige der angesprochenen Farben gibt es allerdings bereits, nämlich die Kombination von Dunkelfaktoren mit Scheckfaktoren. Dunkelgrüne Schecken, und damit auch olive Schecken, sind in einer bzw. zwei Generationen zu züchten, ebenso dunkelblaue Schecken oder mauvefarbige Schecken. Wir sind der Meinung, daß besonders die oliven Schecken sehr ansprechend sind, denn die Kombination von Oliv und Gelb sieht auch für das Auge sehr schön aus, hinzu kommt noch die rote Maske (Bild Seite 38).

Lutinos (Bild Seite 47, 48 und 65)

Lutinos traten 1970 zum ersten Mal bei Mabel Schertzer in San Diego, Kalifornien, auf. Aus unserer Sicht handelt es sich wohl um eine der schönsten Farbmutationen bei den Rosenköpfchen. Die Vögel zeigen eine leuchtende, reingelbe Farbe, die Maske ist kräftig rot, die Beine sind fleischfarben, die Krallen hell. Die Tiere unterscheiden sich von den anderen gelben Mutationen durch ihre roten Augen, die sofort nach dem Schlüpfen klar zu erkennen sind.
Sie unterscheiden sich übrigens auch von allen bisher behandelten Mutationen durch ihre Vererbung, denn sie vererben ihre Farbe geschlechtsgebunden.
Der Leser wird sich daran erinnern, daß sich im Abschnitt über die grünen Rosenköpfchen, der die grundlegenden Zusammenhänge der Farbvererbung darzustellen versuchte, ergab, daß in den Körperzellen eines Vogels die Chromosomen immer doppelt, also in Paaren, vorkommen. Es gibt jedoch eine Ausnahme: die sogenannten Geschlechtschromosomen (Gonosomen oder Heterosomen). Ein Paar dieser Chromosomen besteht beim Männchen der Rosenköpfchen aus zwei gleichen, sogenannten X Chromosomen, beim Weibchen aus einem X und einem Y Chromosom, die sich äußerlich stark voneinander unterscheiden, auch liegen auf den beiden Geschlechtschromosomen des Weibchens andere Anlagen.

Die Vererbung des Geschlechts beim Rosenköpfchen geht so vor sich:

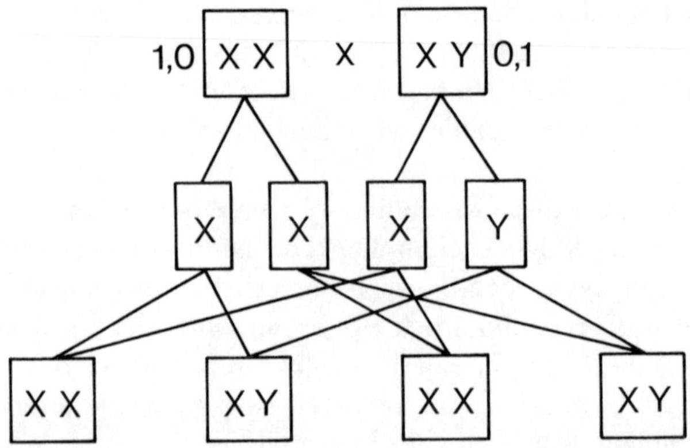

Bei der Geschlechtszellenbildung wird bekanntlich der diploide Chromosomensatz halbiert, die Geschlechtszellen sind dann haploid. So werden aus den Geschlechtsmutterzellen des Männchens nur Samenzellen gebildet, die das Chromosom X (und den übrigen haploiden Chromosomensatz) besitzen. Das Weibchen hat jedoch Geschlechtszellen, die entweder das Chromosom X oder Y enthalten.

Das Zusammentreffen der Geschlechtszellen bei der Befruchtung würde dann je zur Hälfte die Kombination XX (Männchen) oder XY (Weibchen) ergeben. Das Verhältnis von 1 : 1 Männchen zu Weibchen trifft zwar theoretisch auch bei unseren Agaporniden zu, aber in der Praxis haben wir meistens mehr Weibchen. Dies liegt wohl daran, daß die Männchen häufiger im Ei absterben oder als Jungvögel verenden, da sie z. T. empfindlicher sind.

Wie gesagt, auf den X und Y Chromosomen liegen verschiedene Anlagen, die nicht alle bekannt sind. Wir wissen heute aber, daß auf dem X Chromosom der sogenannte „Ino-Faktor“ liegt, der einen totalen Pigment(Melanin)ausfall bewirkt. Aus diesem Grunde bleibt nur die gelbe Rindenschicht erhalten, der Vogel ist gelb. Die rote Augenfärbung kommt dadurch zustande, daß auch hier alle Pigmente fehlen und das Blut des Auges durchschimmert. Die roten Augen sind aber beim erwachsenen Lutino nicht mehr so leuchtend wie beim Falben.

Wir wollen, um den Erbgang genauer untersuchen zu können, wieder Symbole einführen. Das X Chromosom, welches eine Anlage für den Ino-Faktor hat, bezeichnen wir als Xi, das Chromosom, das diese Anlage nicht hat, als Xn (= normal), es hat die Anlage für „Nicht-Ino“. Weiter müssen wir wissen, daß eine Anlage für „Nicht-Ino“ (Xn) immer dominant ist zu Xi.

Ein Lutinohahn muß also zwei Anlagen für „Ino“ haben. Sein Genotyp ist also: GGBB Xi Xi. Kreuzt man einen solchen Hahn mit einem grünen Weibchen, so erhält man folgendes Ergebnis:

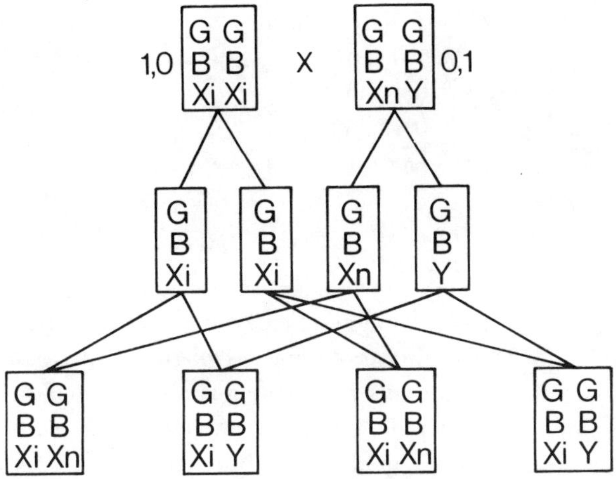

1,0 Lutino × 0,1 Grün

Geschlechtszellen

F_1

Das 1,0 kann nur Geschlechtszellen mit Xi, das 0,1 aber 50 % mit Y und 50 % mit Xn bilden. Alle Hähne, die aus dieser Verpaarung fallen, haben folglich Xi Xn. Da sich Xi zu Xn rezessiv verhält, ist jeder junge Hahn Grün/lutino. Die jungen Weibchen aus dieser Verpaarung sind hingegen alle Lutinos, da sie Xi vom Vater geerbt haben, und da auf dem Chromosom Y keine entsprechende Anlage liegt.
Aus diesem Resultat läßt sich eine wesentliche Aussage über die geschlechtsgebundene Vererbung bei den Rosenköpfchen ableiten: es gibt keine spalterbigen Hennen in Lutino! Hähne hingegen können spalterbig sein.
Diese Verpaarung hat einen sehr großen Vorteil, man kann nämlich schon im Nest sofort nach dem Schlüpfen die Geschlechter der Jungen unterscheiden. Alle Grünen sind Hähne und sicher spalt in Lutino, alle Lutinos sind Hennen.
Die Paarungsergebnisse lassen sich leicht errechnen, wenn man unser bisheriges Schema verwendet. So genügt es auch, die Ergebnisse kurz aufzulisten:

1,0 Lutino × 0,1 Grün	=	50 % 1,0 Grün/lutino
		50 % 0,1 Lutino
1,0 Grün × 0,1 Lutino	=	50 % 1,0 Grün/lutino
		50 % 0,1 Grün

1,0 Grün/lutino × 0,1 Lutino	=	25 % 1,0 Lutino
		25 % 1,0 Grün/lutino
		25 % 0,1 Lutino
		25 % 0,1 Grün
1,0 Grün/lutino × 0,1 Grün	=	25 % 1,0 Grün/lutino
		25 % 1,0 Grün
		25 % 0,1 Lutino
		25 % 0,1 Grün
1,0 Lutino × 0,1 Lutino	=	100 % Lutino (1,0 und 0,1)

Albinos [Pastell- oder Creme-Albinos] (Bild Seite 65)

Es lag nahe, die Lutinos in die Blauen (Pastellblauen) einzukreuzen, um eine neue Farbkombination zu erhalten, die allgemein als Albino bezeichnet wird. Der „Ino-Faktor“ läßt, wie oben schon erwähnt, alle Pigmente ausfallen, so daß die Strukturfarbe Blau vollkommen verschwindet. Die so entstehenden Vögel müßten also weiß sein und rote Augen aufweisen. Dies ist aber nicht der Fall, weil die blauen Vögel eben nicht blau, sondern pastellblau sind. Das restliche Gelb (s. Abschnitt „Blaugelbgescheckte Rosenköpfchen“) geht nicht verloren. Aus diesem Grunde sehen die Albinos, wie wir sie heute haben, creme-farben aus, das heißt, sie sind gelblich überhaucht. Die Maske ist rosa, die Füße und die Krallen hell. Einige Autoren bezeichnen sie als „Gelbgesichtsalbinos“. Wir halten diese Bezeichnung für sehr verwirrend, da von einem gelben Gesicht wirklich nicht gesprochen werden kann (s. Abschnitt „Blaugelbgescheckte Rosenköpfchen“); der Name Pastell-Albinos wäre sicher angebrachter (analog zur international gebräuchlichen Bezeichnung „Pastel blue“).
Wenn man Lutinos zur Verfügung hat, kann man sehr schnell Albinos selbst züchten.

Aus der Verpaarung 1,0 Lutino × 0,1 Blau erhält man folgendes Ergebnis:

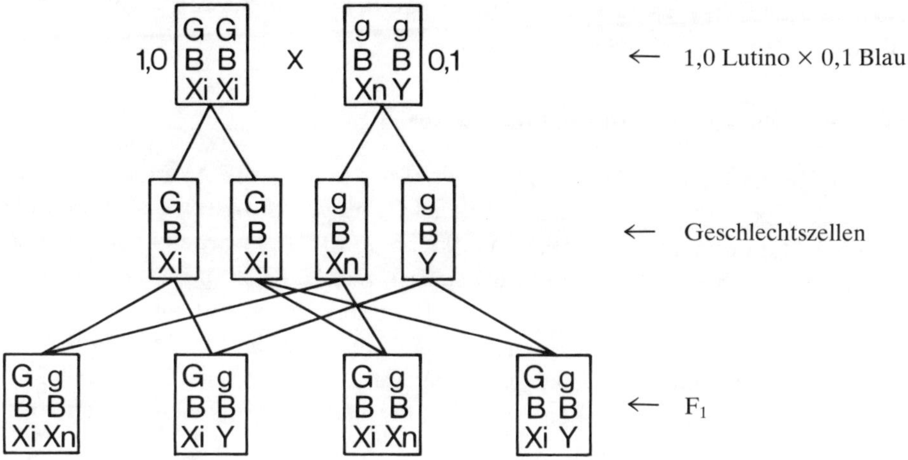

Alle jungen Hähne sind Grün/blau + lutino + albino, alle Hennen Lutino/blau + albino. Die Spalterbigkeit in Albino ergibt sich aus der Tatsache, daß Albinos Rosenköpfchen sind, die den gleichen Genotyp wie die Blauen besitzen, aber dazu den Ino-Faktor ererbt haben. Wenn man solche Jungvögel hat, kann man verschiedene Wege beschreiten, um Albinos zu züchten, hier ist einer davon:

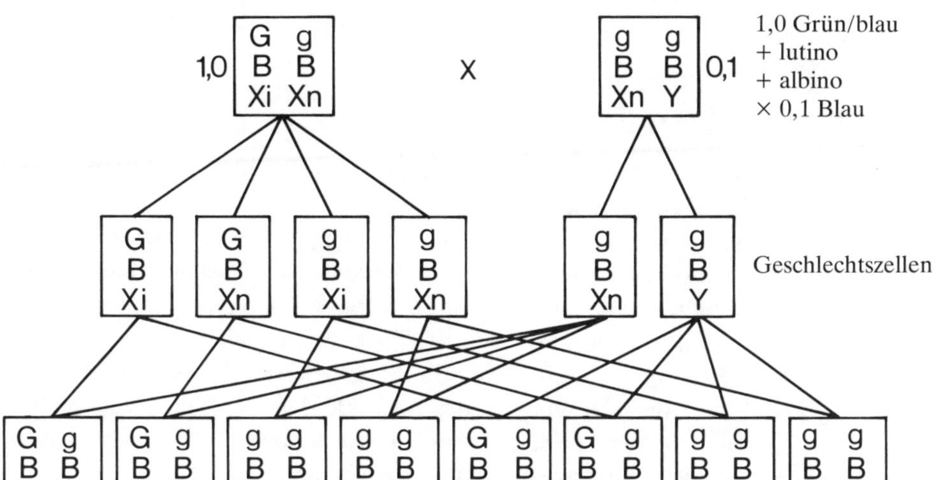

Aus dieser Verpaarung fallen also auch Vögel mit dem Genotyp ggBB Xi Y, dies sind dann Albino-Hennen.
Die weiteren Paarungsergebnisse entsprechen denen, die bei der Vererbung der Blauen und der Lutinos angegeben sind.

Weitere Farbkombinationen mit Ino-Faktoren

Da sowohl die Lutinos Grüne mit Ino-Faktor wie auch die Albinos Blaue mit dieser Anlage sind, versteht man sehr leicht, daß der Ino-Faktor auch auf alle anderen Mutationen und Farbkombinationen übertragen werden kann. Ob sich dies lohnt, möchten wir sehr in Frage stellen. Der Ino-Faktor ist dafür verantwortlich, daß die gesamte Strukturfarbe Blau verschwindet. Daher lassen sich wohl nur wenige Kombinationen züchten, bei denen die eingekreuzte Farbe noch zu erkennen ist, wenn sich auch, außer den hier genannten Lutinos und Albinos, noch einmal 86 Kombinationen – von den bis jetzt beschriebenen Farben – mit dem Inofaktor denken lassen.
Eine Reihe von Züchtern hat Dunkelfaktoren eingekreuzt, die die Farbe bei den Lutinos etwas kräftiger erscheinen lassen sollen. Dies ist meistens aber fast nur dann zu erkennen, wenn Lutinos ohne Dunkelfaktoren neben den Vögeln mit Dunkelfaktoren sitzen. Viele Liebhaber glaubten oder glauben noch, daß Albinos mit Dunkelfaktoren wirklich weiß würden. Dies ist mit Sicherheit ein Trugschluß, denn auf das restliche Gelb in den Federn der Albinos haben die Dunkelfaktoren keinen Einfluß.
Durch Einkreuzen des Scheckfaktors erhält man manchmal Tiere, deren rote Maske kleiner ist (s. Vererbung bei Schecken).

Amerikanische Zimter (Grün) (Bild Seite 65)

Zimter sind eine verhältnismäßig neue Mutation, die aus den USA stammt und in der Bundesrepublik Deutschland viele Züchter begeistert.
Der Name leitet sich von den zimtbraunen Schwingen dieses Vogels ab. Seine grünen Federteile sind stark aufgehellt, die Beine fleischfarben, die Krallen hell. Im Nest kann man sie an den weinrot durchschimmernden Augen gut erkennen. Diese rote Augenfärbung ist aber bei älteren Vögeln nicht mehr wahrzunehmen.
Die einzelnen Federn des Zimters sind in ihrer Struktur viel feiner als die der grünen Vögel. Im ganzen gesehen ist das Federkleid jedoch sehr dicht. Bei den Zimtern, so vermuten wir, handelt es sich um eine Mutation, bei der die schwarzen Melanine nicht gebildet werden, dafür aber braune.
Zimter vererben geschlechtsgebunden, das heißt, die Anlage liegt wieder auf

einem X Chromosom. Die Vererbung ist also die gleiche, wie wir sie bei den Lutinos beschrieben haben. Aus diesem Grunde läßt sich auf ein neues Erbschema verzichten, denn man muß nur Xz für Xi einsetzen, darf natürlich aber nicht Xn (Anlage für „Nichtzimt“ bzw. für „Nicht-Ino“) vergessen.
Auch bei den Zimtern kann es also nur 1,0 Grün-Zimt, 1,0 Grün/zimt oder 0,1 Grün-Zimt geben; spalterbige Weibchen gibt es nicht!

1,0 Grün-Zimt × 0,1 Grün	=	50 % 1,0 Grün/zimt
		50 % 0,1 Grün-Zimt
1,0 Grün × 0,1 Grün-Zimt	=	50 % 1,0 Grün/zimt
		50 % 0,1 Grün
1,0 Grün/zimt × 0,1 Grün-Zimt	=	25 % 1,0 Grün-Zimt
		25 % 1,0 Grün/zimt
		25 % 0,1 Grün-Zimt
		25 % 0,1 Grün
1,0 Grün/zimt × 0,1 Grün	=	25 % 1,0 Grün/zimt
		25 % 1,0 Grün
		25 % 0,1 Grün-Zimt
		25 % 0,1 Grün
1,0 Grün-Zimt × 0,1 Grün-Zimt	=	100 % Grün-Zimt (1,0 und 0,1)

Wir haben in diesen Ergebnis-Tabellen die Zimter als Grün-Zimt bezeichnet, da sich der Zimtfaktor natürlich auch auf andere Farben übertragen läßt.

Amerikanisch Blau-Zimt [Pastellblau-Zimt] (Bild Seite 48)

Diese Farbkombination ist bereits vorhanden. Blaue Zimter sind sehr stark aufgehellt, zeigen bräunliche Schwingen und haben auch als Jungvögel weinrote Augen. Die Maske ist rosa. Das Herauszüchten von blauen Zimtern ist nicht schwierig, man kreuzt Blaue in die grünen Zimter ein. In der zweiten Generation erhält man bereits blaue Zimter.
Als Beispiel die Kreuzung zwischen 1,0 Grün-Zimt × 0,1 Blau, siehe Schema auf Seite 141.
Aus dieser Verpaarung können nur 1,0 in Grün/blau + zimt und 0,1 in Grün-Zimt/blau entstehen.
Kreuzt man ein solches Männchen in Grün/blau + zimt mit einem blauen Weibchen, so ergibt sich nebenstehendes Bild:

Von den Jungen sind	12,5 % 1,0 Grün/blau + zimt
	12,5 % 1,0 Grün/blau
	12,5 % 1,0 Blau/zimt

12,5 % 1,0 Blau
12,5 % 0,1 Grün-Zimt/blau
12,5 % 0,1 Grün/blau
12,5 % 0,1 Blau-Zimt
12,5 % 0,1 Blau

Weitere Ergebnisse kann man mit Hilfe der Symbole schnell ausrechnen.

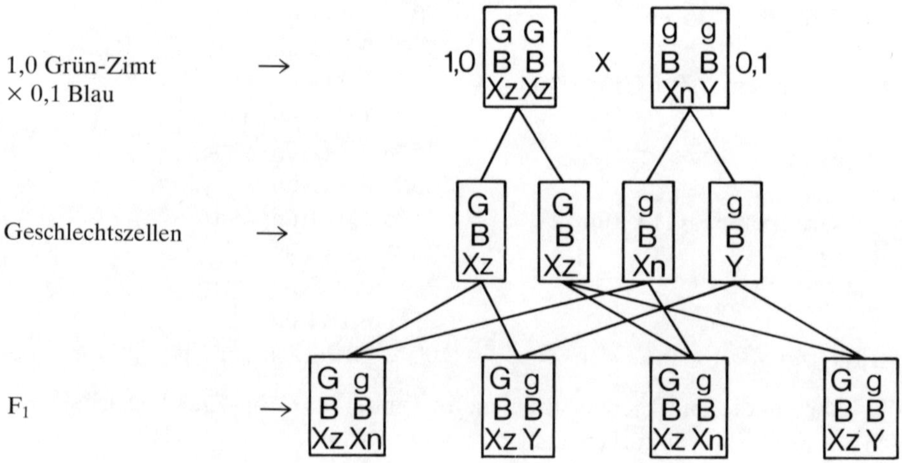

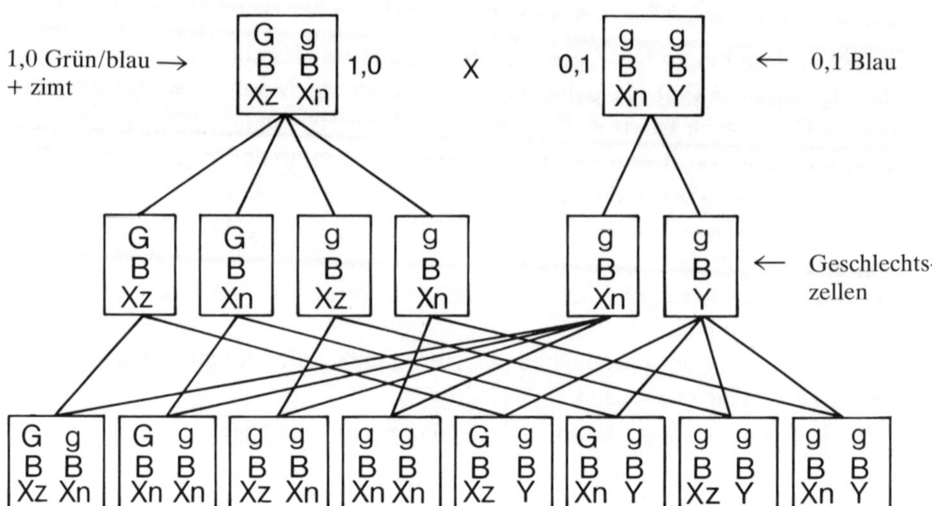

Weitere Farbkombinationen mit Amerikanischen Zimtern

Bis jetzt ergaben sich 176 Farbkombinationen, die züchterisch möglich sind. In alle Farben kann man natürlich auch noch den Zimtfaktor einkreuzen, also bereits 352 Farbenspielarten herauszüchten. Vielen Züchtern wird dies sicher nicht behagen, aber ist diese Entwicklung aufzuhalten? Dem Anfänger in der Zucht von Rosenköpfchen sei aber gesagt, daß gewiß viele dieser möglichen Farbkombinationen entstehen, aber auch sicher wieder verschwinden werden, da sie farblich nicht ansprechen.
Sehr begehrt sind zur Zeit die Amerikanischen Zimter mit Dunkelfaktoren.
Der aufmerksame Leser kann sich sicher die Ergebnisse der einzelnen Verpaarungen sehr schnell ausrechnen, wenn er unsere eingeführten Symbole benutzt.
Einige Wege, die zu dunkelfaktorigen Amerikanischen Zimtern führen, sollen aber kurz erwähnt werden.

Aus der Verpaarung	
1,0 Grün-Zimt × 0,1 Oliv entstehen	50 % 1,0 Dunkelgrün/zimt und
	50 % 0,1 Dunkelgrün-Zimt,
der nächste Schritt wäre	
1,0 Dunkelgrün/zimt ×	
0,1 Dunkelgrün-Zimt	= 6,25 % 1,0 Oliv/zimt
	6,25 % 1,0 Oliv-Zimt
	12,5 % 1,0 Dunkelgrün/zimt
	12,5 % 1,0 Dunkelgrün-Zimt
	6,25 % 1,0 Grün/zimt
	6,25 % 1,0 Grün-Zimt
	6,25 % 0,1 Oliv
	6,25 % 0,1 Oliv-Zimt
	12,5 % 0,1 Dunkelgrün
	12,5 % 0,1 Dunkelgrün-Zimt
	6,25 % 0,1 Grün
	6,25 % 0,1 Grün-Zimt

Da es bereits genügend Blaue (Pastellblaue) mit Dunkelfaktoren gibt (Kobalt und Mauve), ist der Weg, um zu Kobalt-Zimt und Mauve-Zimt zu kommen, auch sehr einfach.
In den o. g. Verpaarungsergebnissen braucht nur Grün-Zimt durch Blau-Zimt und Oliv durch Mauve ersetzt zu werden, bei den Nachkommen dann alle Angaben über Grün, Dunkelgrün und Oliv durch Blau, Kobalt und Mauve.

Es gibt natürlich noch viele andere Verpaarungsmöglichkeiten, die nicht alle aufgeführt werden können. Der Züchter sollte aber daran denken, daß für den Dunkelfaktor eine Kopplungsgruppe besteht (siehe dunkelfaktorige Rosenköpfchen).
Auch gescheckte Zimter sehen, wie wir aus unserer Zucht wissen, sehr schön aus (siehe Abb. 33). Sehr gut gefallen uns auch Zimter in Gelb- und Weiß-gesäumt (Amerikanische Golden und Silber Cherries), die wir in den letzten Jahren gezüchtet haben.

Australische Zimter

In der ersten Auflage dieses Buches (1981) konnten wir nur berichten, daß es in Australien eine zweite Zimter-Mutation geben könnte. Wir waren damals der Ansicht, daß es sich vielleicht um eine Kombinationsfarbe von Zimt und Oliv oder von Zimt und Gelb (Jap. Golden Cherry) handeln würde. Wir sind heute fest davon überzeugt, daß es sich um eine eigenständige Mutation handelt.
Die Australischen Zimter gleichen sehr stark den Gelben (Jap. Golden Cherry), sie sind also gelber als die Amerikanischen Zimter. Die Schwingen zeigen jedoch eine hell-bräunliche Färbung.
Sehr deutlich unterscheiden sich aber die Australischen Zimter von den Gelben durch ihre Vererbung, die geschlechtsgebunden verläuft.
Für diese Mutation können also alle Tabellen und Angaben aus dem Abschnitt über Amerikanische Zimter übernommen werden.
Sehr interessant ist hingegen die Verpaarung von Australischen Zimtern mit Lutinos. Dr. Erhart (1983) hat darüber in der Zeitschrift „Agapornis World“ berichtet, und auch von Herrn Postema aus Gieterveen in den Niederlanden haben wir mündlich diesbezügliche Auskunft erhalten und anläßlich eines Besuches seine Zuchtergebnisse begutachten können. Er verpaarte 1,0 Australisch Zimt mit 0,1 Lutino und erhielt aus dieser Verpaarung 19 Jungvögel. Alle waren Australische Zimter, Hähne und Hennen! Eigentlich müßten doch 50% 1,0 Grün/austr. zimt + lutino und 50% 0,1 Australisch Zimt fallen!

Es gäbe zwei Erklärungen:
1. Die Anlage (Gen), die zuständig ist für Lutino, ist auch zuständig für Australisch Zimt, das heißt: beide Anlagen sind Allele eines Gens. Die Zebrafinkenzüchter kennen dies bei Marmosett und Hellrücken, wo auch eine Anlage auf dem X-Chromosom zweimal mutiert ist.
Wenn wir es mit Allelen desselben Gens zu tun haben, dann muß eine Anlage über die andere Anlage dominant sein, in diesem Fall die für Australisch Zimt.

Dies sei für die oben genannte Verpaarung, die Herr Postema durchgeführt hat, einmal verdeutlicht:
Die Anlage für Lutino bezeichnen wir wieder als Xi, die Anlage für Australisch Zimt als X(Zi), alle anderen Anlagen lassen wir hier außer Betracht.

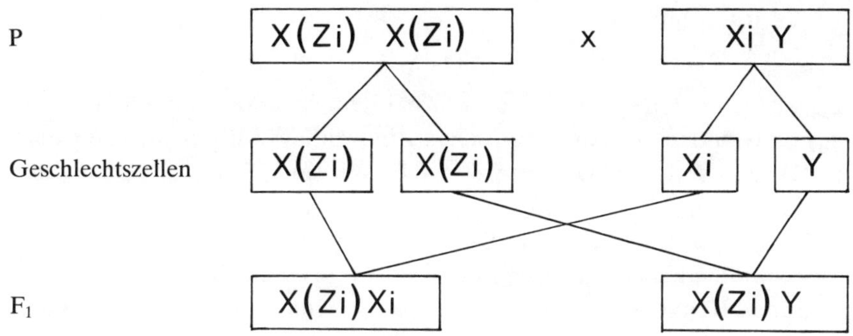

Alle Hähne unter den Jungtieren hätten dann den Genotypen X(Zi)Xi und alle Hennen den Genotypen X(Zi)y. Da X(Zi) dominant über Xi ist, müssen alle Jungvögel Australische Zimter sein, wobei die Hähne spalterbig in Lutino sind.
Aus der Verpaarung von 1,0 Lutino × 0,1 Australisch Zimt müssen dann 50% 1,0 Australisch Zimt/lutino X(Zi)Xi und 50% 0,1 Lutinos XiY fallen. Dieses theoretisch ausgerechnete Ergebnis ist uns von Herrn Klompenhouwer aus Winterswijk (NL) bestätigt worden, der die oben angeführte Verpaarung durchführte.
Auch die Berichte, die aus Großbritannien vorliegen (Cooper 1984), sprechen eindeutig für diese Erklärung.
Weitere Ergebnisse aus Verpaarungen zwischen Australischen Zimtern und Lutinos:

1,0 Grün/austr. Zimt × 0,1 Austral. Zimt =
je 25% 1,0 Austral. Zimt/lutino, 1,0 Grün/austral. zimt, 0,1 Grün und 0,1 Lutino

1,0 Austral. Zimt/lutino × 0,1 Lutino =
je 25% 1,0 Lutino, 1,0 Austral. Zimt/lutino, 0,1 Austral. Zimt und 25% Lutinos

1,0 Austral. Zimt/lutino × 0,1 Austral. Zimt =
je 25% 1,0 Austral. Zimt, 1,0 Austral. Zimt/lutino, 0,1 Austral. Zimt und 0,1 Lutino

1,0 Austral. Zimt/lutino × 0,1 Grün =
je 25 % 1,0 Grün/lutino, 1,0 Grün/austral. zimt, 0,1 Austral. Zimt und 0,1 Lutino

1,0 Grün/austral. zimt × 0,1 Lutino =
je 25 % 1,0 Grün/lutino, 1,0 Austral. Zimt/lutino, 0,1 Grün und 0,1 Austral. Zimt.

2. Einige Züchter nehmen an, daß es sich bei den Australischen Zimtern um Lacewings (entstanden aus Amerikanischen Zimtern und Lutinos) (siehe nächstes Kapitel) handeln könne (Dr. Erhart 1984). Wir sind fest der Meinung, daß diese Möglichkeit nicht in Betracht gezogen werden kann.
Folgende Gründe sprechen dagegen: Es gibt Grüne Rosenköpfchen-Hähne, die spalterbig in lutino und amerikanisch Zimt sind. Kreuzt man einen solchen Hahn mit einer grünen Henne, so erhält man je 25 % 1,0 Grün/zimt, 1,0 Grün/lutino, 0,1 Zimt und 0,1 Lutino. Dieses Ergebnis zeigt deutlich, daß die Anlagen auf den X-Chromosomen des Hahnes (Xz und Xi) nicht Allele eines Gens sein können, denn sie beeinflussen sich gegenseitig nicht. Wären es Allele desselben Gens, dann müßten diese Hähne entweder Zimt oder Lutino sein, je nachdem welches Allel dominant über das andere wäre.
Auch fallen aus der Verpaarung 1,0 Lacewing × 0,1 Lutino andere Farben als aus 1,0 Australisch Zimt × 0,1 Lutino.
Sehr viel Verwirrung ist beim Bekanntwerden der Australischen Zimter daraus entstanden, daß sie in ihrer Heimat unterschiedlich gefärbt waren. Heute können wir dies sehr einfach erklären.
Da es in Australien sehr viele Rosenköpfchen mit Dunkelfaktoren gibt, hat man diese in die Zimter eingekreuzt. So gibt es dort bereits in großen Mengen Australische Zimter mit einem oder mit zwei Dunkelfaktoren, also Dunkelgrün-Australisch Zimt und Oliv-Australisch Zimt. Die Dunkelgrünen-Australischen Zimter sind am kobalt-blauen Bürzel, die Oliv-Australischen Zimter am mauve-grauen Bürzel leicht zu erkennen. Die Schwingen der Oliv-Australischen Zimter sind dunkler, und das Gefieder erscheint senffarben. Aus diesem Grunde werden diese Vögel in Australien auch „mustard" (= Senf) genannt.
Sehr selten scheinen in Australien noch die Blauen (Pastellblauen) Australischen Zimter zu sein; dies liegt wohl daran, daß dort unsere allbekannten Blauen (Pastellblauen) noch sehr rar sind.
Da sich heute eine stattliche Anzahl von Australischen Zimtern in europäischen Züchterhänden befindet, wird es nicht mehr lange dauern, bis neue Kombinationsfarben mit bereits vorhandenen Mutationen erscheinen.

Lacewings

Analog zu den Wellensittichen hat man die Kombination von Lutino Rosenköpfchen und Amerikanischen Zimtern als Lacewing (Spitzenflügel) bezeichnet. Dieser Name ist sicher nicht zutreffend, denn die Vögel zeigen keine Spitzenmuster auf den Flügeln, aber er ist zur Zeit gebräuchlich.
Dr. Erhart (1984) beschreibt die Vögel folgendermaßen: Dunkelrote Augen, dunkelrote Maske, die gelben Federn sind dunkler als beim Lutino und haben einen zimtfarbenen Anflug, die großen Schwungfedern sind zimtfarben. Lacewings haben im Gegensatz zum Lutino einen blauen Bürzel.
Lacewings kann man nicht planmäßig aus Lutino und Amerikanisch Zimt herauszüchten, sie sind vielmehr ein Zufallsprodukt.
Es sei daran erinnert, daß sowohl Lutinos als auch Amerikanische Zimter geschlechtsgebunden vererben, die zuständigen Anlagen liegen auf dem X-Chromosom.
Verpaart man zum Beispiel:

1,0 Lutino × 0,1 Zimt, so ergeben sich folgende Jungtiere:
je 50 % 1,0 Grün/lutino und zimt und 0,1 Lutino.

Aus der Verpaarung 1,0 Zimt × 0,1 Lutino fallen je 50 % 1,0 Grün/lutino und zimt und 0,1 Zimt.
Kreuzt man die so erhaltenen Hähne in Grün/lutino und zimt mit Lutino- oder Zimt-Hennen, so erhält man folgende Resultate:

1,0 Grün/lutino und zimt × 0,1 Zimt =
je 25 % 1,0 Grün/lutino und zimt, 1,0 Zimt, 0,1 Lutino und 0,1 Zimt

1,0 Grün/lutino und zimt × 0,1 Lutino =
je 25 % 1,0 Grün/lutino und zimt, 1,0 Lutino, 0,1 Lutino und 0,1 Zimt.

Eine Kombination von Zimt und Lutino ist also in der Regel nicht möglich, da die Anlagen auf verschiedenen X-Chromosomen liegen.
Nur sehr selten gibt es jedoch die Erscheinung des „crossing over“ (genaue Beschreibung siehe Kapitel Dunkelfaktorige Rosenköpfchen). Tritt dieses Ereignis ein, so sind die Anlage für Lutino und die für Zimt auf demselben X-Chromosom gelagert und werden jetzt als Kopplungsgruppe weitervererbt.
Für den Lacewing müssen wir jetzt also beim X-Chromosom das Zeichen $Xi^{+}z$ benutzen. Ein Lacewing-Hahn muß immer den Genotyp $Xi^{+}z$ $Xi^{+}z$ aufweisen, da sowohl die Anlage für Lutino als auch die Anlage für Amerikanisch Zimt doppelt vorhanden sein muß, damit der Vogel im Phänotyp ein Lacewing ist. Dies

unterscheidet diese Farbe ganz erheblich vom Australischen Zimter. Aus der Verpaarung 1,0 Lacewing (Xi^+z Xi^+z) × 0,1 Lutino (XiY) würden je 50% 1,0 Lutino/zimt (Xi^+z Xi) und 0,1 Lacewing (Xi^+z Y) und aus der Verpaarung 1,0 Lacewing (Xi^+z Xi^+z) × 0,1 Zimt (Xz Y) je 50% 1,0 Zimt/lutino (Xi^+z Xz) und 0,1 Lacewing (Xi^+z Y) fallen.

Nur Jungvögel in Lacewing würden natürlich aus der Verpaarung Lacewing × Lacewing entstehen. Weitere Ergebnisse sind mit Hilfe des eingeführten Erbschemas leicht zu errechnen.

Es liegt natürlich sehr nahe, daß man versuchte, Blaue (Pastellblaue) einzukreuzen. Diese Kombinationsfarbe gibt es schon. Dr. Erhart beschreibt sie als ausgesprochen attraktive Vögel, die den Albinos ähnlich sein sollen, aber ein schwächeres Gelb im Gefieder, schmutziggraue Schwingen und einen hellblauen Bürzel haben.

Lacewings gibt es wohl bereits schon seit einigen Jahren, sie sind nur nicht als Kombinationsfarbe erkannt worden. So haben wir schon 1975 beim Züchter Klompenhouwer einen Hahn in Amerikanisch Zimt gesehen, der auch lutino vererbte, also den Genotypen Xi^+z Xz aufweisen mußte.

Eine Kombination von Australisch Zimt und Lutino in Form eines neuen Lacewings ist nicht möglich, da es sich bei diesen Farben um Allele des gleichen Gens handelt. Theoretisch denkbar wäre aber eine Kombination von Australisch und Amerikanisch Zimt durch „crossing over“.

Australisch Gelb (Rezessive Schecken austral. Ursprungs)

In Australien gibt es seit geraumer Zeit eine zweite Mutation, die auch wohl in diesem Erdteil entstanden ist.

Die erwachsenen Vögel zeigen eine tief kanariengelbe Färbung, manchmal mit einem grünen Schimmer. Einige Vögel sind sogar mit mehr oder minder vielen hellgrünen Flecken versehen. Die Maske ist verhältnismäßig klein und nicht so rot wie beim Lutino. Der Bürzel zeigt eine hellblaue Färbung, manchmal auch ein helles Grün. Die Ausdehnung der Bürzelfärbung kann sehr unterschiedlich scin, ist aber niemals so groß wie beim wildfarbenen Vogel. Auch fehlt meistens das rote Band im Schwanz, ab und zu tritt es noch in Form von einigen roten Tupfern auf. Die Schwingen sind weiß, die Augen schwarz.

Jungvögel haben oft ein grüneres Gefieder, das aber bei der Mauser meistens gelber wird.

Australisch Gelb vererbt rezessiv. Interessant ist es jedoch, daß spalterbige Vögel manchmal gelbe Flecken auf Kopf oder Flügel zeigen, in einigen Fällen sogar ganz gelbe Köpfe oder gelbes Beingefieder aufweisen. Diese Erscheinung verliert sich jedoch fast immer nach der Mauser. Wir sind der Meinung, wie auch viele andere Züchter (Roders 1983, Ochs 1984), daß es sich bei diesen Australisch Gelben um rezessive Schecken handelt, bei denen die Scheckung sehr stark ausgeprägt ist. Da wir annehmen müssen, daß die Anlage für Austral. Gelb nicht ein Allel irgendeiner bekannten Mutation ist, führen wir für diese ein neues Symbol ein: s^- bezeichnen wir die Anlage für fehlende rezessive Scheckung, s^+ für vorhandene.

Dies sei an einigen Verpaarungen verdeutlicht:

Grün ($GGBBs^-s^-$) × Austral. Gelb ($GGBBs^+s^+$)
= 100 % Grün/austral. gelb ($GGBBs^-s^+$)

Grün/austral. gelb ($GGBBs^-s^+$) × Austral. Gelb ($GGBBs^+s^+$)
= je 50 % Grün/austral. gelb ($GGBBs^-s^+$) und Austral. Gelb ($GGBBs^+s^+$).

Da bereits einige Australische Gelbe in Europa vorhanden sind, wird es sicher nicht mehr lange dauern, bis Kombinationsfarben entstehen.

Interessant wäre sicher, wenn man dominante Schecken mit den Australischen Gelben kombinieren würde, vielleicht würden daraus ganz gelbe Vögel mit roter Maske und schwarzen Augen entstehen (siehe Kapitel Rezessive Schecken).

Der Weg ist einfach:

Grüngelber Schecke mit zwei Scheckfaktoren ($GGBBSSs^-s^-$) × Austral. Gelb ($GGBBsss^+s^+$)
= 100 % Grüngelbe Schecken/austral. gelb ($GGBBSss^-s^+$).

Die Jungen müssen dann wieder mit Australisch Gelben verpaart werden, dann erhält man u.a. auch Nachkommen mit dem Genotyp $GGBBSss^+s^+$, also Australische Gelbe mit einem dominanten Scheckfaktor.

In Australien gibt es bereits Australische Gelbe mit einem oder zwei Dunkelfaktoren.

Sehr interessant müßte auch die Kombination von Australischen Gelben mit Blauen sein, sogenannte Australisch Weiße, die sehr stark aufgehelltes Gelb zeigen müßten.

Graue Rosenköpfchen

Ochs (1980) erwähnt, daß er graue Rosenköpfchen gezüchtet hat. Diese Vögel haben ein schmutzig graublaues Gefieder, die Unterseite ist heller. Die Kreuzungen, die Ochs durchführte, lassen vermuten, daß Grau dominant über Blau vererbt. Wir haben diese Vögel gesehen und sind nicht ganz sicher, ob es sich um eine

eigenständige Mutation handelt, oder ob es nur eine Farbspielart der Pastellblauen ist, die ja stark variieren. Wir hoffen, daß weitere Kreuzungen endgültigen Aufschluß über diese Farbe bringen werden.
Dr. Erhart teilte uns brieflich mit, daß es in den USA eine Mutation geben soll, die wirklich grau aussieht. Näheres konnten wir leider zum jetzigen Zeitpunkt nicht in Erfahrung bringen.

Weißmasken Rosenköpfchen (Hellblaue)

Vor ca. 10 Jahren trat in Belgien eine neue Mutation auf, die mit den unterschiedlichsten Bezeichnungen versehen wurde. Heute wird sie allgemein als Weißmasken bezeichnet, wenn auch die Bezeichnung Pastellblaue Weißmasken sicher zutreffender wäre, da es Weißmasken nur in der pastellblauen Reihe der Rosenköpfchenmutationen gibt.
Die Oberseite der Weißmasken in Pastellblau ist bläulich-grün (mit großem Grünanteil), die Unterseite hellblau, die Maske ist weiß. Ein schmales rotes Stirnband bleibt manchmal, besonders bei Hähnen, erhalten.
Über die Vererbung dieser Mutation gab und gibt es mannigfaltige Vorstellungen, wir sind jedoch der Meinung, daß die meisten von ihnen nicht zutreffen.
Aufgrund selbst durchgeführter Kreuzungen und Auswertungen der Ergebnisse anderer Züchter möchten wir die Vererbung dieser Farbe ausführlich darstellen.
Es sei daran erinnert, daß für jedes vererbbare Merkmal zwei Anlagen vorhanden sind (wenn von der geschlechtsgebundenen Vererbung einmal abgesehen wird).

Ein Weißmasken Rosenköpfchen in Pastellblau muß also folgende Anlagen haben:

2 Anlagen für fehlendes Gelb = gg
2 Anlagen für die Strukturfarbe Blau = BB
2 Anlagen für Weißmaske = WW

Ein Pastellblaues Rosenköpfchen hat die Anlagen:

2 Anlagen für fehlendes Gelb = gg
2 Anlagen für die Strukturfarbe Blau = BB
2 Anlagen für fehlende Weißmaske = ww

Kreuzt man also Weißmaske mit Weißmaske (ggBBWW × ggBBWW), so müssen alle Jungvögel den Genotypen ggBBWW haben, also Weißmasken sein.

Verpaart man aber ein Weißmasken Rosenköpfchen mit einem Pastellblauen Vogel (ggBBWW × ggBBww), so sind die Nachkommen Vögel mit dem Genotyp ggBBWw.
Diese Vögel aus der F_1-Generation gaben den Züchtern große Probleme auf, denn es sind keine Weißmasken (was der Fall wäre, wenn die Anlage für Weißgesicht W dominant über die Anlage für fehlende Weißmaske w wäre), sie sind aber auch nicht Pastellblau (dann müßte W rezessiv zu w sein).
Die Nachkommen bilden farblich eine Mittelstellung zwischen den Blauen (Pastellblauen) und Weißmasken. Sie sind über und über grünlich angehaucht, obwohl es Vögel aus der Blaureihe sind. Auch zeigen sie keine weiße, sondern eine rosa Maske.
In Deutschland hat man auf Grund der Farbe für diese Vögel den Namen „Meergrün", in den Niederlanden die Bezeichnung „ Zeegroen" eingeführt. Beide Begriffe sind vollkommen irreführend, denn man darf und kann Vögel aus der Blaureihe nicht als „Grün" bezeichnen! Wir haben aus diesem Grunde vorgeschlagen (Brockmann 1983), diese Tiere nur noch als „Meerblau" zu bezeichnen. Da aus der Verpaarung von Weißmasken × Blau (Pastellblau) also Meerblaue Vögel entstehen, muß es sich eindeutig um eine intermediäre Vererbung handeln, nicht um eine rezessive, wie Ochs (1984) schreibt. Den gleichen Erbgang haben wir bereits bei den Dunkelfaktorigen Rosenköpfchen beschrieben.

Den dort angeführten Ergebnissen entsprechend können wir also folgendes sagen:

Blau (Pastellblau)	=	keine Anlage für Weißmaske
Meerblau (Pastellmeerblau)	=	eine Anlage für Weißmaske
Weißmaske (Pastellblauweißmaske)	=	zwei Anlagen für Weißmaske.

Eine ähnliche Mutation kennt man beim Wellensittich, eine sogenannte „Gelbgesichtsmutation", bei der der blaue Vogel mit nur einer Anlage für Gelbgesicht dieses auch wirklich im Erscheinungsbild zeigt. Haben diese Wellensittiche jedoch zwei Anlagen für Gelbgesicht, so ist das Gesicht weiß!
Analog zu den Wellensittichen könnte man statt „Meerblau" auch von einem Gelbgesichts-Rosenköpfchen sprechen, dies würde jedoch wahrscheinlich noch mehr Unsicherheit bei den Züchtern hervorrufen.
Auf jeden Fall steht u. E. wohl fest, daß die Weißmasken dieser Wellensittichmutation entsprechen, und nicht die Pastellblauen, die in manchen Veröffentlichungen als Gelbgesichter beschrieben werden.
Wenn man nun zwei Meerblaue miteinander kreuzt, so ist das Ergebnis sehr schnell auszurechnen: ggBBWw × ggBBWw = 25 % ggBBWW, 50 % ggBBWw

und 25 % ggBBww, also im Phänotyp 25 % Weißmasken, 50 % Meerblau, 25 % Blau.

Aus Meerblau (ggBBWw) × Pastellblau (ggBBww) entstehen dann je 50 % Meerblau (ggBBWw) und Pastellblau (ggBBww).

Eine Frage taucht immer wieder auf: Kann man die Anlage oder eventuell zwei Anlagen für Weißmaske auch bei den wildfarbigen (Grünen) Rosenköpfchen im Erscheinungsbild (Phänotyp) erkennen? Die eindeutige Antwort muß heißen: Nein!

Kein Vogel aus der Grünreihe, das sind alle Vögel, die im Genotyp GG oder Gg aufweisen – also Grün, Gelb, Gelb-gesäumt, Lutino, Zimter in Grün usw. –, kann eine weiße Maske zeigen, denn sie wird nicht sichtbar, da die gelbe Farbe in den Federn die Anlage oder die Anlagen für Weißmaske verdeckt!

Dennoch kann es Grüne Vögel geben, die eine oder zwei Anlagen für Weißmasken haben, man sieht es aber im Phänotyp nicht.

Als Beispiele mögen folgende Verpaarungen dienen: Grün (GGBBww) × Weißmaske (ggBBWW) = 100 % GgBBwW, also Grün spalterbig in blau mit einer Anlage für Weißmaske; der Vogel ist im Erscheinungsbild Grün.

Kreuzt man solch einen Vogel aus der F_1-Generation wieder mit einem Weißmasken zurück, so fallen folgende Vögel:

> GgBBwW × ggBBWW = je 25 %
> ggBBWW Weißmasken, GgBBWW Grün/blau mit zwei Anlagen für Weißmaske, die aber nicht sichtbar sind, ggBBWw Meerblau und GgBBWw Grün/blau mit einer Anlage für Weißmaske, die aber auch nicht sichtbar ist.

Soweit wir heute wissen, besteht für die Anlage Weißmaske keine Kopplungsgruppe mit den Anlagen G oder B, auch ist W kein Allel von B. So sind Rosenköpfchen denkbar, die im Erscheinungsbild Grün sind, zwei Anlagen für Weißmaske haben und nicht spalterbig in Blau sein müssen, also GGBBWW. Diese Vögel zeigen keinen Unterschied zum normal Grünen Vogel, können aber bei der Nachkommenschaft für manche Überraschung sorgen.

Zu kombinieren ist Weißmaske mit allen Rosenköpfchen der Blau-Reihe, die also im Genotypen die Anlagen ggBB, ggBb oder ggbb aufweisen.

Sehr schöne Blaue Vögel kann man aus der Kombination von Weißmasken und Kobalt herauszüchten, auch Mauve-Weißmasken sind bei einigen Züchtern sehr beliebt.

Wenn man die Vererbung der Weißmasken verstanden hat, dann ist der Weg nicht schwer:

Mauve (DDggBBww) × Weißmaske (ddggBBWW) ergibt in der F_1-Generation Vögel in Kobalt-Meerblau (DdggBBWw), diese zurückgekreuzt mit Weißmas-

ken bringen an Jungvögeln je 25 % Kobaltweißmasken (DdggBBWW), Kobalt-Meerblau (DdggBBWw), Weißmasken (ddggBBWW) und Meerblau (ddggBBWw).
Auch die Kombination mit Blauen Amerikanischen Zimtern ist nun leicht zu errechnen:
1,0 Blau-Zimt (ggBBwwXzXz) × 0,1 Weißmaske (ggBBWWXY) ergibt in der F_1-Generation je 50 % 1,0 ggBBWwXzX Meerblau/zimt und 0,1 ggBBWsXzY Meerblau-Zimt. Aus 1,0 Meerblau/zimt (ggBBWwXzX) kann man durch Rückkreuzung mit Weißmaske (ggBBWWXY) dann auch Vögel mit dem Genotyp ggBBWWXzY, also Weißmasken-Blau-Zimt erhalten.
Eine fast unendliche Reihe von Kombinationsmöglichkeiten mit Weißmasken deutet sich also an, zumal man ja immer Vögel mit einem Faktor oder mit zweien für Weißmaske unterscheiden kann.

Orangeköpfige Rosenköpfchen

Dr. Erhart berichtete uns bereits vor einigen Jahren, daß es in den USA eine neue Mutation gibt, die er „Orangeköpfige" nannte, da der Grüne Vogel keine rote Masken- und Kopffärbung aufweist, sondern eine orangene.
Diese Mutation vererbt rezessiv.
Es gibt in den USA bereits mehrere Kombinationsfarben, z. B. Lutinos und Zimter mit orangenem Kopf.
Wir haben diese Mutation noch nicht lebend gesehen, erst in Kürze werden die ersten Orangeköpfigen in Europa erwartet.
Es liegt der Verdacht nahe, daß man eventuell mit diesen Vögeln zu echt blauen Tieren kommen kann, denn vielleicht fehlt diesen Rosenköpfchen der gelbe Farbstoff, der noch im Gefieder der Pastellblauen vorhanden ist.
Hier wird in Zukunft noch ein weites Experimentierfeld für den Züchter vorhanden sein.
P. Frenger aus Bedburg teilte uns mit, daß bei ihm ein Rosenköpfchen in Amerikanisch Zimt gefallen sei, welches deutlich einen orangenen Kopf aufweist.

Violette Rosenköpfchen

Dr. Burkard (1982) berichtete, daß in seiner Zuchtanlage aus der Verpaarung Kobalt × Blaugelber Schecke von insgesamt 14 Jungtieren vier Kobalt, ein Blauer und ein Blaugelber Schecke den Violett-Faktor zeigten, obwohl er bei den Elterntieren nicht zu erkennen war. Er vermutet, daß der Violett-Faktor – wie beim Wellensittich – dominant vererbt wird.

Dr. Burkard beschreibt den Vogel (Kobalt-Violett) folgendermaßen: „Er zeichnet sich im Vergleich zum Kobalt durch eine signifikant intensivere blaue Färbung von Brust und Bauch, einen dunkleren Rücken mit stärker betonter Blaufärbung und einen kobalt-violetten Unterrücken aus.“

Grauflügel-Rosenköpfchen

Diese Mutation wird in manchen Berichten aufgeführt, es ist uns auch mündlich davon berichtet worden. Gesehen haben wir sie noch nicht, und über die Vererbung ist uns nichts bekannt.

Schecken mit roten Augen

Aus den Verpaarungen von Lutinos mit Grün-gelben Schecken sind in wenigen Fällen auch Schecken mit roten Augen gefallen (mdl. Wurche, Siegburg, und Anschlag, Borken). Ob es sich um partiellen Albinismus als neue Mutation handelt, wie Ochs (1980) schreibt, können wir nicht beurteilen. Es wäre auch denkbar, daß die Anlage für Scheckung (auch dies ist ja eigentlich eine Anlage für partiellen Albinismus, d. h. Pigmentausfall) in einigen Fällen auf die Augen übergegriffen hat. Wir glauben hier nicht an eine neue Mutation.

Rote, Rotgescheckte oder Rotgesäumte Rosenköpfchen (Bild Seite 66)

Gelegentlich hört man, daß Rosenköpfchen existieren, die an einigen oder fast allen Körperfedern einen roten Saum aufweisen. Diese werden als Rote, Rotgescheckte oder Rotgesäumte Rosenköpfchen bezeichnet und manchmal in Fachzeitschriften zum Kauf angeboten. Einige Züchter glaubten, dafür astronomische Summen verlangen zu müssen. Wir sind fest der Meinung, daß es sich hier nicht um eine Mutation, sondern um eine Modifikation handelt (Modifikationen sind auf bestimmte Einflüsse der Umwelt zurückzuführende Abwandlungen, die nicht erblich sind).
Aus diesem Grunde führten wir (Brockmann) einen kleinen Versuch durch. Zwei Tiere, die nicht zur Zucht zu verwenden waren, wurden von uns einige Zeit nur mit einfachem Kanarienfutter gefüttert, sie bekamen keine Zusätze an Vitaminen, Mineralstoffen, Grünfutter usw. Außerdem waren sie in einem künstlich beleuchteten Raum untergebracht. Die Vögel zeigten nach der nächsten Mauser ein über und über rotgesäumtes Federkleid (Brockmann 1978 und 1979). Die beiden Vögel wurden dann in eine Freivoliere umgesetzt und erhielten nun Futter, das, so glauben wir, allen Anforderungen entsprach. Nach der nächsten Mauser

waren beide Vögel wieder grün. (Nach der Veröffentlichung des Versuchsergebnisses wurde dieses Vorgehen von einigen Leuten als Tierquälerei bezeichnet. Wir möchten darauf nicht weiter eingehen, da wir der Meinung sind, daß solche Vogelhaltung, zumindest für unsere Stubenvögel, in vielen Millionen Haushaltungen die Regel ist.) Dieser Versuch zeigt sehr deutlich, daß es sich bei der roten Säumung um eine Modifikation handeln muß. Eine solche Rotsäumung kann übrigens bei allen Vogelarten mit gelber Färbung der Rindenschicht auftreten. Die Ursachen dafür können wir nicht nennen, dazu bedürfte es vieler Versuche. Sicher hängt diese Erscheinung aber in irgendeiner Weise mit der Ernährung zusammen. Dabei spielt gewiß nicht nur die Zusammenstellung des Futters durch den Züchter eine Rolle, sondern manchmal auch die Aufnahme des Futters durch den Vogel, der bekanntlich nicht immer alles frißt, was ihm vorgesetzt wird. Durch falsche Ernährung des Vogels oder durch nicht vollkommene Aufnahme der Futterstoffe durch den Vogel könnten Veränderungen im Aufbau der Feder erfolgen, so daß das Psittacin nicht mehr von der Hornsubstanz eingesaugt, sondern Hornstoffe als Körnchen oder Klumpen eingelagert werden, die dann rotes Psittacin enthalten.

Diese Erscheinung ist uns schon in vielen Zuchtanlagen und bei den verschiedensten Sittich- und Papageienarten aufgefallen. Als Beispiele seien genannt: Rosenköpfchen in Grün, Grüngelbe Schecken, Lutinos, Singsittiche, Ziegensittiche, ja selbst einen jungen Schwalbensittich haben wir gesehen, der über und über rot war, aber bereits als Jungvogel starb.

In den letzten Jahren haben auf einigen Ausstellungen Lutino Rosenköpfchen mit roter Federsäumung den Sieger gestellt oder hervorragende Plätze belegt. Wir sind der Ansicht, daß solche Modifikationen nicht auf eine Ausstellung gehören, auch wenn sie sehr hübsch aussehen.

Auch bei blauen Rosenköpfchen kann man solche Störungen im Wachstum der Federn beobachten, nur ist dort die Schuppung nicht rot, sondern man sieht helle, fast durchsichtige Streifen.

Zu den Modifikationen gehört unserer Meinung nach auch der sogenannte „Pink Suffused Golden Cherry“, ein Rosenköpfchen, das ein gelber Vogel sein soll, der rosa überhaucht ist. Nach brieflicher Auskunft von Dr. Erhart (USA) soll diese Farbvariante in den USA sehr beliebt, aber züchterisch nicht zu festigen sein.

Halbseiter-Rosenköpfchen

Analog zu den Wellensittichen sind auch bei den Rosenköpfchen bereits in wenigen Fällen Halbseiter aufgetreten. Diese Vögel zeigen eine Farbteilung quer

zur Körperlängsachse (z. B. blau und grün). Auch asymmetrische Farbteilungen können auftreten. So sahen wir bei Haverkotte, Ahaus, einen Vogel, der auf einer Seite grün-gelb gescheckt war, auf der anderen Seite aber große Partien blau und oliv aufwies.
Halbseiter sind keine vererbbare Mutation! Halbseiter-Weibchen vererben wohl nur eine Farbe weiter, wenn sie überhaupt fruchtbar sind. Halbseiter-Männchen können eventuell sogar beide Farben unabhängig voneinander vererben.
Unseres Wissens sind bei Rosenköpfchen aber noch keine Nachkommen von Halbseitern gezogen worden.

Zukunftsperspektiven

Wir haben versucht, die stürmische Entwicklung bei der Farbzucht der Rosenköpfchen in den letzten Jahren aufzuzeigen und in den einzelnen Abschnitten mögliche Tendenzen darzustellen. Wir sind uns vollkommen darüber im klaren, daß diese Entwicklung auch in den nächsten Jahren weitergehen wird. Damit ist nicht gemeint, daß nur neue Farbkombinationen herausgezüchtet werden können, sondern daß auch noch viele neue Mutationen zu erwarten sind.
Der größte Wunsch derjenigen, die die Farbzucht ernsthaft betreiben, ist es, daß es zu einer echten blauen Mutation kommt (mit farbloser Rindenschicht). Man könnte dann reinweiße Tiere und echte Albinos züchten, von anderen Möglichkeiten ganz zu schweigen.
Genauso wichtig ist es aber, wie schon gesagt, daß man den verschiedenen Mutationen oder Farbkombinationen eine treffende und allgemein anerkannte Bezeichnung gibt. Hier zeigt sich auf alle Fälle noch ein großes Betätigungsfeld für die Verbände der Vogelzüchter, die dies Problem endlich anfassen sollten, damit Bezeichnungen, wie wir sie aus einer Verkaufsanzeige abschließend noch zitieren möchten, endgültig verschwinden: „Apfelgrün/Himmelblau-Grünflügel (weiße Maske), Meergrün, Weißblaue-Cremeflügel-Cherry, Apfelgelbe-Cherry, Dunkelgrün/Meergrün Typ I, Grün/Himmelblaue-Grünflügel, Dunkel Meergrün, Purpurn“!

Unzertrennliche mit weißen Augenringen *(A. personata)*

Schwarzköpfchen *(A. p. personata)*

Grüne Schwarzköpfchen. Das wildfarbene Schwarzköpfchen wurde schon zu Anfang des Buches beschrieben. Die Grundfarbe Grün ist auch bei diesem Vogel wie bei den grünen Rosenköpfchen zusammengesetzt.

Blaue Schwarzköpfchen. Das erste bekannt gewordene blaue Schwarzköpfchen ist 1927 von dem Tierhändler Chapman in Tanganyika (heute Tansania) gefangen und von dort nach London gebracht worden. Dies zeigt deutlich, daß auch in freier Wildbahn Farbmutationen entstehen können. Blaue Schwarzköpfchen sind wirklich blau, im Gegensatz zu den pastellblauen Rosenköpfchen. Bei ihnen ist die gesamte gelbe Färbung der Rindenschicht verschwunden, nur die Strukturfarbe Blau ist erhalten geblieben.
Die Vögel haben eine weiße Brust, der Schnabel ist rosa, die Füße sind grau. Die Gefiederpartien, die beim wildfarbenen Vogel grün sind, sind bei dieser Mutation blau. Auch diese blaue Färbung wird so vererbt, wie bei den blauen Rosenköpfchen beschrieben (Bild Seite 84).
Blaue Vögel sind leider in vielen Fällen sehr klein (bedingt durch Inzucht), so daß ein Einkreuzen von großen, grünen Vögeln sehr zu empfehlen ist.

Gelbe Schwarzköpfchen. Die gelbe Mutation des Schwarzköpfchens soll in Japan entstanden sein, Zeitpunkt und Ort sind uns leider nicht bekannt.
Gelbe Schwarzköpfchen sind im eigentlichen Sinne nicht gelb, sondern zeigen ein stark aufgehelltes Grün im Gefieder. Die Schwingen sind weißlich, der Kopf schimmert mehr ins Bräunliche, der Schnabel ist rot.
Diese Färbung zeigt, daß bei den gelben Vögeln nicht die gesamte Pigmentierung verlorenging, sondern, daß noch ein erheblicher Rest von Melaninen vorhanden ist (Bild Seite 66).
Die Vererbung entspricht der der gelben Rosenköpfchen (s. dort).
In Dänemark sollen reingelbe Schwarzköpfchen mit rotem Kopf und schwarzen Augen herausgezüchtet worden sein. Näheres ist uns darüber leider z. Z. nicht bekannt.
Nach Auskunft von Herrn Jacobsen aus Risskov in Dänemark soll es sich bei diesen Vögeln um eine Modifikation handeln, da die Tiere mit zunehmendem Alter grüner werden.

Weiße Schwarzköpfchen. Bei diesen Tieren sind eigentlich nur Brust und Halsband weiß, das übrige Gefieder zeigt ein schmutziges, verwaschenes Graublau. Dies läßt sich leicht erklären, da die weißen Schwarzköpfchen eine Kombination der gelben und blauen Tiere darstellen. Da beim blauen Schwarzköpfchen die gelbe Rindenschicht vollkommen verschwunden ist, erscheint sie auch beim weißen nicht mehr. Dafür sind aber die Melanine, die der gelbe Vogel noch hat, hier deutlich zu sehen (Bild Seite 66).

Weiße Schwarzköpfchen kann man, wie gesagt, aus blauen und gelben in zwei Generationen herauszüchten. Der Weg wurde im Abschnitt über weiße Rosenköpfchen aufgezeigt.

Schneeweiße Schwarzköpfchen mit schwarzen Augen sollen in Dänemark gefallen sein.

Auch hier soll es sich nach Auskunft von Herrn Jacobsen um eine Modifikation handeln, da die Vögel, wenn sie älter werden, graue und blaue Federn zeigen.

Die Vererbung bei den grünen, blauen, gelben und weißen Schwarzköpfchen. Die Grundlage der Vererbung bei den Schwarzköpfchen ist die gleiche wie bei den Rosenköpfchen. Daher kann auf ausführliche Erbschemata verzichtet werden.

Es sei aber noch einmal daran erinnert, daß bei den Schwarzköpfchen folgende Genotypen vorkommen können:

G = Anlage für gelbe Rindenschicht
g = Anlage für fehlendes Gelb in der Rindenschicht
B = Anlage für Strukturfarbe Blau
b = Anlage für fehlende Strukturfarbe Blau (beim Schwarzköpfchen nicht vollkommen)

GGBB = Grün
GgBB = Grün/blau
GGBb = Grün/gelb
GgBb = Grün/blau, gelb und weiß (im weiteren Verlauf kurz als Grün/weiß bezeichnet)
ggBB = Blau
ggBb = Blau/weiß
GGbb = Gelb
Ggbb = Gelb/weiß
ggbb = Weiß

Es gibt also keine Vögel, die Blau/gelb oder Gelb/blau sind, wie man leider so oft in Verkaufsanzeigen lesen kann.
Sehr leicht läßt es sich ausrechnen, daß man, wenn neun verschiedene Genotypen vorhanden sind, 45 Kreuzungsmöglichkeiten hat. Die Kreuzungen und ihre Ergebnisse sind hier zusammengestellt:

1.	Grün × Grün	=	100 % Grün
2.	Grün × Grün/blau	=	50 % Grün, 50 % Grün/blau
3.	Grün × Grün/gelb	=	50 % Grün, 50 % Grün/gelb
4.	Grün × Grün/weiß	=	25 % Grün, 25 % Grün/blau, 25 % Grün/gelb, 25 % Grün/weiß
5.	Grün × Blau	=	100 % Grün/blau
6.	Grün × Blau/weiß	=	50 % Grün/blau, 50 % Grün/weiß
7.	Grün × Gelb	=	100 % Grün/gelb
8.	Grün × Gelb/weiß	=	50 % Grün/gelb, 50 % Grün/weiß
9.	Grün × Weiß	=	100 % Grün/weiß
10.	Grün/blau × Grün/blau	=	25 % Grün, 50 % Grün/blau, 25 % Blau
11.	Grün/blau × Grün/gelb	=	25 % Grün, 25 % Grün/blau, 25 % Grün/gelb, 25 % Grün/weiß
12.	Grün/blau × Grün/weiß	=	12,5 % Grün, 25 % Grün/blau, 12,5 % Grün/gelb, 25 % Grün/weiß, 12,5 % Blau, 12,5 % Blau/weiß
13.	Grün/blau × Blau	=	50 % Grün/blau, 50 % Blau
14.	Grün/blau × Blau/weiß	=	25 % Grün/blau, 25 % Grün/weiß, 25 % Blau, 25 % Blau/weiß
15.	Grün/blau × Gelb	=	50 % Grün/gelb, 50 % Grün/weiß
16.	Grün/blau × Gelb/weiß	=	25 % Grün/gelb, 50 % Grün/weiß, 25 % Blau/weiß
17.	Grün/blau × Weiß	=	50 % Grün/weiß, 50 % Blau/weiß
18.	Grün/gelb × Grün/gelb	=	25 % Grün, 50 % Grün/gelb, 25 % Gelb
19.	Grün/gelb × Grün/weiß	=	12,5 % Grün, 12,5 % Grün/blau, 25 % Grün/gelb, 25 % Grün/weiß, 12,5 % Gelb, 12,5 % Gelb/weiß
20.	Grün/gelb × Blau	=	50 % Grün/blau, 50 % Grün/weiß
21.	Grün/gelb × Blau/weiß	=	25 % Grün/blau, 50 % Grün/weiß, 25 % Gelb/weiß
22.	Grün/gelb × Gelb	=	50 % Grün/gelb, 50 % Gelb
23.	Grün/gelb × Gelb/weiß	=	25 % Grün/gelb, 25 % Grün/weiß, 25 % Gelb, 25 % Gelb/weiß

24. Grün/gelb × Weiß = 50 % Grün/weiß, 50 % Gelb/weiß
25. Grün/weiß × Grün/weiß = 6,25 % Grün, 12,5 % Grün/blau, 12,5 % Grün/gelb, 25 % Grün/weiß, 6,25 % Blau, 12,5 % Blau/weiß, 6,25 % Gelb, 12,5 % Gelb/weiß, 6,25 % Weiß
26. Grün/weiß × Blau = 25 % Grün/blau, 25 % Grün/weiß, 25 % Blau, 25 % Blau/weiß
27. Grün/weiß × Blau/weiß = 12,5 % Grün/blau, 25 % Grün/weiß, 12,5 % Blau, 25 % Blau/weiß, 12,5 % Gelb/weiß, 12,5 % Weiß
28. Grün/weiß × Gelb = 25 % Grün/gelb, 25 % Grün/weiß, 25 % Gelb, 25 % Gelb/weiß
29. Grün/weiß × Gelb/weiß = 12,5 % Grün/gelb, 25 % Grün/weiß, 12,5 % Blau/weiß, 12,5 % Gelb, 25 % Gelb/weiß, 12,5 % Weiß
30. Grün/weiß × Weiß = 25 % Grün/weiß, 25 % Blau/weiß, 25 % Gelb/weiß, 25 % Weiß
31. Blau × Blau = 100 % Blau
32. Blau × Blau/weiß = 50 % Blau, 50 % Blau/weiß
33. Blau × Gelb = 100 % Grün/weiß
34. Blau × Gelb/weiß = 50 % Grün/weiß, 50 % Blau/weiß
35. Blau × Weiß = 100 % Blau/weiß
36. Blau/weiß × Blau/weiß = 25 % Blau, 50 % Blau/weiß, 25 % Weiß
37. Blau/weiß × Gelb = 50 % Grün/weiß, 50 % Gelb/weiß
38. Blau/weiß × Gelb/weiß = 25 % Grün/weiß, 25 % Blau/weiß, 25 % Gelb/weiß, 25 % Weiß
39. Blau/weiß × Weiß = 50 % Blau/weiß, 50 % Weiß
40. Gelb × Gelb = 100 % Gelb
41. Gelb × Gelb/weiß = 50 % Gelb, 50 % Gelb/weiß
42. Gelb × Weiß = 100 % Gelb/weiß
43. Gelb/weiß × Gelb/weiß = 25 % Gelb, 50 % Gelb/weiß, 25 % Weiß
44. Gelb/weiß × Weiß = 50 % Gelb/weiß, 50 % Weiß
45. Weiß × Weiß = 100 % Weiß

Der Züchter kann sich aus diesen Möglichkeiten diejenigen aussuchen, die ihm am geeignetsten erscheinen. Dabei sind viele Verpaarungen, die sicher sehr unvorteilhaft sind, da man z. B. die vier Genotypen der möglichen grünen Vögel nicht unterscheiden kann. Sehr interessant sind aber solche Kreuzungen, wie z. B. Nr. 30 oder Nr. 38, da man dann bei allen Jungvögeln auch sofort den Genotyp (der Züchter sagt: die Spalterbigkeit) feststellen kann.

Grüngelbgescheckte Schwarzköpfchen. Gelegentlich hört man, daß es grüngelbgescheckte Schwarzköpfchen geben soll. Wir haben bis heute aber nur Vögel gesehen, bei denen einige Schwungfedern gelb waren. Ob es sich bei diesen Tieren um eine wirkliche Mutation handelt, wagen wir zu bezweifeln. Wir glauben, daß dies z. T. auf Wachstumsstörungen der Federn beruht, also eine Modifikation ist.
Wirkliche Schecken, von denen uns z. B. niederländische und südafrikanische Zuchtfreunde berichteten, zeigen über die grünen Federpartien verteilte gelbe Flecken. Die Anlage für Scheckung soll dominant vererbt werden.

Blauweißgescheckte Schwarzköpfchen. Für diese Vögel gilt das gleiche, wie oben gesagt. Besitzt man dominant vererbende grüngelbgescheckte Schwarzköpfchen, so kann man natürlich blaue Tiere einkreuzen und erhält dann in zwei Generationen blauweißgescheckte Schwarzköpfchen (s. Schecken bei Rosenköpfchen). Auch eine Einkreuzung von gelben und weißen Schwarzköpfchen ist denkbar.

Zimtfarbene Schwarzköpfchen. In Japan sollen vor einigen Jahren zimtfarbige Schwarzköpfchen gezogen worden sein, die auch in wenigen Exemplaren nach Europa gekommen sein sollen. Es ist uns nicht bekannt, ob es solche Vögel überhaupt noch gibt. Die Vererbung soll geschlechtsgebunden sein (s. Zimter bei Rosenköpfchen).
Aus der Kreuzung mit blauen Schwarzköpfchen haben auch eventuell blaue Zimter, von anderen Züchtern Graue (Hayward 1979) genannt, existiert. Auch über diese Vögel konnten wir nichts Genaueres erfahren.

Grauflügel-Schwarzköpfchen. De Grahl (1973/74) berichtet über die Entstehung einer Grauflügelmutation, über die wir aber auch nichts Näheres in Erfahrung bringen konnten.

Lutino- und Albino-Schwarzköpfchen. Bei diesen Vögeln handelt es sich um Bastarde aus *A. p. lilianae, A. p. fischeri* und *A. p. personata.* Sie sollen im Kapitel „Erdbeerköpfchen“ behandelt werden, da dies die Ausgangsvögel waren.

Dunkelfaktorige Schwarzköpfchen. 1983 haben wir auf einer Agaporniden-Ausstellung der Parkieten Societeit in Luttikhuis (NL) die ersten Schwarzköpfchen mit Dunkelfaktoren gesehen (Brockmann 1983). Diese Mutation gibt es zwar schon seit einigen Jahren, aber erst in neuester Zeit ist sie auch bei einigen Züchtern in Mitteleuropa anzutreffen.
Es gibt bereits Dunkelgrüne, Olive, Kobalt und Mauve Schwarzköpfchen (Vererbung siehe Dunkelfaktorige Rosenköpfchen). Ganz besonders haben uns die Weißen Schwarzköpfchen mit einem Dunkelfaktor gefallen. Bei den Weißen ist ja ein erheblicher Teil der blauen Strukturfarbe noch zu sehen, durch den Dunkelfaktor wird dieses schmutzige Blau des Weißen durch ein sehr kräftiges Kobalt-Blau ersetzt.

Blaue Schwarzköpfchen mit rotem Schnabel. Über diese Mutation berichtete uns Dr. Erhart aus den USA. Das zur Verfügung gestellte Foto zeigt ein Blaues Schwarzköpfchen mit einem roten Schnabel, aber im Gefieder sind noch einige gelb-grünliche Federn zu sehen.
Diese Mutation soll rezessiv vererben.
Durch Einkreuzen von Weißen Schwarzköpfchen könnte man sicher in der F_2-Generation auch Weiße Schwarzköpfchen mit rotem Schnabel herauszüchten.

Falbe Schwarzköpfchen. Falbe Schwarzköpfchen sollen bereits in Kalifornien vorhanden gewesen sein.

Pfirsichköpfchen *(A. p. fischeri)*

Grüne Pfirsichköpfchen. Auch die Farbe der grünen Pfirsichköpfchen wurde bereits zuvor beschrieben. Die Grundfarbe setzt sich genauso zusammen wie die der Rosenköpfchen.

Gelbe Pfirsichköpfchen. Nach de Grahl (1973/74) sollen schon 1940 gelbe Pfirsichköpfchen in Frankreich bekannt gewesen sein.
Es gibt eine, heute sehr selten gewordene, gelbe Mutation des Pfirsichköpfchens, die aus Japan nach Europa gelangt ist. Die Vögel sind in ihrer Grundfarbe vollkommen gelb, der Schnabel ist korallrot, die Stirn orangerot.
Die Vererbung entspricht der Vererbung des gelben Rosenköpfchens (s. dort).
Diese Vögel sind so selten, daß nur wenige Züchter auf der Welt sie in ihren Beständen haben dürften. Das liegt sicher auch mit daran, daß die Tiere wohl sehr empfindlich sind. Selbst in einschlägigen Fachbüchern sind diese Vögel nur auf Zeichnungen oder nachkolorierten Fotos abgebildet.

Es wäre sicherlich erstrebenswert, diese Mutation zu erhalten und durch Einkreuzung von grünen Vögeln widerstandsfähiger zu machen.
Etwas häufiger treffen wir heute bei Liebhabern eine andere gelbe Farbvariante an, die eher dem gelben Schwarzköpfchen ähnelt, aber einen roten Kopf aufweist. Ob es sich hier um eine wirkliche Pfirsichköpfchen-Mutation handelt oder ob diese Vögel ein Produkt der Mischlingszucht von gelben Schwarzköpfchen mit grünen Pfirsichköpfchen sind, können wir heute nicht mehr klären. Wahrscheinlich ist aber letzteres der Fall. Auch diese Vögel vererben wie die gelben Rosenköpfchen (Bild Seite 101).

Grüngelbgescheckte Pfirsichköpfchen. Auch von dieser Mutation hört man hier und da. In vielen Fällen wird es sich sicher um eine Modifikation handeln, wie schon beim Schwarzköpfchen beschrieben.
Von niederländischen Freunden haben wir gehört, daß es dort aber tatsächlich solch eine Mutation geben soll, die dominant vererbt.

Blaue Pfirsichköpfchen. De Grahl (1973/74) berichtet, daß in Kalifornien ein blaues Pfirsichköpfchen aufgetreten ist, das einen weißgrauen Kopf hatte. Auch Schwichtenberg (1982) beschreibt diese blauen Vögel, die 1964 in der CSSR entstanden sein sollen.
In jüngster Zeit treffen Nachrichten aus der DDR ein, daß auch dort diese Mutation in den Beständen auftritt.
Blaue Pfirsichköpfchen gibt es auch bereits in der Bundesrepublik Deutschland und im benachbarten Ausland.
Wir haben einige dieser Blauen Pfirsichköpfchen gesehen und sind der Meinung, daß ein Teil bestimmt aus Mischlingen zwischen Blauen Schwarzköpfchen und Grünen Pfirsichköpfchen entstanden ist. Es wurde uns sogar ein Weißes Pfirsichköpfchen gezeigt, das wir eindeutig als Mischling identifizieren konnten.
Es ist nicht abzustreiten, daß es wahrscheinlich eine echte blaue Mutation der Pfirsichköpfchen gibt. Leider sehen wir jedoch die Gefahr, daß durch Einkreuzungen von Schwarzköpfchen die Blauen Pfirsichköpfchen verdorben werden können.

Falbe Pfirsichköpfchen. Ochs (1984) berichtet, daß in seinem Bestand einmal ein Falber gefallen sei.

Lutino- und Albino-Pfirsichköpfchen. Auch bei diesen Tieren handelt es sich um Mischlinge aus Erdbeerköpfchen und Pfirsichköpfchen (s. Seite 152).

Rußköpfchen *(A. p. nigrigenis)*
Von diesen Vögeln sind keine echten Mutationen bekannt. Einige Züchter versuchen auch hier, Schwarzköpfchen in verschiedenen Farben einzukreuzen.

Erdbeerköpfchen *(A. p. lilianae)*

Grüne Erdbeerköpfchen. Auch bei diesen Vögeln setzt sich die grüne Grundfarbe aus gelber Rindenschicht und aus der Strukturfarbe Blau zusammen (s. Rosenköpfchen). Es sind also ähnliche Mutationen, wie beim Rosenköpfchen beschrieben, möglich.

Blaue Erdbeerköpfchen. Nach Hayward (1979) sind blaue Erdbeerköpfchen vorhanden. Ob es sie wirklich gibt, konnten wir nicht klären. Ihre Vererbung würde der der blauen Rosenköpfchen entsprechen.

Lutino-Erdbeerköpfchen. Die Lutino-Erdbeerköpfchen sind eine sehr alte Mutation, denn sie sollen schon 1932/33 in Australien entstanden sein (de Grahl 1973/74). In Europa sind sie immer sehr selten gewesen, so daß kaum ein Züchter solche Tiere besitzt. In den USA soll es dagegen einen kleinen Stamm dieser schönen Vögel geben.
Das gesamte Federkleid ist gold-gelb, nur der Kopf und die Kehle sind leuchtend orangerot und die Schwanz- und Schwungfedern weiß. Der Schnabel ist gleichfalls orangerot gefärbt.
Es handelt sich hier also um Vögel, bei denen alle Melanine – damit die Strukturfarbe Blau – ausfallen (s. Lutino-Rosenköpfchen). Das Besondere bei diesen Vögeln ist aber, daß die Anlage, die den Ausfall der Melanine bewirkt, rezessiv vererbt wird. Es gibt also sowohl Männchen als auch Weibchen, die spalterbig in Lutino sein können.
Lutino-Erdbeerköpfchen wurden vor einigen Jahren in den Niederlanden mit Schwarzköpfchen und Pfirsichköpfchen gekreuzt. Über viele Generationen hinweg hat man daraus Vögel gezüchtet, die heute als Lutino-Schwarzköpfchen oder Lutino-Pfirsichköpfchen bezeichnet werden. Diese Vögel sind sehr begehrt und dementsprechend teuer. Durch das Einkreuzen von weißen Schwarzköpfchen und durch gezielte Auslese hat man auch Albino-Schwarzköpfchen/Pfirsichköpfchen gezüchtet.
Die Lutinos sind gelb und haben einen rötlichen Kopf (Erbe ihrer Erdbeerköpfchen- und Pfirsichköpfchen-Vorfahren) und haben natürlich rote Augen.
Die Albinos zeigen ein weißes Gefieder und ebenfalls rote Augen. Diese Lutinos und Albinos sind sicher sehr ansprechende Tiere, es sind aber Mischlinge, die aus

Erdbeer-, Pfirsich- und Schwarzköpfchen herausgezüchtet wurden. Dies sollte von allen, die diese Tiere in ihren Bestand aufnehmen wollen, bedacht werden.

Mischlinge zwischen den Rassen der Unzertrennlichen mit weißen Augenringen *(Agapornis personata)*

Wie wir bereits feststellten, sind alle Rassen der Unzertrennlichen mit weißen Augenringen (also Schwarz-, Pfirsich-, Ruß- und Erdbeerköpfchen) untereinander unbegrenzt fruchtbar. Diese Tatsache könnte die reinrassigen Vögel der Agaporniden mit weißen Augenringen in absehbarer Zeit zu seltenen Bewohnern unserer Volieren machen.
Wir möchten dies einmal am Beispiel der sogenannten Lutino/Albino-Schwarzköpfchen erläutern (siehe auch Kapitel Lutino-Erdbeerköpfchen).
Ausgangsmaterial für die Lutino/Albino-Schwarzköpfchen waren ein 1,0 Lutino-Erdbeerköpfchen und Schwarzköpfchen-Hennen in diversen Farben.
Da die Lutino-Erdbeerköpfchen rezessiv vererben, müssen wir für einen reinrassigen Vogel den Genotyp GGBBii annehmen. Ein Grünes Erdbeerköpfchen hätte dann die Anlagen GGBBII, wobei I für „Nicht-Ino" steht und über i dominant ist. Ein Grünes Schwarzköpfchen hätte natürlich auch die gleichen Anlagen, nämlich GGBBII. Da keine Kopplungsgruppen zwischen diesen Anlagen nachgewiesen sind, haben wir es also mit jeweils drei Chromosomenpaaren zu tun. Auf diesen Chromosomenpaaren sind aber nicht nur die Anlagen, die aufgeführt sind (GBI oder GBi), vorhanden, sondern auch eine Unmenge anderer Anlagen. Kreuzt man nun ein Lutino-Erdbeerköpfchen mit einem Grünen Schwarzköpfchen (dessen Anlagen wir unterstreichen, damit man sieht, welche von ihm stammen), so erhält man folgende Nachkommen:
$GGBBii \times \underline{GGBBII} = G\underline{G}B\underline{B}i\underline{I}$, alle Vögel sind also Grün und spalterbig in Lutino, aber auch spalterbig in allen anderen Eigenschaften, die ein Schwarz- bzw. Erdbeerköpfchen ausmachen. Leider kennen wir bis heute nicht die genaue Anzahl der Chromosomen der Agaporniden, müssen aber davon ausgehen, daß alle Unzertrennlichen mit weißen Augenringen dieselbe Anzahl von Chromosomen haben, da ansonsten die Reifeteilung (siehe Kapitel Wildfarbene Rosenköpfchen) nicht reibungslos ablaufen und keine unbegrenzte Fruchtbarkeit unter den Mischlingen vorliegen könnte.
Kreuzt man nun die Mischlinge der F_1-Generation untereinander, so entstehen zwar 25 % Lutinos, 25 % Grüne und 50 % Grüne/lutino, aber diese weisen große Unterschiede auf.
Untersuchen wir einmal nur die Lutinos, so können wir feststellen, daß folgende Genotypen möglich sind:

6,25% GGBBii, 6,25% GGBBii, 6,25% GGBBii, 6,25% GGBBii, 12,5% GGBBii, 12,5% GGBBii, 12,5% GGBBii, 12,5% GGBBii und 25% GGBBii.

Es muß also angenommen werden, daß unter Berücksichtigung von nur zwei Anlagenpaaren (G,G,B und B) 6,25% der zu erwartenden Lutinos reine Erdbeerköpfchen (GGBBii) sind, d. h. 1,5625% der gesamten Jungen. Da aber diese Tiere mehr als die aufgeführten Chromosomen haben, wird die Wahrscheinlichkeit mit jedem angenommenen Chromosomenpaar erheblich kleiner. Bei drei Chromosomenpaaren wären es schon nur noch 0,14% (also ca. 1–2 Jungtiere von 1000!), bei vier Paar Chromosomen ...

Es ist also rein rechnerisch unwahrscheinlich, daß wirklich reinerbige Erdbeerköpfchen aus diesen Verpaarungen fallen, denn die Tiere haben vielleicht 20, 30 oder noch mehr Chromosomenpaare.

Dem aufmerksamen Leser wird nicht entgangen sein, daß auch Vögel mit dem Genotypen GGBBii entstanden sind, deren Anlagen bzw. Chromosomen vom Schwarzköpfchen stammen, aber leider nicht alle!

Selbst wenn man über Generationen immer wieder Schwarzköpfchen einkreuzt, ist die Wahrscheinlichkeit, daß bei einem Nachkommen alle Chromosomen und damit alle Anlagen vom Schwarzköpfchen stammen, gleich Null, denn zumindest die Anlagen ii für den Ino-Faktor (und damit auch die Chromosomen, auf denen diese Anlagen liegen) stammen vom Erdbeerköpfchen.

Auch „crossing over“ kann hier aus mathematischen Überlegungen heraus außer Betracht gelassen werden, denn wahrscheinlicher ist, daß Anlagen vom Erdbeerköpfchen durch diesen Vorgang wieder in den Chromosomenbestand der Schwarzköpfchen übertragen werden.

Wir müssen also der Meinung, daß wirklich reine Lutino- und Albino-Stämme der Schwarz- oder Pfirsichköpfchen aufgebaut werden können (Ochs 1982) widersprechen, es bleiben immer Rassemischlinge.

Mit großer Freude haben wir festgestellt, daß auch große Vogelzuchtverbände (z. B. AZ) sich dieser Meinung angeschlossen haben und endlich keine Lutino/Albino Schwarz- bzw. Pfirsichköpfchen mehr auf ihren Ausstellungen dulden, da es sich nicht um eine eigenständige Mutation handelt. Die Zucht von Lutino/Albino Schwarz-/Pfirsichköpfchen hat aber noch einen weiteren Aspekt:

Wenn man die Lutino/Albino Schwarz-/Pfirsichköpfchen über Grüne und Blaue zieht, so sieht man den Grünen und Blauen mehr oder minder an, daß sie Mischlinge sind aus Schwarz-, Pfirsich- und Erdbeerköpfchen. Also nimmt der Züchter als Ausgangsmaterial Gelbe und Weiße Schwarzköpfchen, die er mit den Mischlingen in Lutino/Albino kreuzt. Alle Vögel, die aus diesen Verpaarungen stammen, haben jetzt wieder Anlagen von den Mischlingen übernommen.

Viele Gelbe und Weiße, die aus diesen Mischlingszuchten stammen, werden als spalterbige Vögel bzw. als Tiere, die in Verdacht stehen, spalterbig zu sein, an andere Züchter abgegeben.
Durch das Einkreuzen dieser Vögel in seinen Bestand vernichtet der Liebhaber auf Dauer seinen reinrassigen Stamm (Brockmann 1984). Wenn man einmal mit offenen Augen durch unsere Vogelausstellungen geht, dann erblickt man unter den Gelben Schwarzköpfchen sicher sehr schöne und manchmal auch rassereine Tiere. Der enorme Farbunterschied zwischen den Gelben ist aber wohl nicht nur eine Folge der Auslese, sondern auch eine Folge der Einkreuzung von Pfirsich- und Erdbeerköpfchen.
In den letzten Jahren haben sich die Mischlingszüchter nun ein neues Ziel gesetzt: Das Blaue Pfirsichköpfchen.
Aus oben angeführten Gründen ist es unmöglich, dieses Ziel zu erreichen, denn die Chromosomen, welche beim Pfirsichköpfchen die Anlagen für Blau beinhalten, stammen immer noch vom Schwarzköpfchen. Die Rechnung, daß nach 14 Generationen ein Anteil von 99,21875 % „Fischeri-Blut" in diesen Vögeln vorherrscht (Ochs 1981), ist falsch. Vererbt wird nicht „Blut", sondern Anlagen bzw. Anlagen auf den Chromosomen.
Es sei zugegeben, daß man einige Mischlinge (je nachdem wie viele Anlagen bzw. Chromosomen vom Pfirsichköpfchen stammen) kaum noch von echten Blauen Pfirsichköpfchen unterscheiden kann. Aber die „Abfallprodukte", das sind die Tiere, die in der Masse anfallen, werden wieder in Schwarzköpfchen eingekreuzt und übertragen nun Anlagen der Pfirsichköpfchen auf die Schwarzköpfchen. Kaum ein Züchter wird auf einen Verkauf dieser Vögel verzichten! Solange Unsummen für derartige Vögel geboten werden, kann man es dem Züchter auch kaum verdenken.
Sind denn nun solche Mischlinge von wirklich reinen Mutationen zu unterscheiden? Diese Frage ist sehr schwer zu beantworten, denn es kommt immer darauf an, wie viele Chromosomen und damit Anlagen im Mischling von der einen oder anderen Rasse vorhanden sind. Wir kennen zum Beispiel Züchter, die denselben Gelben Vogel einmal als Schwarzköpfchen und ein anderes Mal als Pfirsichköpfchen ausgestellt haben, kein Preisrichter nahm daran Anstoß. Auch von Lutinos sind uns solche Fälle bekannt. Eine Möglichkeit bleibt dem verantwortungsbewußten Züchter natürlich immer: Rückkreuzung mit der Wildfarbe. Fallen aus solchen Verpaarungen Vögel, die dem Wildtypen nicht gleichen, so kann man sagen, daß der Mutationsvogel ein Rassenmischling war! Die Annahme, daß aus Blauen Schwarzköpfchen × Blauen Pfirsichköpfchen oder aus Gelben Schwarzköpfchen × Gelben Pfirsichköpfchen immer nur Grüne fallen müssen (Ochs 1984), können wir nicht uneingeschränkt teilen. Da beide Rassen mit an Sicher-

heit grenzender Wahrscheinlichkeit die gleiche Chromosomenanzahl haben, werden auch die Anlagen für die Farben und deren Ausprägung an gleicher Stelle auf den Chromosomen liegen. Sollten also die jeweils sich entsprechenden Anlagen mutieren, so sind aus solchen Verpaarungen auch nur Vögel zu erwarten, die die Mutationsfarbe zeigen.

Anders liegt der Fall, wenn es sich z. B. um zwei verschiedene Gelbmutationen handelt, wie bei der 1940 entstandenen gelben Pfirsichköpfchenmutation und der heute bekannten gelben Schwarzköpfchenmutation. Da diese Vögel ein vollkommen anderes Erscheinungsbild zeigen, handelt es sich wohl sicher um zwei ganz verschiedene Anlagen, die mutiert sind. Es gibt ja bekanntlich beim Rosenköpfchen auch verschiedene Gelbmutationen. Die Verpaarung Gelb (Jap. Golden Cherry) × Gelb-gesäumt (Amerik. Golden Cherry) zeigt uns dies zum Beispiel sehr deutlich, aus ihr entstehen nur Grüne, spalterbig in beiden Farben.

Wer kann ausschließen, daß beim Schwarz- und beim Pfirsichköpfchen dieselben Anlagen auf den entsprechenden Chromosomen mutieren und damit zwei identische Mutationen (aus genetischer Sicht) entstehen? Im Phänotyp wären diese beiden Mutationen wahrscheinlich zu unterscheiden, denn die Wildfarbe war ja unterschiedlich.

Wir haben in diesem Kapitel nur einige Aspekte der Mischlingszucht zwischen den 4 Rassen der Unzertrennlichen mit weißen Augenringen angesprochen. Bei ernsthafter Betrachtung erschließt sich hier ein ungeheures Feld von Möglichkeiten. Um den Erhalt unserer rassereinen Agaporniden in Gefangenschaft zu gewährleisten, müssen die verantwortungsbewußten Züchter jegliche Mischlinge in ihren Beständen von der Zucht ausschließen! Nur so können in Zukunft rassereine Vögel in unseren Volieren überleben. Es gibt bereits ganze Bestände von Schwarz- und auch Pfirsichköpfchen, die als Mischlinge bezeichnet werden müssen.

Und auch hier muß man den großen Vogelzuchtverbänden ein Kompliment machen. Trotz großer Anstrengungen gewisser Züchter werden die Schwarzköpfchen, die orangenen Anflug in der Brust zeigen, mit Strafpunkten auf den Ausstellungen belegt. Man sollte noch einen Schritt weitergehen: Ausschluß von den Ausstellungen. Diese Vögel scheint es zwar auch in freier Natur zu geben, aber es ist nicht ausgeschlossen, daß auch dort Mischlinge mit den Pfirsichköpfchen entstanden sind (Brockmann 1984). Eine große Anzahl solcher Vögel entsteht aber bei uns durch Mischlingszuchten.

Und hier noch ein gutgemeinter Ratschlag für jeden Züchter: Importvögel, das heißt nicht, daß die Vögel aus der freien Wildbahn in Afrika kommen! Es können auch Vögel aus allen Staaten der Welt sein, die dort in Gefangenschaft gezogen worden sind!

Bergpapagei *(A. taranta)*

Grüne Bergpapageien. Auch hier setzt sich die Grundfarbe des Gefieders aus Gelb und Blau zusammen. Es sind also, wenn man diese Vögel züchtet, Mutationen zu erwarten, wie sie schon beim Rosenköpfchen aufgetreten sind. Da diese Vögel aber nicht in großen Mengen in Züchterhand gelangen und auch nur schwer zur Zucht gebracht werden können, ist das wohl nur ein Wunschtraum.

Blaue Bergpapageien. Hayward (1979) berichtet, daß es eine blaue Mutation gegeben habe. Näheres ist nicht bekannt.

Zimtfarbene Bergpapageien. Vriends (1978) hat in seinen Beständen einen zimtfarbenen Vogel gehalten, der wahrscheinlich 1972 als Wildfang importiert wurde. Er beschreibt ihn als aufgehellten grünen Vogel mit verschiedenen zimtfarbenen Schwingen. Auch das Rot der Maske war aufgehellt.
Dieses Tier hat mit einer grünen Henne zusammen sechs grüne Junghähne großgezogen.

Graue Bergpapageien. 1982 bot ein Züchter in einer Zeitschrift einen Grauen Bergpapageien zum Kauf an. Näheres konnten wir leider nicht in Erfahrung bringen.

Grauköpfchen *(A. cana)*

und

Grünköpfchen *(A. swinderniana)*

Farbmutationen sind nicht bekannt.

Orangeköpfchen *(A. pullaria)*

Blaue Orangeköpfchen. Nur aus der Literatur (Hayward 1979) ist uns bekannt, daß es eventuell blaue Orangeköpfchen, die rezessiv vererben, gibt.

Lutino-Orangeköpfchen. Auch diese Mutation gibt es, wenn sicher auch nur sehr selten. In Südeuropa hält ein Züchter ein Lutino-Orangeköpfchen in seinem Bestand. Über die Vererbung können wir z. Z. keine Aussage machen.

Eine Bitte an die Leser

Alle Farbmutationen, die beim Rosenköpfchen bekannt sind und die wir ausführlich erläuterten, können natürlich auch bei den anderen Agaporniden-Arten auftreten. Aber auch bei Rosenköpfchen sind noch neue Mutationen zu erwarten – Zeitpunkt und Art solcher Mutationen sind aber nicht vorauszusagen. Sollten neue Farben auftreten, wären wir unseren Lesern für jede Information sehr dankbar. Auch Anregungen und Kritik nehmen wir jederzeit interessiert entgegen. Herzlichen Dank all denen, die uns in den letzten Jahren geschrieben haben, besonders den Mitgliedern der Arbeitsgemeinschaft Agaporniden (AGA).

Jürgen Brockmann, Finkenstraße 12, 4422 Ahaus 1
Werner Lantermann, Drostenkampstraße 15, 4200 Oberhausen 13

Bildnachweis

van de Kamer: 8, 20–23 und 26
H. Reinhard: 34, 37, 38 und 43
alle übrigen Fotos: J. Brockmann/W. Wiching
Zeichnungen von Marlene Gemke nach Skizzen von W. Lantermann

Literaturverzeichnis

Aschenborn, C.: Die Papageien. Lehrmeister Bücherei. A. Philler Verlag, Minden 1967.
– Bau und Einrichtung von Gartenvolieren. Lehrmeister Bücherei. A. Philler Verlag, Minden 1954.
AZ/DKB: Einheitsstandard, 4. Aufl. 1968.
Bates, H. J.: Parrots and related birds. TFH-Publications. Neptune 1969.
Bielfeld, H.: Unzertrennliche – Agapornis. H. Müller-Verlag, Walsrode, Bomlitz 1981.
Boetticher, H. v.: Papageien. Neue Brehm Bücherei. A. Ziemsen Verlag, Wittenberg 1959.
Bouet, G.: Oiseaux de l'Afrique tropicale, Teil II. Faune Un. fr., **17**/1961.
Brockmann, J.: Rotgescheckte Rosenköpfchen – Nichtwissen oder Betrug. AZN **7**/1978.
– Noch einmal „Rote *Agap. roseicollis*". Ziergeflügel und Exoten (DDR) **6**/1978.
– Niet weten of bedrog? Parkieten Societeit (NL) **1**/1979.
– Rote *Agapornis roseicollis*-Rosenköpfchen. Ziergeflügel und Exoten (DDR) **5**/1979.
– Kreuzungsergebnisse der Farbmutationen beim Schwarzköpfchen. AGA-Rundbriefe **2–5**/1981.
– Vererbung der Farbmutationen beim Rosenköpfchen (*Agap. ros*), AGA-Rundbriefe **7–12**/1981 und **13–17**/1982.
– Farbbezeichnungen der *Roseicollis*-Mutationen, AGA-Rundbrief **15**/1982.
– Rosenköpfchen (*Agapornis roseicollis*)-Weißmasken. Ein Beitrag zum Verständnis der Vererbung dieser Mutation. AGA-Rundbriefe **26–27**/1983.
– Witmasker-*Roseicollis*. Parkieten Societeit **3**/1983.
– Eindrücke von der Agaporniden-Schau in Luttikhuis/Niederlande, ausgerichtet von der Parkieten Societeit/Twente. AGA-Rundbrief **33**/1983.
– Nistmaterial für Grauköpfchen (*Agapornis cana*). AGA-Rundbrief **34**/1983.
– Vererbung der Lutino Schwarzköpfchen (*Agap. p.?*) und einige Gedanken zum Thema „Verdacht Spaltvögel". AGA-Rundbrief **38**/1984.
– Einige Gedanken zum wildfarbigen Schwarzköpfchen mit orangener Brust (*Agapornis p. personata*). AGA-Rundbrief **42**/1984.
Burkard, R.: Aus dem Farbkasten des *Agapornis*-Züchters. Gef. Welt **6**/1973.
– Zum Thema Farbmutationen bei den *Agapornis*. AZN **3**/1974.
– Zur Genetik des *Agapornis roseicollis*. Gef. Welt **4**/1976.
– Notizen aus meiner Voliere – Neue Mutation des *Agapornis roseicollis*. AGA-Rundbrief **17**/1982.
Christ, M.: Geglückte Zucht mit einem 0,1 Rosenköpfchen (*A. roseicollis*) in Gelb (Japanisch Golden Cherry). AGA-Rundbrief **28**/1983.
Cooper, N. D.: Lutino and Australian Cinnamons are Alleles of each other. Parrot Society (GB) **1**/1984.
Delpy, K. H.: Großsittiche und Papageien. Lehrmeister Bücherei A. Philler Verlag, Minden 1976.

– Agaporniden – Die Unzertrennlichen. Lehrmeister Bücherei, A. Philler Verlag, Minden 1983.
Delpy, K. H., Bischoff, S.: Kaum bekannt: Agapornis swinderniana. AZN **7**/1982.
Dilger, W. C.: The comparative Ethologie of the African Parrot genus *Agapornis*. Zeitschr. f. Tierpsychologie **17**, 6, 1960.
– Studies in Agapornis. Avicult. Mag. **2**/1968.
Duncker, H.: Vererbungslehre für Kleinvögelzüchter. Leipzig 1929.
Ebert, U.: Vogelkrankheiten. M. u. H. Schaper, Hannover 1978.
Enejhelm, C. af: Das Buch vom Wellensittich. Verlag G. Helène, Pfungstadt 1957.
– Papageien. Franckh'sche Verlagshandlung, Stuttgart 1968.
Erhart, R. R.: Zuchtbericht aus den USA. AGA-Rundbriefe **12**/1981 und **13**/1982.
– Notes from Europe. Agapornis World, February 1983.
– Lacewings Rosenköpfchen. AGA-Rundbrief **42**/1984.
Forshaw, J.: Parrots of the world. TFH-Publications, Neptune 1973.
Franck, D., Preis, H. J.: Verhaltensentwicklung isoliert handaufgezogener Rosenköpfchen. Zeitschr. f. Tierpsychologie **34**/1974.
Frenger, P.: Die Vererbung der Dunkelfaktoren beim Rosenköpfchen. AGA-Rundbrief **25**/1983.
– Zimter Rosenköpfchen (*Agapornis roseicollis*). AGA-Rundbrief **30**/1983.
– Dunkelfaktorige Zimter (Rosenköpfchen). AGA-Rundbrief **43**/1984.
Grahl, W. de: Papageien in Haus und Garten. Eugen Ulmer, Stuttgart 1969.
– Papageien unserer Erde. 2 Bde. Hamburg 1973/74.
Hampe, H.: Die Unzertrennlichen. Verlag G. Helène, Pfungstadt 1957.
Hayward, J.: Lovebirds and their Colour Mutations. Blandford Press, Poole 1979.
Kamer, R. u. B. v. d.: *Agapornis roseicollis* en zijn kleurmutaties in woord en beeld.ś-Hertogenbosch 1981.
Kemna, A.: Die Krankheiten der Stubenvögel. Lehrmeister Bücherei. A. Philler Verlag, Minden 1976.
Kronberger, H.: Haltung von Vögeln, Krankheiten der Vögel. VEB G. Fischer Verlag, Jena 1979. Stuttgart, New York 1978.
Lantermann, W.: Die Rosenköpfchen. Die Voliere **3**/1979.
– Gerupfte Brut bei Schwarzköpfchen. AZN **7**/1978.
– Unbefriedigende Schlupfergebnisse bei der Agapornidenzucht. AGA-Rundbrief **9**/1981.
– Zur systematischen Stellung von *Agapornis personata*. AGA-Rundbrief **18**/1982.
– Kritische Gedanken zum Ausstellungswesen. AGA-Rundbrief **43**/1984.
Lehmann, O., Seidel, P.: Erstzuchtbericht *Agap. roseic.* Falb. Ziergeflügel und Exoten (DDR) **4**/1980.
Loesch, W.: Zucht der Agaporniden „Gelber Fischeri“, Erstzucht? AZN **11**/1977.
Michaelis, H. J.: Der Wellensittich. Neue Brehm Bücherei. A. Ziemsen Verlag, Wittenberg 1974.
Moreau, R.: Aspects of Evolution in the Parrot genus *Agapornis*. Ibis **90**/1948.
Müller-Bierl, M.: Papageienhaltung einzeln oder paarweise? Lehrmeister Bücherei, A. Philler Verlag, Minden 1981.
Ochs, B.: Roseicolliszucht: Entwicklung – Stand – Prognose. AZN **3**/1980.
– Rein Gelbe und rein Weiße Personata mit schwarzen Augen. AGA-Rundbrief **5**/1981.

– Die Zucht „Blauer Fischeri“ mit dem Ausgangsmaterial Fischeri wildfarben × Personata Blau. AGA-Rundbriefe **6–7**/1981.
– Das Lutino und Albino-Schwarzköpfchen (*Agap. p. personata*), AGA-Rundbrief **14**/1982.
– Versuch einer Beurteilung der künftigen Aussichten der Agapornidenzucht. AGA-Rundbrief **16**/1982.
– „Gelbe Fischeri“. AGA-Rundbrief **24**/1982.
– Neue Mutation oder... AGA-Rundbrief **34**/1983.
– Hat die Agapornidenfarbenzucht noch Zukunft? AGA-Rundbrief **40**/1984.
– Die Mutationen des Rosenköpfchens. Geflügel-Börse **13/14** 1984.
Pinter, H.: Handbuch der Papageienkunde. Franckh/Kosmos, Stuttgart 1979.
Prestwich, A. A.: Breeding the redfaced lovebird *Agapornis pullaria*. Avicult. Mag. **1**/1963.
Prin, J. u. G.: Le inséparables et leurs mutations. 1983.
Radtke, G. A.: Die Farbschläge beim Wellensittich. Lehrmeister Bücherei. A. Philler Verlag, Minden 1971.
– Unzertrennliche (Agaporniden). Franckh/Kosmos, Stuttgart 1981.
Reicherd, C.: Etwas über Grauköpfchen. Gef. Welt **2**/1968.
Roders, P.E.: De Australische gele Roseicollis. Parkieten Societeit **5**/1983.
Roders, P. E., Brockmann, J.: Kleurvererving bij Agaporniden. Parkieten Societeit **3–9**/1978.
Schwichtenberg, H.: Die Unzertrennlichen. Neue Brehm Bücherei. A. Ziemsen Verlag, Wittenberg, 6. Auflage 1982.
Smith, A.: Lovebirds and related parrots. Paul Elek, London 1979.
Soderberg, P. M.: All about lovebirds. TFH-Publications, Neptune 1977.
Vit, R.: Über *Agapornis*-Mutationen. Gef. Welt **2**/1975.
Vriends, M. M.: Encyclopedia of Lovebirds. TFH-Publications, Neptune 1978.
Vriends, T.: Perzikkopdwergpapegaai (*Agapornis roseicollis*). Best 1981.
Wewezow, F.: Meine Erdbeerköpfchen. Gef. Welt **4**/1971.
– Zucht der Erdbeerköpfchen. Gef. Welt **7**/1971.
Wright, A. J.: Establishing aviary bred of Madagaskar-Lovebirds. The parrot society, Vol. X, 1/1976.
– The redfaced Lovebird. The parrot society, Vol. X, 4/1976.
Zürcher, E.: Geglückte Zucht von Orangeköpfchen (veröffentlicht durch W. de Grahl). AZN **5**/1977.
– Neuerkenntnisse über die Zucht von Orangeköpfchen. AGA-Rundbrief **27**/1983.

Zeitschriften

AGA-Rundbrief, Arbeitsgemeinschaft Agaporniden; Hrsg. J. Brockmann u. a. Ahaus.
AZ-Nachrichten. München.
Die Gefiederte Welt; Hrsg. Dr. J. Steinbacher. Frankfurt (jetzt Stuttgart).
Die Vogelpost; Hrsg. K. B. Möller. Duisburg.
Die Voliere; Hrsg. Dr. M. Heidenreich (jetzt B. Hachfeld). Hannover.
Parkieten Societeit. Venlo (NL).
Ziergeflügel und Exoten. DDR.

Register